Highland
HARMONIE

CLAN
GRANT
REIHE

BUCH
ACHT

AVELINA & DREW

KEIRA
MONTCLAIR

Für Sharron Gunn:
Danke für deine Bereitschaft, all dein Wissen über die Schotten und ihre Geschichte mit mir zu teilen. Du bist ein wahrer Schatz.

DER CLAN

DIE GRANTS

1 Laird Alexander Grant und seine Frau, Maddie (#1)
Die Zwillingsjungen James (Jamie) und John (Jake)
Kyla
Connor
2 Brenna Grant und ihr Mann, Quade Ramsay (#2)
Torrian (Quades Sohn aus erster Ehe)
Lily (Quades Tochter aus erster Ehe)
Bethia
Gregor
3 Robbie Grant und seine Frau, Caralyn (#4)
Ashlyn (Caralyns Tochter aus einer früheren Beziehung)
Gracie (Caralyns Tochter aus einer früheren Beziehung)
Rodric (Roddy)
4 Brodie Grant und seine Frau, Celestina (#3)
Loki (adoptiert)
Braden
5 Jennie Grant (#7)

RAMSAYS

1 Quade Ramsay und seine Frau, Brenna Grant (siehe oben)
2 Logan Ramsay und seine Frau, Gwyneth (#5)
Molly (adoptiert)
Maggie (adoptiert)
Sorcha
Gavin
3 Micheil Ramsay und seine Frau, Diana (#6)
 David
4 Avelina Ramsay (Book #8)

KAPITEL EINS

Sommer, 1260er Jahre, Lothian, Schottland

ICH LIEBE DICH.
Das waren die drei Worte, nach denen Avelina sich sehnte. Sie hoffte so sehr, sich zu verlieben und ihr Leben mit einem perfekten Mann zu teilen. Als Jüngste von vier Kindern und als einziges Mädchen der Ramsays wurde sie mit der Aufgabe betraut, sich um die Kinder der Familie zu kümmern. Sie war die Einzige, die noch unverheiratet war, und sie sehnte sich nach einer Beziehung. Aber darin lag das Problem – wie konnte sich Avelina Ramsay jemals verlieben, wenn sie zur Salzsäule erstarrte, sobald ein junger Mann auch nur in ihre Nähe kam? Sie würde sich ändern müssen, obwohl sie nicht wusste, wie sie das anstellen sollte.

Eines Abends dachte sie gerade über ihre missliche Lage nach, als sie in der Abenddämmerung mit einem Armvoll Blumen aus dem Garten zum Bergfried zurückkehrte. Der Sohn des Schmieds, Keith, ging mit einem verschmitzten Grinsen an ihr vorbei. Er sah sie wie immer begierig an, was ihr gar nicht gefiel, also beschleunigte sie ihre Schritte, aber Panik überkam sie und sie schloss für einen Moment die Augen, um ihre Seele zu beruhigen.

Das war ihr Fehler, denn der Junge, den sie gerade gekreuzt hatte, drehte sich um, stieß sie von hinten in einen Stall und drängte sie dort in eine Ecke. Ihr ganzer Körper reagierte mit Schrecken, doch sie konnte nicht schreien.

„Du bist nur ein dummes Mädchen." Keiths heißer Atem

strömte von hinten an ihr Ohr, als sein Griff um ihre Taille fester wurde. „Du kriegst den Mund immer noch nicht auf, was?"

Grobe Hände schubsten sie auf einen Heuhaufen. Avelina taumelte nach vorn und fing ihren Sturz mit den Händen ab. Das Stroh kratzte an der zarten Haut ihres Unterarms, als sie versuchte, sich umzudrehen, um ihren Angreifer wegzustoßen. Panik rauschte durch ihren Körper, und ihr Umfeld entrückte, so dass nichts anderes existierte als sie selbst und dieser grobe Lümmel, dessen Hände überall auf ihr waren. Sie musste weg; sie musste einfach mit aller Kraft gegen ihn kämpfen. Das Entsetzen darüber, ihn an seiner Hose herumfummeln zu sehen, zwang sie zum Handeln. Sie schubste ihn und trat gegen jeden Körperteil von ihm, den sie erreichen konnte, um zu fliehen.

Ihr Herz drohte aus ihrer Brust zu springen, während das Blut in ihrem Kopf rauschte und ihre Sicht zu trüben drohte. Was hatte er vor? Der Junge hatte sie noch nie so behandelt. Er war ihr zwar oft gefolgt und hatte sie verspottet, aber dies war das erste Mal, dass er es wagte, sie anzufassen. Ihr Atem ging viel zu schnell und sie versuchte alles, um ihn von sich wegzustoßen. Dann streifte etwas Heißes und Hartes ihre Hand. Ein Stück Fleisch.

Sie wusste, was es war, und versuchte zu schreien, aber sie brachte keinen Ton heraus. Mit aller Kraft schlug sie auf seine Arme ein, aber er ohrfeigte sie und sie fiel nach hinten.

„Du kannst nicht einmal schreien, was? Das ist ja perfekt! Du stellst diesen Körper zur Schau und erlaubst niemandem, dich anzufassen. Du hast bessere Titten als jedes andere Mädchen, das ich je gesehen habe, und ich habe vor, sie selbst zu berühren. Ich werde der Erste sein, der dich nimmt, und es ist mir egal, ob du die Schwester des Lairds bist. Und wenn du irgendjemandem etwas sagst, tue ich dir noch mehr weh. Obwohl es töricht ist zu denken, dass du reden wirst, nicht wahr? Du magst eine Schönheit sein, aber du bist dumm. Es ist an der Zeit, mir zu nehmen, was mir zusteht, nachdem dein dummer Bruder mich gezwungen hat, diese Gräben auszuheben."

Keith zwang sie zurück ins Heu und hielt seinen Arm an ihre Kehle gepresst, während er die Bänder an ihrem Kleid zerriss. Er drückte sie mit seinem ganzen Gewicht fest nieder, tastete nach ihrer Brust und grinste. „Genau wie ich es mir dachte." Sie schnappte nach Luft und schaffte es, einen Fuß zu befreien, um ihn zu treten, aber er schlug sie erneut. Ihre Hand befreite sich, und sie verkratzte seinen Arm mit ihren Fingernägeln, aber er hielt sie weiter fest und zerrte an ihren Röcken. Tränen verwischten ihre Sicht, als ihr klar wurde, wie machtlos sie gegen dieses Untier war.

Doch plötzlich zog ihn eine unbekannte Kraft von ihr weg, schleuderte ihn durch die Scheune und warf ihn mit einem dumpfen Schlag gegen die Wand. Logan. Sie erkannte ihn an dem heftigen Knurren. Ihr Bruder hatte sie gerettet.

„Du dreckiges Stück Scheiße! Wie kannst du es wagen, meine Schwester anzufassen! Ich werde dich mit bloßen Händen töten." Avelina schaffte es, aufzustehen und sich zur Tür vorzutasten, während Logan dem Jungen ins Gesicht und in den Bauch schlug. Doch noch bevor sie die Tür erreicht hatte, flog diese auf, und ihr ältester Bruder, Quade, der Laird ihres Clans, eilte mit Logans Frau Gwyneth im Gefolge herbei. Sobald Quade ihre zerzauste Aufmachung sah, riss er die Augen auf, und Wut entflammte in seinem Blick, wie sie es noch nie gesehen hatte. Quade besaß definitiv mehr Selbstbeherrschung als Logan. Sie drängte sich an Gwyneth und Quade vorbei und rannte aus der Tür. Mit gerafften Röcken und tränenverschwommener Sicht hastete sie auf die Burg zu. Sie hörte, wie Gwyneth ihr nachrief, aber sie konnte nicht stehenbleiben. Sie konnte es einfach nicht.

Es gelang Avelina, ihr Schluchzen zu unterdrücken, als sie sich durch die Tür des Bergfrieds schob, aber der Gedanke an Keiths Hände auf ihr bereitete ihr Übelkeit. Warum sahen Männer sie auf diese Weise an? Sie schaffte es, die Treppe hinauf zu der Kammer zu gelangen, die sie mit den jungen Mädchen der Familie Ramsay teilte, mit Logans und Gwyneths Töchtern Molly, Maggie und Sorcha, und mit Quades und Brennas Töchtern, Lily und Bethia. Sie warf sich auf das große Bett und ließ ihren Tränen freien Lauf.

Gwyneth stürmte wenige Augenblicke später durch die Tür, eilte zu ihr und setzte sich auf die Bettkante. „Lina, geht es dir gut? Oh, Lina. Es tut mir so leid, dass dir das passiert ist. Hat er dir wehgetan?"

Avelina schüttelte den Kopf und vergrub ihr Gesicht in einem Kissen.

Gwyneth blieb an ihrer Seite und rieb ihr den Rücken.

Die Tür öffnete sich erneut, und Brenna kam mit ihrem drei-jährigen Sohn Gregor und Gwyneths vierjährigem Sohn Gavin herein. „Lina, Lina, es tut mir so leid! Geht es dir gut?" Sie setzte sich auf die andere Seite des Bettes und beugte sich vor, um Lina zu umarmen.

Gavin kam mit trauriger Miene ans Bett. „Mama, warum weint Tante Lina?"

„Tante Lina ist nur etwas traurig. Wir werden einfach bei ihr sitzen, bis sie sich besser fühlt."

Gregor rannte an Gavins Seite. „Gavin, ich muss Tante Lina einen Kussss geben."

Brenna lächelte ihren Sohn an und fuhr mit den Händen durch seine braunen Locken. „Das ist eine wunderbare Idee, Gregor. Du und Gavin könnt ihr beide einen Kuss geben."

Avelina drehte den Kopf zu ihren beiden Neffen.

„Tante Lina, ich werde dir einen Kussss geben und dann wird es dir gleich besssser gehen."

Lina lächelte und griff nach Gregors kleiner Hand. Sie fand es entzückend, wie er lispelte. Er hatte lange Zeit überhaupt nicht gesprochen, aber Brenna war überzeugt, dass ihm nichts fehlte und er einfach nur schüchtern war.

„Gavin wird dir auch einen Kussss geben." Er nickte mit der ernstesten Miene, die sie je gesehen an ihm hatte. Wie sehr sie die Kinder der Familie liebte. Natürlich wollte sie eines Tages gern eigene Kinder haben.

Sie wollte einen Mann, von dem sie geliebt wurde, und der sie nicht begrapschte. Einen Mann, der sie schätzte, statt sie auszu-lachen. War das wirklich zu viel verlangt?

Lina setzte sich auf und streckte die Arme nach Gregor aus, dann klopfte sie auf die Stelle neben sich, damit Gavin sich zu ihr setzte. Brenna machte den beiden Jungs Platz, und als Gregor auf Linas Schoß saß, küssten die beiden Jungen ihre Wangen. Gregor legte seine kleine Hand auf ihr Gesicht und neigte den Kopf, um sie anzusehen. „Geht es dir besser, Tante Lina?"

„Aye", flüsterte sie. „Dank euch beiden fühle ich mich schon viel besser. Vielen Dank.“

„Gute Jungs“, sagte Gwyneth. „Warum klettert ihr nicht vom Bett und ich hole euch etwas Leckeres aus der Küche.“

Die beiden sprangen vom Bett, und Gavin drehte sich im Gehen noch einmal zu Lina um. „Sollen wir dir auch etwas Leckeres bringen? Gregor und ich könnten das für dich tun.“

„Nein, mir geht es gut. Aber danke.“ Sie lächelte darüber, wie gesprächig Gavin im letzten Jahr geworden war.

Gwyneth schloss die Tür hinter sich.

„Möchtest du darüber reden, Lina?“, fragte Brenna leise.

Linas Kopf sank. „Nein. Es gibt dazu nicht viel zu sagen.“

„Hat er dir wehgetan?“ Brenna griff nach ihrer Hand, die vom Stroh in der Scheune zerkratzt war.

Lina wischte sich die Tränen aus den Augen, bevor sie ihren Blick zu Brenna hob. „Warum? Warum ärgern mich die Jungs immer?“

Brenna strich die Locken beiseite, die sich aus Linas Zopf gelöst hatten. „Das hat zwei Gründe, Lina. Zum einen bist du unglaublich schön, und zum anderen sind Jungs in diesem Alter unglaublich dumm.“

„Alle ärgern mich. Was soll ich nur tun, Brenna? Warum kann ich in ihrer Nähe nicht sprechen? Ich konnte nicht einmal schreien, obwohl ich es versuchte. Er hat mich dumm genannt. Bin ich wirklich dumm?“ Frische Tränen liefen über ihre Wangen.

„Nein, überhaupt nicht.“ Brenna umarmte sie. „Lina, mach dir keine Sorgen. Die Worte werden mit der Zeit kommen, so wie Gregor auch seine gefunden hat. Bist du sicher, dass der Junge dir nicht wehgetan hat? Ich habe gesehen, dass dein Rock zerrissen ist.“

Lina starrte benommen auf die Wand vor sich. Aye, Keith hatte versucht, sie zu vergewaltigen. Sie hatte das Wort schon einmal gehört, aber sie hatte nicht geahnt, wie schmutzig sie sich bei einer solchen Untat fühlen würde. Sie rieb sich die Arme und wünschte sich, sie könnte so seine Berührung leichter abschütteln.

Versuchte Vergewaltigung war ein Verbrechen, das ihr Bruder auf unterschiedliche Art und Weise bestrafen konnte. Keith könnte ausgepeitscht, verbannt, in den Kerker gesteckt oder sogar hingerichtet werden. Quade war der Laird, und die Entscheidung lag allein bei ihm. Vielleicht sollte sie nicht sagen, dass der Junge sie zu vergewaltigen versucht hatte, dann würde seine Strafe nicht so schlimm ausfallen.

Brenna schien ihre Gedanken zu lesen, denn sie sagte: „Es ist nicht deine Schuld, Lina. Er hat beschlossen, sich gegen deinen Willen zu nehmen, was er wollte. Er muss für seine Tat büßen. Sorge dich nicht um seine Strafe." Brenna hob Linas Kinn mit dem Finger, damit sie zu ihr aufsah. „Die Strafe wird von deinem Laird verhängt, nicht von dir."

„Aber ich…" Sie wollte ihrem Bruder keinen Ärger machen, aber Brenna schüttelte bereits den Kopf.

„Nein, darum solltest du dir keine Sorgen machen", flüsterte sie. „Er hatte nicht das Recht, dich anzugreifen. Bitte verzeih mir, aber ich muss noch einmal fragen. Hat er den Akt vollzogen? Hat er dir die Unschuld genommen? Es wäre schmerzhaft gewesen, und du würdest bluten, wenn er es getan hätte."

Brenna war die Heilerin des Clans und eine der besten Wunderheilerinnen im ganzen Land der Schotten, also verstand Lina, warum sie diese Frage stellen musste. „Nein, das hat er nicht. Logan hielt ihn davon ab. Aber er hat…" Sie hielt inne, um Kraft zu sammeln. „Er hat meine Brust gepackt. Er zog mein Mieder auf und berührte mich…" Sie vergrub ihr Gesicht an Brennas Schulter, um ihr Schluchzen zu unterdrücken.

Die Tür flog auf und Linas Mutter Arlene Ramsay platzte herein. „Avelina? Ist das wahr? Der Sohn des Schmieds hat versucht... dir wehzutun?"

Lina setzte sich auf und starrte ihre Mutter an. Sie wusste nicht recht, was sie ihr antworten sollte, also nickte sie nur.

Lady Ramsay setzte sich neben sie und schlang ihre Arme um ihre einzige Tochter. „Lina, meine kleine Lina. Es tut mir so leid. Bist du verletzt? Du musst aufhören, allein herumzulaufen. Du bist zu alt und kannst dich nicht mehr im Schatten verstecken wie früher."

Brenna stand auf. „Wie wäre es, wenn ich dir etwas Warmes zu trinken und etwas zu essen bringe?"

„Ich bekomme keinen Bissen herunter", sagte Lina. „Vielleicht etwas zu trinken."

Lady Ramsay sagte: „Besorg ihr einen kleinen Schluck

Whisky."

Lina wollte nicht mehr darüber sprechen. Sie stand vom Bett auf, und bei dieser Bewegung fiel ihr loses Mieder herab. Als ihre Mutter nach Luft schnappte, sah sie an sich herunter und entdeckte die blauen Flecken auf ihrer linken Brust. Aye, er war grob gewesen.

„Lina, er hat doch nicht…"

„Nein, Mama. Logan hielt ihn auf. Er hat nur meine Brust angefasst…" Wieder traten Tränen in ihre Augen. „Mama, ich will nur schlafen."

Brenna kam mit dem Whisky zurück. „Hier, trink das, Mädchen. Es wird dir beim Einschlafen helfen."

Lina schluckte den Whisky herunter, aber als sie den blauen Fleck nochmals anschaute, drehte sie sich zu ihrer Mutter um. „Kann ich ein Bad nehmen?"

Arlene keuchte: „Aber natürlich. Ich werde Wasser bringen lassen. Entferne dieses Ungeheuer von deiner zarten Haut."

Der Whisky zeigte langsam Wirkung, und sie spürte, wie ihr Zittern nachließ. Aye, alles, was sie jetzt tun wollte, war sauber zu werden, zu schlafen… und dann fortzugehen. Sie wollte nicht hierbleiben, sie konnte all die Blicke und das Geflüster nicht ertragen.

„Mama, ich muss von hier fort."

KAPITEL ZWEI

DREW MENZIE TORKELTE auf das Dorf vor der Burg seines Clans zu. Er war froh, dass es seinem Vater besser ging und er ihn nicht mehr als Laird vertreten musste, und so hatte er sich einfach ein bisschen zu viel gegönnt. Er hatte für den Abend wahrlich genug Bier getrunken! Bei Gott, er musste etwas Beherrschung üben. Er näherte sich einer Haustür und klopfte an. Ein helles Kichern drang an seine Ohren, als das letzte Klopfen auf das abgenutzte Holz fiel.

„Drew, bist du es?", fragte eine junge, hohe Stimme.

„Nay, hier ist das Ungeheuer aus dem Wald auf der Suche nach einer Jungfrau, die gerettet werden muss. Bin ich hier richtig?"

„Aye. Kommt und errettet mich, junger Ritter."

Das Gelächter von mehr als einem Mädchen hallte durch die Tür und er lachte, als er sich am Türgriff festhielt, um nicht nach hinten zu kippen. Wie sehr wünschte er sich, Aedan wäre hier, um ihm an diesem heiteren Abend Gesellschaft zu leisten. Doch zu Drews Unglück hatte sein bester Freund ihn verlassen, um die schöne Jennie Grant zu heiraten, und war nicht mehr daran interessiert, zum Vergnügen mit einer Schar Mädchen dem Laster zu frönen. Wie ironisch, dass Aedan nun ein verantwortungsbewusster Laird war, während Drew von denselben Pflichten entbunden worden war, bis sein Vater ihn wieder brauchte.

„Oh, rettet mich", säuselte eines der Mädchen durch die Tür. Er stürmte in das Häuschen und bahnte sich seinen Weg zwischen den beiden üppigen Schönheiten zur Pritsche, wobei er es kaum schaffte, sie in der Ecke zu finden. Als er auf das Bett fiel, rollte er sich auf den Rücken, um zu den beiden Mädchen aufzuschauen

– einer Brünetten und einer hübschen Rothaarigen.

Die Mädchen kicherten und neckten ihn, packten ihn an den richtigen Stellen, aber plötzlich drehte sich sein Kopf etwas zu stark, als dass er in seiner jetzigen Position verbleiben konnte. Widerwillig schob er die beiden weichen Körper von sich. Die Brünette hatte durch sein Hemd bereits den Weg zu seiner Brustwarze gefunden und der Rotschopf hatte seinen Hals liebkost. Aber ein unverkennbarer Drang zwang ihn, aufzustehen und aus der Tür zur Seite der Hütte zu stolpern, wo er sich der Hälfte des Biers und Whiskys entledigte, die er sich kurz zuvor gegönnt hatte.

Als er endlich keine Flüssigkeit mehr in sich hatte, rieb er sich die Stirn. Sein Mund fühlte sich an wie die Haut eines Wildschweins, und allein der Gedanke an ein weiteres Bier brachte ihn dazu, sich noch einmal zu übergeben.

Bei Gott, er musste damit aufhören. Seine Eskapaden waren in letzter Zeit außer Kontrolle geraten. Er wischte sich den Mund am Ärmel seines Hemds ab und wandte sich wieder der Vorderseite des Häuschens zu. Er stöhnte, als er sah, wie die beiden Mädchen ihn mit vor Schreck geweiteten Augen anstarrten.

„Oh, Drew, was ist los?"

„Nichts, worüber ihr euch Sorgen machen müsst, ihr süßen Mädchen. Aber ich glaube, ich werde unsere Unterhaltung auf einen anderen Abend verschieben." Er zwinkerte vielsagend und schritt an den beiden Mädchen vorbei, aber sobald er außer Sichtweite war, rannte er in die Büsche, um den Rest seines Mageninhalts loszuwerden.

Als er damit fertig war, wollte er sich auf einen Hügel aus weichen Blättern schlafen legen, aber stattdessen schleppte er sich tapfer zurück zur Burg. Der Grund für seine Rückkehr erwartete ihn an der Tür, sobald er sie einen Spalt geöffnet hatte.

„Drew, den Heiligen sei Dank. Bist du betrunken? Du siehst schrecklich aus."

Drews Mutter Rhona stand im großen Saal und rang ihre Hände. „Es geht mir gut. Ich gehe in mein Zimmer, Mama."

„Kann ich etwas für dich tun? Bitte lass mich dir helfen." Sie griff nach ihrem Sohn.

Doch Drew wich zurück. „Nein. Ich fühle mich nicht wohl.

Es ist spät, Mama. Geh ins Bett."

Drew ging auf seine Kammer zu und schaffte es nur knapp, seiner Mutter zu entkommen. Dann drehte er sich aber um und fand eine Pritsche im Flur. Er konnte sein Zimmer heute Abend nicht ertragen.

Höllenfeuer, er musste von hier fort. Aye, er liebte seine Eltern, aber jedes Mal, wenn er in ihrer Nähe war, kamen die inneren Bilder, die er zu verjagen versuchte, wieder an die Oberfläche. Nein, er musste fort. In letzter Zeit hatte alles Bier der Welt nichts geholfen, seine Erinnerungen auszulöschen. Er würde zu Aedan gehen. Aye, sein Freund war frisch verheiratet, aber er musste fort von seiner Mutter, von allem.

Er sank auf die Pritsche, schloss die Augen und schlief sofort ein.

Das Nächste, was er bemerkte, war, dass jemand seinen Namen rief. Sein Vater.

„Steh auf, du faules Schwein. Kannst du nicht eine Nacht ohne Bier verbringen? Du musst die Männer trimmen."

Verdammt, das Letzte, was er jetzt brauchte, war der Kampfplatz. Er hörte, wie sein Freund Boyd versuchte, mit seinem Vater zu reden. „Es heißt, er hat sich gestern Abend furchtbar übergeben."

„Boyd, wenn der Narr zu viel getrunken hat, dann muss er früh aufstehen und sich den Rausch abarbeiten. Er sollte da draußen bei den Wachen sein. Es ist seine Aufgabe, die Männer anzuführen und deine Aufgabe, ihm dabei zu helfen."

„Aye, aber ich kann mich heute selbst um die Männer kümmern, mein Laird. Ich freue mich über neue Herausforderungen."

Drew schwang die Beine über die Bettkante, wartete einen Moment, bis sich das Zimmer nicht mehr drehte, und warf dann seinen Plaid über Hemd und Hose. Zwar schwankte er ein bisschen auf seinen Füßen, schaffte es aber schließlich und stellte sich seinem Vater gegenüber. „Ich komme." Wenn er jetzt nicht ginge, würde sein Vater ihn weiter beschimpfen, bis ihm der Kopf platzte.

„Schwing deinen faulen Arsch nach draußen. Du musst so hart arbeiten wie sie, wenn du sie eines Tages anführen willst."

Drew drängte sich an seinem Vater vorbei auf den Gang hinaus und nickte Boyd im Vorbeigehen zu. Drew hatte sich längst an die strenge Art seines Vaters gewöhnt. Er wünschte sich nur, er wäre freundlicher zu ihm, besonders wenn Boyd in der Nähe war. Drew konnte das Geschwätz seines Vaters leicht ignorieren, aber er befürchtete, dass Boyd deswegen eines Tages in eine andere Burg weiterziehen würde. Da er keine eigene Familie besaß, hielt ihn nichts hier, aber Drew wäre am Boden zerstört, wenn er sich jemals entschließen würde zu gehen.

Als er die Treppe des Bergfrieds hinunterging, setzte sein Vater seine üblichen Schimpfereien hinter ihm fort. „Wenn du jemals etwas anderes als ein Betrunkener werden willst, musst du hart arbeiten. Du solltest vor unseren Wachen da draußen auf dem Platz sein."

Anstatt zu widersprechen, blieb Drew stumm, während er durch die Vorburg stapfte. Er hatte auf so viele verschiedene Weisen versucht, seinen Vater stolz zu machen, aber es war ihm nie gelungen. Als sein Vater krank geworden war, hatte Drew das Kommando übernommen, die Wachen trainiert und sie angeführt, als die benachbarte Lochluin Abbey angegriffen worden war. Sein Vater hatte ihn kein einziges Mal dafür gelobt, wie tapfer er bei den jüngsten Scharmützeln, die im Hochland ausgebrochen waren, zum Schutz ihres Landes und Aedans gekämpft hatte. Obwohl er keine Verletzungen davongetragen und keine Männer verloren hatte, hatte sein Vater genörgelt, er müsse besser werden. Es war schlichtweg hoffnungslos. Er konnte dem Andenken seiner Brüder nie gerecht werden.

Er ging geradewegs zu den Ställen.

„Drew, wie schön, Euch heute Morgen zu sehen." Er warf dem blonden Mädchen in der Nähe der Vorratskammer einen Kuss zu, verlangsamte seine Schritte jedoch nicht. Boyd hatte zu ihm aufgeschlossen, und er nickte seinem Freund lächelnd zu, so gut er ein Lächeln zustande brachte. Als er an der Waffenschmiede vorbeikam, sah er, wie der Schmied sich abmühte, ein schweres Stück Metall zu verschieben, und eilte ihm zu Hilfe.

„Drew, Ihr braucht nicht zu helfen. Ich werde meinen Sohn darum bitten." Der Mann keuchte bereits von seinen Versuchen, die schwere Last zu bewegen.

„Ich werde Euch helfen. Boyd kann auch mit anpacken." Boyd

rannte herbei, und die drei Männer hoben das Metall hoch und legten es auf den großen Tisch an der Wand.

Der Waffenschmied richtete sich auf und lächelte Drew an. „Vielen Dank. Allein hätte es uns sehr viel mehr Mühe gekostet."

Nach einem weiteren höflichen Wortwechsel setzten Drew und Boyd ihren Weg fort. Ein Mädchen mit einem Laib frischem Brot eilte ihnen nach. „Meine Mutter schickt Euch das, weil Ihr ihr neulich geholfen habt." Sie errötete und kicherte, als Drew das Brot mit einem Augenzwinkern entgegennahm. Er brach es in zwei Hälften, um es mit Boyd zu teilen.

Fast am Fallgitter angekommen hörte Drew, wie der Hufschmied das Pferd anbrüllte, das er beschlagen wollte. „Du altes Vieh, hör auf zu schnauben und halt still!"

Drew eilte zu dem alten Schlachtross hinüber und beruhigte es mit sanften Worten und einem Stück Brot. Das Tier wurde schließlich so fügsam, dass der Schmied seine Arbeit machen konnte. Als der ältere Mann einen Stein aus dem Huf des Pferdes herauszog, hielt er ihn hoch, damit Drew ihn sehen konnte. „Er hatte guten Grund, so ungehalten zu sein. Danke Euch, junger Mann."

Drew winkte ab, wandte sich zum Gehen und steuerte auf die Ställe zu.

Kaum dort angekommen, lief auch schon der Stallbursche zu ihm. „Drew, ich werde Euer Pferd für Euch satteln."

Drew winkte ab. „Ich kümmere mich schon darum." Er sattelte sein Pferd, und kurz darauf saßen er und Boyd auf und ritten zum Platz, auf dem die Wachen kämpften. Drew hatte die Männer seit den jüngsten Auseinandersetzungen stark gefordert und war stolz darauf, was sie erreicht hatten. Sein Vater folgte ihnen in einiger Entfernung – er konnte ihn etwas schreien hören, hatte aber kein Interesse, ihm zuzuhören.

Als sie das Feld erreichten, war Drews Vater bereits dicht hinter ihnen, also trat Drew zur Seite, um seinem Vater neben sich Platz zu machen. Die Männer hörten auf zu kämpfen und warteten auf ihre Befehle. Drew warf einen Blick in das verwitterte Gesicht seines Vaters. Der Laird hatte viele Schlachten geführt, aber er hatte nicht mehr die Kraft früherer Jahre. Seine Geschichten waren so oft erzählt worden, dass die meisten Clanmitglieder sie bereits auswendig kannten, aber sie hörten ihm immer noch höflich zu.

Ein Wärter kam auf sie zu und fragte: „Drew, welche Züge sollen wir heute üben?"

Drew warf seinem Vater einen Blick zu, aber der ältere Mann nickte nur in seine Richtung, also gab er Anweisungen und stieg ab. Als er das Feld betrat, versammelten sich alle Wachen an seiner Seite, um mit ihm zu sprechen.

„Drew, Ihr solltet sehen, wie gut sich Donnal heute geschlagen hat. Er wird stark genug sein, um das nächste Mal mit uns mitzukämpfen."

Ein anderer Bursche kam zu ihm und sagte: „Menzie, wir haben fünf Männer gegen die gestrigen Siegerantreten lassen, und wir haben sie bezwungen."

Drew schaute zu Boyd hinüber und grinste. Er hatte einen Wettkampf eingeführt, bei dem die Männer dazu angespornt wurden, ihre Kräfte zu messen, und es schien zu funktionieren. Er klopfte dem Wachmann auf die Schulter und ging dann zum Stellvertreter seines Vaters weiter. Er hatte gehofft, sein Vater würde diese Aufgabe ihm überlassen, aber Egan kämpfte schon seit Ewigkeiten an der Seite seines Vaters.

„Menzie, diese neuen Schwerter, die Ihr in der Schmiede habt anfertigen lassen, sind viel einfacher zu handhaben. Wie seid Ihr nur auf diese Idee gekommen?", rief Egan Drew zu. „Ihre Form ist brillant."

Da rief sein Vater dazwischen: „Aye, ich habe Drew gesagt, dass ich sie genauso haben will."

Drew wirbelte herum und starrte seinen Vater fassungslos an. Sein Vater hatte nichts dergleichen über die Schwerter gesagt, und nun schrieb er sich auch diese Leistung auf die eigene Fahne? Boyd blickte skeptisch zu Drew, ging dann aber weiter zu einer Gruppe von Männern.

Aye, es war an der Zeit, dass Drew für eine Weile von hier fortkam.

Lachlan Burnes trieb sein Pferd mit einem schwungvollen Zügelschlag zum Galopp über die Wiese direkt vor der Burg seines Vaters an. Er war begierig darauf, dem jüngsten unflätigen

Ausbruch seiner Mutter zu entkommen.

Er ritt zu seinem Lieblingsort – seinem Versteck. Der Ort, den er entdeckt hatte, war ziemlich verborgen, weshalb er ihn so schätzte. Er konnte dort nach Herzenslust fluchen, schreien, brüllen und mit Steinen werfen. Wenn seine Mutter und sein Vater mit ihrem Ritual der Beschimpfungen begannen und ihm jeden Fehler, den er seit seinem zehnten Lebensjahr begangen hatte, vorwarfen, verschwand er so schnell wie möglich. Er hatte all die Beleidigungen schon mehrmals gehört. Es gab keinen Grund für ihn zu bleiben, um sich das Ganze noch einmal anzuhören. Zu ihrer zusätzlichen Erheiterung hatten sich seine grausamen Eltern angewöhnt, die Clanmitglieder dazu einzuladen, ihn ebenfalls vor den Kopf zu stoßen, wenn sie sich der Familie Burnes im großen Saal zum Essen anschlossen. Sie taten alles, was von ihnen verlangt wurde, wenn sie nur genug Met bekamen.

Er wusste, dass er seinen besonderen Ort bald erreicht hatte, denn das Gelände wurde immer steiniger. Da war eine kleine Schlucht zwischen zwei massiven Felswänden – eine viel niedriger als die andere, diese schien in den Himmel zu ragen. Überall lagen Steine und Moos, und von den Wänden fiel so viel Geröll, dass er es nicht wagte, sein Pferd ganz in die Schlucht hineinzuführen und es stattdessen an einem Busch in der Nähe festband. Wahrscheinlich kam deshalb niemand hierher.

Nachdem er abgestiegen war und die Zügel an einem Ast eines nahen Busches gehängt hatte, schlich er so leise wie möglich zu seinem Platz. Die Lichtung war heute irgendwie unheimlich, was ihm einen Schauer über den Rücken jagte, aber er sah nichts Ungewöhnliches.

Die Stimme seiner Mutter hallte in seinem Kopf nach. „Du nichtsnutziger Narr. Du bist nur eine Last für den Clan der Burnes. Wie konnte dein Vater dir nur die Führung des Clans überlassen?"

Ihr Gesicht tauchte vor seinem inneren Auge auf, und er hob einen Stein vom Boden, schleuderte ihn wütend und traf den Felsvorsprung ihm gegenüber. Er konnte sich fast vorstellen, wie er sie direkt zwischen den Augen traf – eine Vorstellung, die ihn zum Lächeln brachte – also nahm er einen weiteren Stein auf und feuerte ihn erneut auf die Steinmauer.

Nachdem fünf weitere Geschosse die Wand getroffen hatten, grinste er erleichtert und trat zurück. Er fühlte sich schon viel besser. Aye, das musste er tun. Er musste die Frau niederstrecken. Er schrie triumphierend in den Himmel und stellte sich vor, wie wunderbar es sich anfühlen würde, seine Mutter um Verzeihung flehen und sagen zu hören, wie sehr sie ihn liebte.

Lachlan fühlte sich so stark, dass er einen größeren Stein aufhob, den er nur mit beiden Händen stemmen konnte. Er schwang ihn über seinen Kopf und schleuderte ihn weg, traf die Mitte der Felswand und ließ einige kleinere Steine an der Seite hinunterrasseln. Sein Blut toste vor Euphorie durch seine Adern, die Röte der Anstrengung brannte auf seinen Wangen und brachte ihn dazu, immer mehr Steine zu schleudern. Dabei wurden sie immer größer, bis er einen Felsen fand, den er kaum über den Kopf heben konnte. Er lachte, als der Brocken gegen den Felsvorsprung krachte und kleine Stücke davon in alle Richtungen schossen.

Schließlich hielt er inne, keuchte, um zu Atem zu kommen, und lächelte breit. Er beugte sich vor, um seine Hände auf seine Knie zu stützen und zu warten, bis sich seine Atmung wieder beruhigt hatte. Aber ein seltsames Grollen drang an seine Ohren, er hob den Kopf, um nach der Quelle des Lärms zu suchen.

Leider erreichte ihn das Grollen zu spät. Er blickte gerade noch rechtzeitig auf, um eine Unmenge von Steinen zu sehen, die an der Seite der Schlucht hinunterschossen, an Tempo zulegten und weitere Steine auf ihrem Weg nach unten mitnahmen, bis sie alle gemeinsam direkt auf ihn zurollten. Lachlan bedeckte seinen Kopf mit den Händen und wirbelte herum, um davonzulaufen, aber er kam nicht weit, die Steine holten ihn rasch ein. Er schlug hart auf dem Boden auf, fluchte und verletzte sich das Kinn beim Aufprall.

Er rollte sich zu einer Kugel zusammen, um sich vor dem Geröllgewitter zu schützen, das immer noch auf ihn herabregnete. Als das Tosen endlich aufhörte, bewegte er sich mehrere Minuten lang nicht, aus Angst, es würde noch mehr kommen. Als er sicher war, dass es aufgehört hatte, spähte er durch seine Hände und starrte auf den mit Steinen und Geröll übersäten Boden.

Lachlan setzte sich auf und schob den Schutt beiseite, während er die Zerstörung durch den Steinregen begutachtete. Schmerz durchzuckte seine linke Seite, als er seine Beine bewegte, aber er sagte sich, dass der Schmerz bald vorübergehen würde, und versuchte aufzustehen. Ein scharfes Stechen in seinem rechten Zeh zwang ihn damit aufzuhören. Er sah sich um und wünschte, jemand könnte ihm helfen und ihn aus dem Felsenmeer ziehen, zu dem seine Lichtung verkommen war, aber es gab niemanden.

Da riss ihn ein leises Quietschen aus seinen Gedanken. Er drehte den Kopf und sah eine Feldmaus auf den Hinterbeinen neben sich auf dem Schutthaufen stehen. Die Maus sah Lachlan mit ihren Knopfaugen direkt an, dann quietschte die kleine Kreatur und rannte zwischen zwei Stellen in den Felsen hin und her. Ein metallisches Glitzern neben dem Nagetier erregte seine Aufmerksamkeit.

Lachlan zwang sich aufzustehen, und sobald er es geschafft hatte, rannte die Maus los, nur um gleich neben dem Stahl innezuhalten. Als Lachlan sich bückte, stellte er überrascht fest, dass es sich um einen Schwertgriff handelte. Die Maus setzte sich auf und quiekte ihn wieder an, und ihre kleine Nase wackelte in der Luft. Sie gab erst auf, als Lachlan nach dem Schwert gegriffen hatte, und wartete neben ihm, statt davonzulaufen.

Zu Lachlans Verblüffung hatte das Schwert, das er aus den Felsen gezogen hatte, eine seltsame Größe – es war nicht einmal halb so groß wie das auf seinem Rücken. Er drehte den Griff um, um zu sehen, ob es ein Siegel oder ein Zeichen trug, das seinen Besitzer identifizierte, aber da war nichts. Stattdessen fielen ihm die Edelsteine auf der anderen Seite des Griffs ins Auge – Rubine, Saphire und Smaragde. Seine Augen weiteten sich, als er ihren Wert einschätzte.

Die Maus quiekte ihn wieder an, als wollte sie ihm etwas sagen. Da dämmerte ihm die Erkenntnis.

Dies war das Saphirschwert, das in so vielen Feenlegenden vorkam. Es hieß, dass der Träger des Schwertes sicher sein würde, solange er die Waffe in seiner Hand hielt. Sein Clan würde niemals angegriffen werden, und der Besitzer würde alle Schlachten überleben. Drew streckte es vor sich hin, als würde ihm das helfen zu beurteilen, ob dies das echte Saphirschwert war oder nicht.

Er durchforstete seine Erinnerungen nach Einzelheiten über das Schwert. Die Größe stimmte, und die Edelsteine waren genau so, wie sie beschrieben worden waren. Das Einzige, woran er sich außerdem erinnern konnte, war, dass es vor ein paar Jahren gestohlen und dann aber verloren gegangen war. War es die ganze Zeit hier gewesen?

Vor Verwunderung konnte er sich nicht entscheiden, was er nun tun sollte. Irgendwie hatte die Steinlawine die Waffe freigelegt und neben Lachlan zurückgelassen. Aber selbst nachdem die Felsbrocken hinuntergestürzt waren, hätte er das Schwert niemals entdeckt, wäre da nicht...

Er wirbelte herum und suchte nach der kleinen Kreatur, aber es gab keine Spur mehr von ihr. Er setzte sich hin, und tatsächlich kam die kleine Maus aus ihrem Versteck und rannte wieder an seine Seite. Sie stellte sich auf die Hinterbeine und quiekte so lebhaft, als könnte Lachlan sie verstehen.

„Du willst, dass ich das Schwert an mich nehme, nicht wahr, kleine Maus? Du denkst, es gehört mir und keinem anderen? Ich denke, du hast recht. Dieses Schwert gehört jetzt mir." Er stand wieder auf und fand einen sicheren Platz, um das Schwert an seinem Gürtel zu befestigen. Die Maus wartete geduldig zu seinen Füßen.

Lachlan grinste. „Willst du mich begleiten, Kleiner? Ich wollte schon immer ein eigenes Haustier haben." Er beugte sich nach unten und streckte seine Hand aus. Die Maus hüpfte auf seine Handfläche, und er hob sie hoch und sprach mit ihr. „Okay, ich werde dich mitnehmen, aber sei vorsichtig." Er stopfte die Maus in seinen Sporran, vergewisserte sich, dass das Schwert sicher befestigt war, und bestieg dann sein Pferd. Die Zukunft würde ihm jetzt entgegenlachen, da er das Saphirschwert besaß. Endlich hatte er die Macht, die er sich immer gewünscht hatte.

Lachlan lächelte und schmiedete auf dem ganzen Nachhauseweg Pläne.

KAPITEL DREI

AVELINA SASS IM großen Saal der Camerons und hörte zu, wie ihre beste Freundin, früher Jennie Grant, nun die Herrin der Camerons, mit ihrer Köchin die Speisekarte besprach. Aedans Mutter war bereits in die Küche gegangen, um die Vorräte zu überprüfen. Lina bewunderte Jennie dafür, wie schnell sie sich an ihre neue Rolle auf der Burg der Camerons gewöhnt hatte.

Die Tür öffnete sich, und Aedan kam herein und ging sofort auf seine Frau zu. Er schlang seine Arme um ihre wachsende Taille, obwohl die Veränderung noch kaum wahrnehmbar war, und küsste ihre Wange. „Bist du fertig mit der Herrin, Köchin?"

„Aye, mein Laird. Wir sind fertig." Die Köchin lächelte und ging zurück in die Küche, hielt aber inne, um Aedan noch etwas über die Schulter zuzurufen. „Aye, ich werde heute Eure Lieblingsapfelkuchen zum Abendessen zubereiten."

Aedan drehte Jennie zu sich um, um ihre Lippen zu küssen. Lina musste zugeben, dass sie ziemlich neidisch auf das wundervolle Leben ihrer Freundin war. Würde sie jemals einen eigenen Mann haben? Wie sehr sie sich danach sehnte, jemanden zu finden, den sie lieben konnte, jemanden, der ihr zuhörte und mit dem sie mitten in der Nacht reden konnte, wenn Albträume ihr den Schlaf raubten. Seit dem Angriff hatte sie Schlafstörungen, weshalb Quade ihrem Vorschlag zugestimmt hatte und sie nun einige Zeit bei Jennie verbringen durfte.

Vor vielen, vielen Monden hatten Jennie und Lina beim ersten jährlichen Ramsay-Fest auf dem Land der Ramsays Bogenschießen geübt. Es war damals gewesen, als Jennies Pfeil sich verirrt und sich in Aedan Camerons Hintern gebohrt hatte. Das war zwar nicht der Grund gewesen, warum sie sich ineinander verliebten, aber es war ihre erste Begegnung gewesen. Aedan war an diesem Tag von einem Freund begleitet worden, Drew Menzie. Drew hatte mit Lina geflirtet, und Lina hatte er sehr gefallen. Sie hatte ihn nie wiedergesehen, aber sie hatte ein- oder zweimal von ihm geträumt. Es war ihr sogar in den Sinn gekommen, dass sie Drew vielleicht nun treffen würde, während sie hier bei Jennie untergebracht war.

Aber selbst wenn es dazu käme, würde sie wahrscheinlich nicht mit ihm reden können, denn obwohl sie mit ihren Brüdern und anderen verheirateten Männern wie Aedan problemlos sprechen konnte, weigerten sich ihre Lippen, sich zu bewegen, sobald sie einem Burschen in ihrem Alter begegnete. Die jungen Männer von Lothian hielten sie anscheinend für verwirrt. Hier musste sie sich anders benehmen.

Ein lauter Ruf riss sie aus ihren Gedanken, und sie hob ihren Blick gerade rechtzeitig zur Tür, um den Mann ihrer Träume in die Burg der Camerons schlendern zu sehen, als wäre er von ihren Gedanken heraufbeschworen worden. Ihr Gesicht wurde sofort heiß.

Drew Menzie und ein unbekannter junger Mann traten ein und schritten selbstbewusst durch den großen Saal, bevor sie vor Aedan Cameron zum Stehen kamen.

„Menzie? Was führt dich hierher?" Aedan sah seinen Freund erstaunt an.

„Es ist zu lange her, dass ich hier war, Cameron. Hast du mich nicht vermisst?" Lachend klopfte er seinem Freund auf die Schulter. „Du erinnerst dich an Boyd, nicht wahr?" Drew drehte sich um, um die beiden einander vorzustellen.

„Aye, ich habe dich vermisst, aber ich habe gehört, dass du eine gute Zeit hattest, nachdem sich die Kämpfe gelegt hatten und es deinem Vater gut genug ging, um wieder die Aufgaben des Laird zu übernehmen. Es heißt, dass du jedes Mädchen im Menzie-Land vernascht hast."

Plötzlich drehten sich alle drei Männer auf einmal um und starrten Avelina betroffen an. Lina wandte sich ab, beschämt darüber, beim Lauschen ertappt worden zu sein, und ein wenig schockiert über Aedans Kommentar, und setzte sich hastig an den breiten Tisch.

Leider schien Drew Menzie nicht mehr der Mann aus ihren Erinnerungen zu sein.

Jennie kam herüber und setzte sich neben sie. „Beachte sie nicht", flüsterte sie. „Männer haben die Angewohnheit, sich allerlei alberne Dinge zu sagen."

Aedans Stimme dröhnte durch den Saal. „Ich freue mich jedenfalls, dich zu sehen. Du kommst gerade rechtzeitig zum Mittagessen. Nimm doch Platz und erzähle mir alles, was auf dem Land der Menzies und darüber hinaus geschehen ist. Ich bin zu sehr in meine liebe Frau vernarrt, um mich auf dem Laufenden zu halten."

Die Männer steuerten auf den Tisch zu. „Erinnert Ihr euch noch an Lady Avelina Ramsay? Avelina, das sind Drew Menzie und sein Freund Boyd." Aedan nahm neben seiner Frau Platz und bedeutete den anderen, sich ihm gegenüberzusetzen. Dann wies er eine Magd an, ihnen Essen und Bier zu bringen.

Lina nickte und versuchte, ihre Zunge zu bewegen, um die Männer zu begrüßen, aber sie brachte kein Wort heraus.

Drew lächelte sie freundlich an, und seine grünen Augen funkelten. „Natürlich erinnere ich mich an Lady Avelina. Ich würde eine solche Schönheit nie vergessen." Er verbeugte sich kurz vor ihr, bevor er seinen Platz einnahm, und sie errötete bis in die Fußspitzen. Meinte er das ernst? Erinnerte er sich wirklich an sie? Sie hatte ihn gewiss nicht vergessen. Glücklicherweise schien er ihr Schweigen nicht allzu schwer zu nehmen, als er sich setzte und sich Aedan zuwandte.

Die Männer plauderten über die Kriege, und so schweiften Linas Gedanken ab. Als sie sicher war, dass Drews Gedanken mit anderen Dingen beschäftigt waren, nutzte sie die Gelegenheit, ihn gründlich zu mustern. Das war ein Vorteil daran, schüchtern zu sein – nur wenige Leute beachteten sie, was ihr die Möglichkeit gab, Details zu erkennen, die anderen möglicherweise entgingen.

Drew sah so gut aus, wie sie ihn in Erinnerung hatte, und er hatte sich nur wenig verändert. Seine weißen Zähne und sein Lächeln erhellten immer noch sein Gesicht, aber seine grünen Augen sahen müde aus. Dunkle Locken fielen mit einer leichten Welle an den Haarspitzen auf seine Schultern, und sein üppiges, dichtes Haar, schien sie einzuladen, mit ihren Fingern hindurchzufahren. Ihr Blick folgte der markanten Linie seines Kiefers bis zu seinen Lippen. Wie würden sie schmecken? Oder wie würden es sich anfühlen, wenn dieser Mund ihren Hals bis zu ihrem Schlüsselbein mit Küssen bedeckte und dann hinunterwanderte...

Jemand stupste sie unter dem Tisch an, und Avelina blickte hastig zu ihrer Freundin.

Auf Jennies Gesicht lag ein wissendes Lächeln. Mist, sie war erwischt worden. Ihr Gesicht wurde warm, als ihr klar wurde, was ihre Freundin denken musste.

Jennie wackelte mit den Augenbrauen, kannte sie aber zu gut, um etwas zu sagen, was sie in Verlegenheit bringen könnte. „Lina, was würdest du heute gern tun?"

Lina dachte angestrengt nach und öffnete ihren Mund, um Jennie zu antworten. Es kam wieder nichts heraus, also schüttelte sie nur den Kopf. Sie wollte unbedingt reiten, aber da Jennie schwanger war, würde sie vielleicht nicht reiten können.

„Vielleicht könnten wir draußen spazieren gehen, dann kannst du mir ein paar Ideen für einen schönen Blumengarten geben. Ich würde gern Blumen um meine Kräuter herum pflanzen. Du hast Samen aus deinem schönen Garten mitgebracht, nicht wahr? Du hast die schönsten Blumen auf Erden, Lina. Ich liebe es, wenn du sie in mein Haar steckst."

Lina nickte. Die Magd brachte Brot und Brei herbei, und Jennie und Lina aßen schweigend, während die Männer weiter über Schlachten und Schwertkampfstrategien sprachen. Lina dachte bei sich, dass sie Drew Menzies heiserer Stimme den ganzen Tag zuhören könnte.

Als sie und Jennie mit dem Essen fertig waren, stand Jennie auf und beugte sich vor, um ihren Mann anzusprechen. „Lina und ich gehen in meinen Garten, da du mit Drew beschäftigt bist. Wir sehen uns später, Liebling."

Aedan erhob sich von seinem Sitz und küsste sie, bis sie keine Luft mehr bekam, und Lina wandte bei der intimen Umarmung den Blick ab. Natürlich traf genau in diesem Moment Drews glühender Blick ihren, was dazu führte, dass ihr vor Aufregung ganz flau im Bauch wurde. Wenn sie nur mit ihm reden könnte, aber sie wusste, dass ihre Bemühungen fruchtlos bleiben würden. Sie wandte sich ab und ging zur Tür, die nach draußen führte, in der Hoffnung, einer weiteren peinliche Situation aus dem Weg zu gehen.

Sie würde Drew Menzie nicht erlauben, ihre Tränen zu sehen.

Drews Kehle wurde augenblicklich trocken, als Avelina Ramsay vom Tisch aufstand. Teufel nochmal, das Mädchen war aber auch atemberaubend schön. Wie sie sich seit jenem längst vergangenen Tag in Lothian verändert hatte. Sie war damals bereits hübsch gewesen, aber jetzt… was für eine Schönheit sie geworden war! Irgendwie war ihm das entgangen, als er den Saal betreten hatte.

Sein Blick fiel überrascht zu Boden, aber dann wanderte er ihre langen, schlanken Beine hinauf, glitt über ihre perfekt gerundeten Hüften und zu ihren Brüsten, die vollkommen waren. Ihre Haut, blass und durchscheinend, hatte einen elfenbeinfarbenen Ton, und er war sich sicher, dass ihre Brustwarzen einen herrlichen blassrosa Farbton hätten.

Aber es war nicht nur ihr Körper. Ihr Gesicht war auffallend schön, von ihren hohen Wangenknochen und den perfekt geschwungenen Augenbrauen bis zu ihren prallen karminroten Lippen und den Augen, die das Grün eines verbotenen Waldes hatten. Ihre üppigen Haare waren schwarz mit goldenen Funken, und Löckchen fielen ihr so zart ins Gesicht, dass sie das Aussehen einer Königin hatte. Ihre Eleganz konnte einem Mann die Sprache verschlagen. Er konnte seinen Blick nicht von ihr losreißen, als sie zur Tür ging, und er versuchte, sich jedes Detail an ihr tief einzuprägen.

Er warf einen Blick zur Seite und bemerkte, dass Aedan mit seiner Frau sprach, die anschließend für einen Moment in die Küche ging. Sehr gut, dachte er und wandte sich wieder der Schönheit an der Tür zu.

Höllenfeuer, was er nicht geben würde, um sie nur einmal zu kosten…

Irgendwie wusste er, dass sein Verlangen nach ihr nach nur einem Mal nicht gestillt wäre.

„Menzie, du kleiner Bastard", knurrte Aedan so leise, dass Avelina ihn nicht hören konnte. „Du siehst sie an wie ein Tier. Lass die Finger von Logan Ramsays Schwester, sonst schießen er oder seine Frau dir wahrscheinlich einen Pfeil in die Kronjuwelen."

Drew fuhr sich mit der Hand übers Gesicht, um einen klaren Kopf zu bekommen, als einer von Aedans Nachbarn, Lachlan Burnes, arrogant wie immer durch die Tür trat. Der Junge war nach Drews Meinung ein warziger Mistkerl, und er traute ihm überhaupt nicht über den Weg. Aber er wusste auch, dass Lachlans Vater ihn regelmäßig schlug, also versuchte Drew, Geduld mit ihm zu haben. Natürlich erhielt jeder Junge regelmäßig eine Tracht Prügel, aber Lachlan war an so oft drangekommen, dass es einfach Narben hinterlassen musste. Dennoch war dies keine Rechtfertigung für sein derbes Verhalten und seinen unhöflichen Umgang mit anderen.

„Was habt ihr zwei faule Bastarde vor?", rief Lachlan, als er den großen Saal betrat.

Drew sah, dass er Avelina Ramsay, die in der Ecke des Flurs auf Jennie wartete, zunächst nicht bemerkt hatte. Sie tat ihr Bestes, um mit der Wand zu verschmelzen, aber niemandem im Saal entging der Augenblick, in dem Lachlan sie doch erblickte. Er stieß einen leisen Pfiff aus, der von den Balken des Saals widerhallte.

„Nun, ihr könnt mich einen geilen Igel nennen, aber schaut euch diese Titten an."

Drew sprang von seinem Sitz auf und packte Lachlan an der Kehle, gerade als Jennie aus der Küche kam und den Saal betrat. Drew ließ seine Hand sinken, während sie alle zusahen, wie Jennie und Avelina davoneilten.

Sobald sich die Tür hinter den beiden Frauen geschlossen hatte, baute sich Drew dicht vor Lachlan auf. „Du wirst der Lady den Respekt zollen, den sie verdient, sonst machen deine Zähne mit meiner Faust Bekanntschaft." Boyd sprang neben ihn, bereit, ihm bei Bedarf Hilfe zu leisten.

Lachlan lächelte und entblößte zwei Zahnlücken in seinem Unterkiefer. „Du wärst nicht der Erste, oder erinnerst du dich nicht mehr, wie Hamish dasselbe für seine Schwester gefordert hatte?"

Hamish Henderson, ein benachbarter Freund, hatte sich für

Aedan und Drew bei den jüngsten Kämpfen zum Schutz des Landes der Camerons als sehr wertvoll erwiesen.

Lachlan sah Drew finster an. „Was geht sie dich überhaupt an? Ich verstehe, dass Hamish seine Schwester verteidigt, aber dieses Mädchen gehört nicht dir, es sei denn, du beanspruchst sie für dich."

Drew dachte angestrengt nach, bevor er antwortete. Was bedeutete Avelina ihm? Noch gehörte sie ihm nicht, aber vielleicht wollte er, dass sich das änderte. „Sie ist eine Dame, die deinen Respekt verdient und den wirst du ihr gefälligst erweisen."

Aedan tauchte hinter Drew auf. „Aye, du wirst nicht so von einem meiner Gäste sprechen. Verkneif dir in meinem Saal deine Gossensprache."

Lachlans Augen schossen zu Aedan. „Herrgott nochmal, lasst mich beide in Ruhe. Ich werde meinen Mund schon halten."

„Das rate ich dir, wenn du nicht in meine Fingerknöchel beißen willst", sagte Drew.

Lachlan murmelte etwas, aber es war nicht laut genug, dass Drew es verstehen konnte. Er würde ihn im Auge behalten, denn aus irgendeinem Grund fühlte er sich für Avelina Ramsays Schutz verantwortlich. Er würde Lachlan töten, wenn er es auch nur wagte, sie anzufassen.

Aedan sagte: „Ich erinnere euch beide daran, dass sie die Schwester eines Lairds und Logan Ramsays ist. Wenn euch eure Eier lieb sind, werdet ihr sie höflich behandeln."

„Logan Ramsay...", murmelte Lachlan. Er starrte einige Augenblicke auf den Boden, bevor sein Blick wieder zu Aedan hinaufflog. „Oh, ist das nicht der, der mit der Eierschützin verheiratet ist?"

Aedan grinste. „Ay, genau der. Und ich hatte das Vergnügen, seine Frau in Aktion zu sehen. Sie traf den Jungen zwar nicht, aber sie brachte ihn zum Weinen. Ich habe noch nie ein Mädchen wie sie gesehen. Sie ist die beste Bogenschützin im ganzen Land der Schotten."

„Ach, das glaube ich nicht. Wirklich? Eine Frau? Sie kann nicht besser sein als alle Bogenschützen im Land."

Aedan warf Drew einen Blick zu, und beide setzten ein breites Grinsen auf. „Ich hoffe sehr, dass du die Gelegenheit bekommst, sie persönlich kennenzulernen", sagte Drew. „Sie wird dich mit einem ihrer Pfeile aufspießen, sobald du den Mund aufmachst, du ungehobelter Lümmel."

Aedan fügte hinzu: „Ich meine es ernst, Lachlan. Hüte deine Zunge auf meinem Land. Was führt dich her? Ich habe auf dem Kampfplatz zu tun und muss meine Männer ausbilden."

Lachlan gluckste. „Und was soll das helfen? Deine Männer sind nutzlos. Das haben sie bewiesen, als du vor ein paar Monden im Kampf fast getötet wurdest."

„Ich habe es mir zum Ziel gesetzt, dafür zu sorgen, dass sie so stark werden wie die Grant-Kämpfer. Also, was ist der Anlass deines Besuchs?"

Drew konnte es Aedan nicht verübeln, dass er so kurzangebunden war. Er hatte ebenfalls kein Vertrauen zu Lachlan Burnes.

„Mein Vater hat mal wieder einen seiner Trunkenheitsausbrüche, also bin ich gegangen, und nun habe ich ein neues Problem."

„Welches?", fragte Aedan und warf ihm einen zweifelnden Blick zu. „Und wo hast du das Schwert her? Ich habe es noch nie gesehen, es ist sehr klein." Aedan nickte in Richtung des kleinen Schwertes, das ein bisschen größer als ein Dolch war und an Lachlans Gürtel hing. „Es ist nicht groß genug, um damit zu kämpfen."

„Aye, aber es ist groß genug, um jemanden von Angesicht zu Angesicht niederzustrecken", erwiderte Lachlan und verschränkte dabei die Arme voller verletztem Stolz. „Bist du etwa eifersüchtig, dass du nicht ein von Legenden umwobenes Schwert wie dieses hast? Es ist das berühmte Saphirschwert der Feensagen. Mir oder dem Clan der Burnes kann nichts schaden, solange ich es trage."

„Wovon zum Teufel redest du, Burnes? Wir haben dieses Schwert noch nie gesehen", sagte Aedan und sah Burnes finster an.

„Nein, das habt ihr nicht, weil ich es gerade erst gefunden habe. Es gehört mir und mit ihm alle Kräfte, die die Legende übermittelt." Lachlans Augen leuchteten vor Aufregung.

„Glaubst du etwa an diese törichte Fabel?", schnaubte Drew. „Wir haben viele Schwerter und Dolche. Wir brauchen keines von so seltsamer Größe."

Lachlan ging zum Tisch hinüber und setzte sich auf die Bank, die Daumen in den Gürtel gesteckt, der sein Schwert hielt. „Eine törichte Fabel, aye? Wann wurde der Clan der Burnes zuletzt angegriffen? Darauf habt ihr keine Antwort, oder? Die Feen beschützen uns. Als meine Mutter das Schwert erblickte, bekreuzigte sie sich und sagte, wir seien nun für immer beschützt. Es ist das erste Mal, dass sie stolz auf mich ist."

„Wann und wo hast du es gefunden?", fragte Aedan.

„Es fiel mir bei einem Erdrutsch vor die Füße. Es war meine Bestimmung. Meine Mutter ist zwar sehr glücklich, aber die Träume von dem Schwert wecken sie jede Nacht und halten sie wach. Sie gibt mir die Schuld daran."

„Und was sagt dein Vater dazu?" Drew hatte sich wieder mit verschränkten Armen auf die gegenüberliegende Seite des Tisches gesetzt.

„Er ist wütend auf meine Mutter, also bin ich von zu Hause fortgegangen. Meine Mutter sagt, die Fee habe sie in ihren Träumen vor einem bevorstehenden Angriff auf unseren Clan gewarnt, wenn ich keine Frau finde, aber er weigert sich, auf sie zu hören, und ich kann nicht länger untätig zusehen." Lachlans Kopf senkte sich.

Drew widerstrebte es, diese Frage zu stellen, aber er konnte nicht anders. „Wobei kannst du nicht länger zusehen?"

Lachlan atmete tief aus. „Ich kann nicht zusehen, wie er meine Mutter schlägt. So wenig ich sie mag, es gefällt mir nicht, wenn er sie schlägt."

Aedan setzte sich neben Burnes auf die Bank. „Du bist stärker als dein Vater. Warum hinderst du ihn nicht daran, deine Mutter zu schlagen?"

„Ich habe es versucht, aber er hat gedroht, mir das Schwert wegzunehmen. Ich weiß, du glaubst, es ist nichts als eine törichte Legende, aber ich werde dieses Schwert nicht aufgeben. Es ist dafür bestimmt, in meinem Besitz zu sein. Meine Mutter sagt, ich muss innerhalb von zwei Monden heiraten, sonst wird den Clan des Schwertträgers eine Tragödie ereilen. Sie sagt, dass ich bald heiraten muss. Das ist alles, was ich tun muss, um die Fee zu besänftigen. Ich hatte gehofft, hier ein Mädchen zu finden. Du weißt, dass ich kein Händchen für Frauen habe, aber Aedan, du könntest mir doch dabei helfen."

„Burnes, ich schicke kein Mädchen mitten in einen Feenkrieg. Du musst dir selbst ein Mädchen suchen. Warum heiratest du nicht eines aus deinem eigenen Clan?"

Drew antwortete an Lachlans statt: „Weil sie ihn alle kennen und ihn nicht wollen. Habe ich nicht recht, Burnes? Du hast den Ruf, grob zu sein. Und wenn ich mich recht an die Fabel erinnere, muss das Mädchen willig sein."

„Aye, sie muss willig sein. Aber ich will kein Mädchen aus meinem Clan. Jetzt, wo mir das Schwert gehört, will ich ein besonderes Mädchen, eines der schönsten im ganzen Land, eines, das mich früher verschmäht hätte. Aedan, die Frauen lieben dich. Menzie ist ein zu großer Trunkenbold, aber du kannst mir helfen. Das ist der wahre Grund, warum ich hier bin. Du wirst mir doch helfen, nicht wahr? Ich muss so bald wie möglich heiraten."

Drew war überrascht, Lachlan in einer solchen Verfassung zu sehen. „Erzähl uns mehr über die Prophezeiung deiner Mutter. Die Dinge scheinen in letzter Zeit im Allgemeinen recht friedlich zu sein. Wieso sollte sich das ändern, nur weil du ein Schwert gefunden hast?"

Lachlans Blick wanderte zu den Balken des großen Saals hinauf. „Ich würde es ja selbst nie glauben, wenn ich die Worte meiner Mutter nicht mit eigenen Ohren gehört hätte."

„Was hat sie denn gesagt?", fragte Drew.

„Meine Mutter hat uns nicht nur vor einem bevorstehenden Angriff gewarnt. Sie sagt, die Fee habe das Ende des ganzen Clans der Burnes vorhergesagt, wenn ich nicht rechtzeitig heirate. Aber mein Vater macht sich nur über sie lustig."

„Aber du hast doch gerade noch gesagt, dass das Schwert dich vor allem beschützen wird."

„Das stimmt, aber die Fee sagt voraus, dass ich keine willige Frau finden werde, weshalb mein Vater das Schwert an sich nehmen will, aber ich weigere mich, es herzugeben. Vor allem, weil ich dem alten Säufer nicht vertraue. Zum Schluss hat er doch noch eingelenkt und gesagt, dass es bei mir besser aufgehoben ist." Er rieb sich das Kinn und warf einen Blick über die Schulter, als ob er Angst hätte, belauscht zu werden. „Aber meine

Mutter sagt, wenn ich nicht heirate, werden wir durch etwas fast Unmögliches zu Fall gebracht, und deshalb ist mein Vater so aufgebracht."

Aedan und Drew neigten ihre Köpfe näher zu Lachlan und warteten auf seine Erklärung.

Er senkte seine Stimme zu einem Flüstern. „Meine Mutter sagt, dass die Feen in einem Traum zu ihr gekommen seien und ihr gesagt haben, dass der Clan der Burnes von einem Mädchen, dem mächtigsten im ganzen Land, besiegt werden wird."

KAPITEL VIER

AVELINA ATMETE ERLEICHTERT auf, als sie aus dem Saal traten. Jetzt, da sie von den Männern fort waren, konnte sie endlich ihre üblichen Bewegungen ausführen, und so zupfte sie an ihrem schlichten Wollkleid. Sie rückte mehrmals am Tag ihr Mieder zurecht, um sicherzustellen, dass der Stoff nicht an ihrem großen Busen klebte. Sie würde alles tun, um die Männer davon abzuhalten, auf ihre Brust zu starren, sobald sie sie sahen.

„Lina", flüsterte Jennie. „Warum zupfst du immer an deinem Kleid?"

Lina zuckte mit den Schultern und schlang die Arme um ihre Brust.

„Vor diesem Besuch habe ich dich das noch nie tun sehen, aber jetzt tust du es ständig."

„Ich weiß. Ich kann einfach nicht anders, ich will nur…" Lina warf einen Blick über ihre Schulter, um sicherzugehen, dass niemand ihnen zuhörte. „Ich will nur meine Brüste verstecken", fuhr sie leise fort. „Die Männer gaffen immer, und ich mag das nicht."

„Lina, du bist so schön. Männer sind Dummköpfe. Ignoriere Lachlan. Aedan mag ihn nicht besonders."

Der Blick des jungen Mannes hatte ihr großes Unbehagen bereitet. Der Ausdruck in seinen Augen hatte dem ihres Angreifers sehr geähnelt. Sie warf einen Blick auf die Leute auf dem Platz, um zu sehen, ob außer Jennie noch jemand bemerkt hatte, wie sie an ihrem Kleid herumzog, aber niemand beachtete sie. Sie atmete erleichtert auf und versuchte, ihre zitternden Hände zu beruhigen. Zumindest war es ihr gelungen, aus dem Saal zu entkommen, ohne dass Drew ihr beschämendes Geheimnis erfuhr. Er wusste noch nicht, dass die Angst oft ihre Stimmbänder lähmte und sie am Sprechen hinderte.

Während ihr Traumritter anfangs freundlich und süß gewesen war, hatte der Blick, den er ihr zugeworfen hatte, bevor sie den Saal verließ – so als ob sie keine Kleidung trüge – sie überrascht. Aedan hatte über Drews Frauengeschichten gescherzt. Vielleicht war er doch wie alle anderen.

Als sie die Stille des Kräutergartens erreicht hatten, griff Jennie nach ihrer Hand und zog sie zu einer nahegelegenen Bank. Laut Jennie hatte Aedan diese Bank für sie gebaut, nachdem er erfahren hatte, dass sie schwanger war. „Lina, du hast mir erzählt, dass du von einem Jungen angegriffen wurdest und dein Bruder ihn rechtzeitig gefasst hat. Möchtest du mir sonst noch etwas darüber erzählen?"

Lina schüttelte den Kopf, während sie auf den steinernen Weg unter ihren Füßen starrte und mit ihren Schuhen hin und her scharrte, in der Hoffnung, ihre Tränen so zu vertreiben. „Nay, es gibt nichts zu erzählen."

Jennie nahm ihre Hand und drückte sie fest. „Lina, Maddie hat mir von den Angriffen erzählt, die sie erlitten hat. Du bist nicht allein. Maddie sagt, dass es ihr geholfen hat, darüber zu sprechen. Bist du sicher, dass du nicht darüber reden möchtest?"

Lina dachte eine Minute nach, dann seufzte sie. „Nay, Logan hat ihn rechtzeitig aufgehalten. Ich war nur etwas mitgenommen. Ich rede lieber nicht darüber", flüsterte sie.

„Aber du scheinst nicht du selbst zu sein. Bedrückt dich etwas? Warum hast du nicht mit Drew gesprochen? Er ist einer von Aedans engsten Freunden. Es sieht dir nicht ähnlich, jemanden zu ignorieren."

Lina fächerte sich Luft zu, um ihre Augen trocknen zu können, aber es war aussichtslos. Tränen liefen ihr über die Wangen, also lehnte sie sich an Jennie, in der Hoffnung, dass ihre Freundin ihr irgendwie bei ihrem Problem helfen könnte.

„Was ist los?" Jennie legte einen Arm um ihre Schultern und zog sie an sich.

„Ich kann nicht…", stotterte Lina. „Ich kann nicht… es scheint…" Ihr Atem stockte mehrmals, bevor sie ihren Satz beenden konnte. „Jedes Mal, wenn ich versuche, mit einem Mann in meinem Alter zu sprechen, bringe ich kein Wort heraus." Sie schluchzte eine Weile an Jennies Schulter und hob dann ihren Kopf, um zu sehen, wie ihre Freundin reagierte.

„Seit wann passiert dir das?"

„Es hat irgendwann im letzten Jahr angefangen, aber es scheint immer schlimmer zu werden. Ich bin es leid. Ich möchte ja mit ihnen reden, aber es geht einfach nicht. Es ist, als ob meine Stimme einfriert. Kannst du mir helfen, Jennie?" Lina packte die Arme ihrer Freundin. Wenn sie nur diese eine Sache an sich ändern könnte, war sie sich sicher, dass sich ihr Leben verbessern würde. Vielleicht könnte sie sich verlieben und einen Ehemann finden. Sie war die Einzige in ihrer Familie, die noch allein war. Jennies Familie war durch die Ehe von Quade und Brenna mit ihrer verbunden, und alle Grant-Geschwister waren ebenfalls verheiratet. Es konnte doch nicht sein, dass ihr Lebensinhalt allein darin bestehen sollte, als Kindermädchen ihrer Nichten und Neffen zu tätig zu sein.

„Aye, wir werden uns etwas einfallen lassen", sagte Jennie mit einem breiten Lächeln. „Mach dir keine Sorgen, ich bin mir sicher, das ist eine Reaktion auf deinen Angriff und all die Jungs, die dich anstarren. Es wird besser werden, da bin ich mir sicher. Bitte sorge dich nicht. Vielleicht kann Aedan helfen."

Lina nickte und starrte auf ihre Hände, aber sie war nicht überzeugt. Ihre Welt brach auseinander und sie konnte nichts dagegen tun. „Jennie, du hast dich gut in deine Rolle als Herrin des Clans der Camerons eingefunden, nicht wahr?"

„Aye, der Übergang war sanfter, als ich erwartet hatte. Ich dachte, ich würde alles durcheinanderbringen, aber alle hier sind so hilfsbereit."

Lina wischte noch mehr Tränen weg, unfähig, ihre Traurigkeit zu unterdrücken.

„Sprich mit mir." Die leise Stimme ihrer Freundin traf mitten in ihre Ängste, diesen geheimen Teil ihrer selbst, den sie versuchte, vor allen zu verbergen.

„Was soll ich nur tun? Welche Fähigkeiten muss ich mir für eine Ehe aneignen?" Nachdem sie ihre Tränen abgewischt hatte, ließ sie den Blick auf ihren Schoß sinken und begann mit dem

Stoff ihres Kleides zu spielen.

„Du hast einem Mann viel zu bieten! Du hast ein Geschick für Blumen, das ich nie erreicht habe. Alle Kinder lieben dich, und manche ziehen dich sogar ihren eigenen Eltern vor. Du wirst eine wundervolle Mama für deine Babys sein."

Linas Lippen verzogen sich grimmig zu einer dünnen Linie.

„Was ist?", fragte Jennie.

Sie sah ihre Freundin direkt in die Augen, denn Jennie musste verstehen, wie wichtig ihr das hier war. „Ich meine nicht diese Art von Fähigkeiten."

Jennie runzelte die Stirn. „Was meinst du dann?"

„Fähigkeiten, die wichtig sind." Avelina stand auf und ging auf dem Steinweg auf und ab. „Schau dir meine Familie an. Deine Schwester Brenna ist eine Heilerin, eine der meist geschätzten im ganzen Land. Gwyneth ist die beste Bogenschützin im Land. Niemand würde es wagen, sich mit ihr zu messen. Mein Bruder Micheil hat die Anführerin des Drummond-Clans geheiratet. Du bist die Herrin des Clans der Camerons und zudem eine Heilerin."

„Aye."

„Was bin ich? Ich habe keine Fähigkeiten, keine Spezialität. Was kann ich tun, außer Blumen ins Haar zu binden?"

Jennie runzelte die Stirn. „Du bist dir gegenüber ungerecht. Du hast das größte Herz von allen. Aye, ich bin Heilerin, aber ich lerne erst jetzt allmählich, was die Gemahlin eines Lairds tun muss, genau wie du es lernen würdest, wenn du heiraten würdest. Warum glaubst du denn, dass du den anderen Frauen in deiner Familie nicht ebenbürtig bist?"

„Meine Brüder sprechen ständig von den Talenten ihrer Frauen, und ich weiß, dass ich ihren Leistungen unmöglich das Wasser reichen kann."

„Aber du hast wirklich eine ungewöhnliche Familie, Lina. Deine Mutter hingegen hatte keine Fähigkeiten im Heilen oder im Bogenschießen."

„Nay, aber sie kümmert sich immer noch um viele Angelegenheiten in der Burg der Ramsays und hilft Brenna dabei, unseren Clan zu heilen und sich um ihre Kinder zu kümmern."

„Aber sie hat das über die Jahre gelernt. Wenn du heiratest, wird es vielleicht eine Weile dauern, aber du wirst das auch alles können." Sie stand auf und beugte sich zu ihrer Freundin vor, während sie sich die feinen Haarsträhnen aus dem Gesicht strich. „Du bist ein intelligentes, warmherziges, mitfühlendes Mädchen, das eine wundervolle Ehefrau und eine gute Mutter abgeben wird. Kein Mann könnte sich mehr wünschen. Sieh dir nur Caralyn und Celestina an, die Frauen meiner Brüder. Caralyn entdeckte, dass sie ein Talent zum Heilen hat, und Celestina stellt duftende Öle her. Beides sind Fähigkeiten, die du lernen kannst. Aber du kannst dich nicht dazu zwingen, etwas zu lieben. Du musst zuerst herausfinden, was dir liegt, aber das braucht Zeit."

„Aber du hast dich so schnell daran gewöhnt, Herrin der Burg Cameron zu sein."

„Das stimmt, aber auch ich habe viele Fehler gemacht."

„Wirklich? Erzähl mir davon. Vielleicht fühle ich mich dann besser." Lina wollte zu gern hören, dass mit ihr nichts verkehrt war. Jennie schien ihr beinahe perfekt zu sein.

„Aye, einmal habe ich darauf bestanden, dass die Köchin mein Rezept für einen Eintopf befolgt, und alle Männer haben ihn wieder ausgespuckt, so schlecht war er."

Lina schlug sich die Hände vor den Mund und kicherte. „Das glaube ich nicht! Wie unhöflich von ihnen. Ich hätte ihn bestimmt gegessen."

„Nay, das hättest du nicht. Ich konnte ihn ja selbst nicht essen. Er schmeckte so sauer, dass einige der Männer nach draußen rannten, um sich zu übergeben. Es war mir furchtbar peinlich. Jetzt machen sie immer Witze darüber und fragen mich jeden Abend, ob die Köchin ihr eigenes Rezept verwendet hat." Jennie kicherte. „Einmal wollte ich Aedan einen Streich spielen, also sagte ich ihm, dass ich das Rezept für den Eintopf angepasst hätte, um ihn zu verbessern. Ich sagte, es wäre das Rezept meiner Mutter, das ich nicht so schnell aufgeben wollte. Du hättest ihn sehen sollen! Er hat versucht, jede erdenkliche Ausrede auf der Welt zu finden, um den Saal vor dem Essen zu verlassen. Er sagte, er müsste zu den Mönchen gehen, auf dem Kampfplatz hätte sich ein Bursche verletzt, dessen Mutter ihn um Hilfe gebeten hätte... Es half nichts. Schließlich ließ ich ihn das Gericht vor den Augen aller Wachen kosten. Es schmeckte gut, aber ihm wären beim Kosten fast die Augen ausgefallen, und der ganze Saal lachte."

Lina lachte so sehr, dass sie innehalten und tief durchatmen musste. „Entschuldige, Jennie. Du musst dich damals schrecklich gefühlt haben. Ich will dich nicht auslachen. Aber zuzusehen, wie Aedan versucht, sich davonzuschleichen, war bestimmt sehr lustig."

„Es ist schon in Ordnung. Niemand von uns ist perfekt, Avelina. Du wirst deinen Weg finden, genau wie ich, aber dein Weg macht vielleicht einige Schlenker. Wie du weißt, war ich mir nicht sicher, ob ich Heilerin werden sollte oder nicht, also verstehe ich, wie es sich anfühlt, sich verloren zu fühlen. Ich verspreche aber, dir zu helfen. Wir müssen nur dein Selbstvertrauen stärken und dann wirst du dich besser fühlen."

Lina stand auf und umarmte ihre Freundin. „Ich danke dir. Ich fühle mich nun schon viel besser."

„Gut. Unser erstes Experiment wird Drew sein. Er ist so ein netter Bursche, er wird dich sicher nicht ärgern."

Linas Magen rutschte ihr in die Kniekehlen. Oh nein, jeder andere, nur nicht Drew. Sie würde nie mit ihm reden können.

Jennie und Avelina arbeiteten den größten Teil des Nachmittags im Garten. Avelina hatte viele Setzlinge mitgebracht, und sie pflanzten viele Blumen und Heilkräuter, bevor sie den Rest des Gartens jäteten.

Jennie stand von ihrem Platz auf und ging hinüber zur Bank, wo sie sich niedersinken ließ. „Lina, wir haben zu hart gearbeitet." Sie strich sich mit der Hand übers Gesicht, um den Schweiß abzuwischen, der über ihre Stirn tropfte. Lina brach in schallendes Gelächter aus. „Was ist?"

Sie zeigte auf Jennies Gesicht und prustete: „Dein Gesicht."

„Was ist los? Warum lachst du?" Jennies Augen weiteten sich.

Lina tat ihr Bestes, um ihr Kichern zu kontrollieren, und brachte endlich ein paar Worte heraus. „Du bist schmutzig. Du hast dir Erde übers ganze Gesicht gewischt."

Entsetzt versuchte Jennie, sich das Gesicht zu säubern, aber sie machte es nur noch schlimmer. „Ich komme gleich wieder", sagte sie zu Lina und eilte die kurze Strecke zurück zur Burg.

Lina zog ihre Handschuhe aus und wischte sich den Schweiß von der Stirn, während sie immer noch über den entsetzten Gesichtsausdruck ihrer Freundin schmunzelte. Es war lange her, dass sie so gelacht hatte. Wie froh sie war, hier zu sein, fort von zu Hause. Sie atmete tief ein und genoss die warme Sommerluft, als sie den Garten verließ und auf den Steinweg trat. Aber in diesem Moment packte sie ein derber Arm von hinten und umklammerte ihren Körper direkt unter ihren Brüsten.

„Du kleiner Augenschmaus, genau dich habe ich gesucht. Was für ein köstlicher Bissen du sein wirst."

Lachlan Burnes wirbelte sie herum und küsste sie grob auf die Lippen. Sie stieß gegen seine Schultern, aber ohne Erfolg. Der Mann war wie eine unbewegliche Mauer. Als er sie endlich losließ, versuchte sie zu schreien, aber sie brachte keinen Ton heraus. Wieder einmal ließ sie sich selbst im Stich.

„Wie hat es sich angefühlt, einen echten Mann zu kosten? Jetzt musst du nur noch zustimmen, mich zu heiraten, und ich lasse dich gehen." Lachlan grinste und hoffte anscheinend, dass sie zusagen würde.

Empört stemmte sich Lina gegen ihn und versuchte zu fliehen. „Ich werde Euch nicht heiraten, Ihr Flegel." Sie war so erschrocken, dass sie tatsächlich mit ihm gesprochen hatte, dass sie sich zwingen musste, sich darauf zu konzentrieren, von ihm wegzukommen.

„Glaubst du, du kommst davon, ohne mir zu geben, was ich will? Dieses Mal werde ich dir deine Unschuld noch nicht nehmen. Aber du wirst zustimmen, mich zu heiraten, und dann wirst du schon sehen. Für den Augenblick begnüge ich mich mit einem ersten Eindruck von dir. Halt gefälligst still. Ich hasse es, ein Mädchen zwingen zu müssen, aber ich werde es tun, wenn du mir keine Wahl lässt." Sein Griff um ihre Arme wurde fester und er zog sie näher an sich und rieb seine Brust an ihren Brüsten.

Lina drückte ihren Stiefel hart auf seinen Fuß und trat ihm dann gegen das Schienbein, wie Gwyneth es ihr beigebracht hatte. Seine Hände lösten sich von ihr, und sie wirbelte herum und rannte zurück zum Bergfried.

Es war ihr schon wieder passiert. Was war nur mit ihr los?

Warum wurde sie immer zur Zielscheibe der Männer? Und wovon sprach Lachlan? Sie sollte ihn heiraten? Niemals!

„Mach dir keine Sorgen, ich werde meinen Willen schon noch bekommen, Mädel. Diese Titten gehören mir, genau wie der Rest von dir. Ich werde Aedan dazu bringen, dich mir zur Frau zu geben. Er ist mein Freund." Lachlans Stimme hallte über ihre Schulter, was sie nur noch schneller antrieb. Sobald sie es durch die Tür geschafft hatte, prallte sie fast gegen Jennie.

„Lina, was ist passiert? Was ist los?"

Lina klammerte sich zitternd an die Arme ihrer Freundin und hatte Angst, sie loszulassen. Tränen nahmen ihr die Sicht. Sie hasste es zu weinen, aber sie konnte nicht anders. Welch ein großer Irrtum war es doch gewesen zu glauben, dass ein Besuch bei Jennie sie von der Erinnerung an ihren Angriff befreien würde. Aye, Lachlan hatte vielleicht nicht versucht, sie zu vergewaltigen, aber er hatte sie gegen ihren Willen geküsst und versucht, sie zu berühren, und hatte dann auch noch die Frechheit besessen, sie aufzufordern, ihn zu heiraten.

Wie sollte sie das jemals hinter sich lassen?

KAPITEL FÜNF

DREW TRAUTE LACHLAN nicht, als er sah, wie dieser vor dem Rest der Gruppe vom Kampfplatz kam, also folgte er ihm. Er tauchte hinter Lachlan auf und hoffte, sich verhört zu haben. „Burnes, habe ich da gerade richtig gehört?"

„Was denn? Ich wollte sie nur dazu bringen, mich zu heiraten. Wenn sie sieht, wie gut ich küssen kann, wird sie der Heirat zustimmen. Da sie schon bald meine Frau sein wird, verzichtete ich darauf, ihr die Unschuld zu rauben und berührte nur ihre Titten. Warum stellen sich die Mädels nur so an? Hast du sie etwa nicht gesehen? Verdammt, sie sind perfekt gerundet." Er grinste Drew an.

„Du sprichst von Avelina Ramsay?", fragte er und spürte, wie Wut in ihm aufstieg.

„Aye." Er sah Drew finster an und legte seine Hand an sein Schwert. „Was schert dich das? Anscheinend möchtest du einen Anspruch auf sie geltend machen. Aber ich will sie für mich haben. Ich brauche dringend eine Frau, also halte dich von ihr fern."

Drew hielt die Fäuste an den Seiten geballt, aber dann kam er zum Schluss, dass es keinen Sinn hatte, sich zurückzuhalten. Der Bastard hatte es verdient, also holte er aus und schlug ihm mit der Faust direkt ins Gesicht.

Lachlans Kopf schoss unter der Wucht des Schlags nach hinten. Er beschimpfte Drew und griff nach seiner Kehle, aber Drew war schneller.

Er packte Lachlan am Hals und schlug ihn erneut. „Wenn du sie noch einmal berührst, bringe ich dich um. Ich habe dich gewarnt." Drews Brust hob und senkte sich heftig, während er sich zwang, sich zu beruhigen.

Aedan rannte auf sie zu. „Burnes, was zum Teufel hast du jetzt schon wieder angestellt?"

„Er hat Avelina respektlos behandelt, und das werde ich nicht dulden. Er wurde genug gewarnt. Der Bastard soll seine Hände unter Kontrolle halten." Er stieß Burnes weit von sich, damit er nicht versucht wäre, ihn noch einmal zu schlagen.

„Burnes, reite zurück auf dein eigenes Land. Du wurdest oft genug gewarnt. Und du heiratest Avelina Ramsay ganz gewiss nicht." Aedans Augen blitzten vor Wut. Aedan hatte sich verändert. Früher hätte er Burnes wahrscheinlich nur verspottet oder ihn höchstens gescholten. Er hätte ihn nie fortgeschickt.

Lachlan knurrte, stieg auf sein Pferd und ritt auf das Fallgitter zu.

Nachdem sie ihm bis zum Tor nachgeschaut hatten, sah Drew seinem Freund in die Augen. „Die Ehe hat dich verändert, Cameron. Zum Besseren, denke ich."

„Aye. Wenn ich deine geröteten Augen sehe und deinen Gestank nach Whisky rieche, solltest du vielleicht auch heiraten. Es gibt bessere Dinge im Leben, als jede Nacht zu saufen und sich mit einer anderen Frau zu wälzen. Wenn du die Richtige findest, ist alles viel besser." Aedans Gesicht war weicher geworden, aber es war offensichtlich, dass er jedes Wort ernst meinte.

„Vielleicht hast du recht", sagte Drew seufzend und sah zu Boden. „Ich kann schließlich nicht sagen, dass ich etwas genossen habe, wenn ich mich nicht einmal daran erinnern kann. In letzter Zeit habe ich keine Erinnerung an die Hälfte meiner Abenteuer, obwohl ich hinterher oft meinen Vater davon reden höre."

„Interessierst du dich für das Ramsay-Mädchen, Menzie? Ich meine, darüber hinaus, sie in dein Bett zu holen?"

Drew warf Aedan einen spitzen Blick zu. „Zum Teufel, Cameron. Ich würde sie nie so behandeln. Ich vergnüge mich nur mit Mägden, die ihren Spaß haben wollen, und achte darauf, keine kleinen Bastarde zu hinterlassen. Avelina ist von edlem Blut, egal ob Lachlan das begreift oder nicht, aber was noch wichtiger ist, sie ist unschuldig und hat kein Interesse an ihm."

Aedan musterte seinen Freund lange, dann sagte er: „Gut. Es freut mich, dass du den Unterschied erkennst. Sie ist die engste Freundin meiner Frau, und ich werde sie beschützen. Ich möchte, dass du weißt."

„Ich verstehe", sagte Drew.

Zum Teufel, warum ahnte er nur, dass Avelina Ramsay für ihn deutlich mehr sein würde als nur ein hübsches unschuldiges Mädchen? Und was noch wichtiger war, warum verlieh ihm dieser Gedanke mehr Hoffnung als er seit Langem gehegt hatte?

Lina schlich mitten in der Nacht die Treppe hinunter in die Küche. Sie hatte sich den ganzen Abend hin und her gewälzt und hoffte, eine Tasse Ziegenmilch oder ein Gebäck zu finden – irgendetwas, das ihr beim Einschlafen half.

Auf dem Küchentisch lag ein Apfelküchlein, und sie nahm es und wollte gerade wieder den Raum verlassen. Aber da ertönte ein Kichern aus der Vorratskammer im hinteren Teil der Küche. Linas Verstand sagte ihr, sie sollte es ignorieren, aber etwas anderes zog sie zurück zum Geräusch. Sie ging darauf zu.

Als sie näher kam, verwandelte sich das Kichern in Stöhnen. „Oh Drew, du weißt, wie man ein Mädchen beglückt, nicht wahr?"

Drews Stimme, heiser und tief, hallte durch die Küche. „Aye, das tue ich, du süßer Schatz."

Lina konnte nicht anders, trat noch zwei Schritte näher und spähte um die Ecke. Da stand Drew, groß und gutaussehend, und seine Hände packten den Hintern eines Küchenmädchens. Er trug nichts außer seinem Plaid, und ihr Blick wanderte von dem völlig ungekämmten dunklen Haar auf seinem Kopf hinunter zu den dunklen Haaren auf seiner Brust. Die beiden waren so miteinander beschäftigt, dass sie sie nicht bemerkten. Ihre Arme und Hände waren überall, und sie küssten sich leidenschaftlich, worauf das Mädchen stöhnte.

Eine Hitze, die Lina noch nie zuvor gespürt hatte, durchströmte ihren Körper, und sie wandte sich ab und eilte zur Tür. Auf ihrem Weg nach draußen stieß sie einen Hocker um.

„Wer ist da?" Drews Stimme erreichte ihre Ohren noch, aber sie antwortete nicht, huschte durch die Tür und wieder die

Treppe hinauf.

In ihrem Bett angekommen, begann sie hilflos zu schluchzen. Mit so einer Frau könnte sie nie mithalten. Dieses Mädchen wusste offensichtlich, wie man Drew Menzie erfreute, etwas, wovon Avelina Ramsay absolut keine Ahnung hatte.

Sie rollte sich auf die Seite und weinte sich in den Schlaf. Sie würde nie heiraten. Niemand würde sie jemals wollen.

Drew raffte seine Kleidung zusammen und lief zur Tür, während seine Gefährtin ihm nachrief: „Drew Menzie, wage es nicht, mich um mehr betteln zu lassen."

„Tut mir leid, Mädchen, aber ich habe es eilig." Er rannte durch die Tür, denn er musste sehen, wer ihn erwischt hatte. Er betete, dass es nicht Jennie war, denn dann wäre er gezwungen, das Land der Camerons sofort zu verlassen. Zu Hause waren sie an seinem unersättlichen Appetit gewöhnt, aber hier? Nein, hier dürfte er kein derartiges Benehmen an den Tag legen. Er musste sich beherrschen. Daher musste er wissen, wer sie unterbrochen hatte.

Sobald er den großen Saal betrat, erhaschte er noch einen Blick auf eine große, geschmeidige Schönheit, die die Treppe hinauflief. Avelina? Verdammt, hoffentlich war es nicht sie gewesen. Dieses Mädchen war nämlich wirklich noch unschuldig.

Er lief ihr schnell genug nach, um sich zu vergewissern, dass es doch Avelina war. Ihre Wangen waren vor Verlegenheit dunkelrot. Als er kehrt machte, knirschte etwas unter seinem Fuß, und er bückte sich, um ein zerbröseltes Apfelküchlein aufzuheben. Wahrscheinlich war das der Grund gewesen, warum Avelina Ramsay zu so später Stunde in die Küche gekommen war. Er verfluchte sich und seine unstillbare Lust, als er daran dachte, wie das Stelldichein aus ihrer Sicht gewirkt haben musste. Wie konnte er nur erklären, dass er Avelinas wegen das Dienstmädchen aufgesucht hatte? Sie hatte eine Sehnsucht in ihm geweckt, aber er wusste, dass sie für ihn unerreichbar war.

Er kehrte zurück, um mit dem Dienstmädchen zu sprechen, aber sie war fast so schnell verschwunden wie seine Lust auf sie.

Drew trat aus der Burg in die kühle Nachtluft hinaus und fuhr sich mit den Händen durchs Haar. Normalerweise würde ihn

solch ein Vorfall nicht weiter beunruhigen, aber nun wünschte
er, er könnte das Geschehene ungeschehen machen. Er war in
seiner eigenen Burg schon mit vielen Frauen zusammen gewesen – mit süßen unschuldigen Mädchen, Witwen, verheirateten
Frauen –, aber er hatte sich nie besonders um sie gekümmert.

Bis Avelina aufgetaucht war.

Alles, was er eigentlich vorgehabt hatte, war, einige Zeit abseits
der Beleidigungen seines Vaters und der Beschützerinstinkte
seiner Mutter zu verbringen, und stattdessen hatte er sich in eine
Lage gebracht, die er sich nie geträumt hätte.

Ein Mädchen war ihm plötzlich wichtiger als alle anderen.

Lina rieb sich den Schlaf aus den Augen und setzte sich im
Bett auf. Jemand hatte ihren Namen gerufen, dessen war sie sich
sicher. Doch sie befand sich allein in dem Zimmer, das ihr neben
Jennies und Aedans Schlafzimmer zugewiesen worden war. Ihr
zerzaustes Haar fiel ihr um die Schultern, als sie aufstand. Sie
ließ den Kopf hängen, als sie sich daran erinnerte, was sie in der
Küche gesehen hatte. Drew Menzie, der Junge ihrer Träume, war
nicht der Mann, den sie sich erhofft hatte.

„Komm zu mir. Wir müssen reden." Es war eine sanfte, weib-
liche Stimme – eine, die sie nicht kannte.

Die geflüsterten Worte schwebten durch die Luft, und Lina
drehte sich im Kreis, um nach der Quelle zu suchen. Als sie sie
nicht finden konnte, zündete sie zwei weitere Kerzen im Zimmer an.

„Komm ans Fenster, dann wirst du mich sehen. Vertrau mir, ich
werde dich beschützen."

Lina ging auf Zehenspitzen zum Fenster und zog das Fell
zurück, um in die kühle Nacht hinauszuschauen. Eine Aura, wie
man sie in der Nähe eines Engels erwarten würde, erregte ihre
Aufmerksamkeit unter den Bäumen neben der Bank im Garten.
Sie beugte sich aus dem Fenster, um genauer hinzusehen.

Eine Frau mit dichten goldenen Locken, die um ihr Gesicht
tanzten, stand da in einem langen, fließenden Kleid, das mit
Federn und Perlen verziert war. Ein Lächeln zierte ihr Porzel-
langesicht. „Vertrau darauf, dass ich dich beschütze, Lina. Ich bin
Erena. Wir müssen reden. Bitte komm zu mir in den Garten. Ich

werde dich vor allen Männern beschützen. Kerle wie Lachlan oder Keith werden dich nicht mehr belästigen, solange ich in deiner Nähe bin."

Lina warf einen Blick über ihre Schulter, denn die Stimme kam nicht von unten, sondern von oben. Wie konnte das sein? Und woher wusste die Frau die Namen von Lachlan und Keith? Vielleicht war das alles nur ein Traum.

„Komm, Lina. Wir müssen reden. Du hast keine Ahnung von deiner Bedeutung, oder, Mädchen?"

Lina wich vom Fenster zurück und ließ das Fell davor wieder sinken. Sie musste träumen.

„Nein, das ist kein Traum. Komm mich besuchen."

Lina öffnete die Tür ihrer Kammer, sah, dass der Flur leer war, und tappte die Treppe hinunter. Als sie auf die Eingangstür des großen Saals zuging, hielt sie die singende Stimme zurück. „Nicht hier entlang. Komm durch die Küche. Vertrau mir, ich werde dich führen."

Lina wechselte die Richtung und ging auf Zehenspitzen auf die Küche zu. Zuerst hatte sie Angst, diesen Weg einzuschlagen, nach dem, was sie in dieser Nacht gesehen hatte.

„Avelina, bitte vertrau mir. Drew ist nicht hier. Das hat nichts mit ihm zu tun. Nur du und ich sind hier."

Lina schloss die Augen, holte tief Luft und ging durch die Küche in die kühle Nachtluft. Als sie nach draußen trat, empfing sie das herrlichste Aroma – der süße Duft von Lavendel. Sie atmete tief ein, und Erenas Stimme sagte: „Aye, folge meinem Geruch. Er wird dich zu mir führen."

Ein plötzliches Gefühl des Friedens durchströmte Linas Körper. Sie eilte den Weg entlang und blieb erst stehen, als die Dunkelheit der Nacht zu Licht wurde. Dort, in der Mitte des Gartens, stand die schönste Frau, die sie je gesehen hatte. Lina blieb wie angewurzelt stehen und wartete darauf, die Stimme wieder zu hören. Sie wartete auf den Beweis, dass diese atemberaubende Frau dieselbe war, die sie gerufen hatte.

Erenas elfenbeinfarbenes Kleid war mit Federn verziert. Der Duft von Lavendel umhüllte sie tatsächlich, zusammen mit etwas anderem. Der Garten war voller Schmetterlinge, deren Flügel in der Luft flatterten.

Zuerst glaubte Avelina zu träumen. Sie beobachtete, wie die Schmetterlinge mit Flügeln, die purpurn, gelb und grün schillerten, in der Luft um die Frau vor ihr umhertanzten. Aber dies war kein Traum. Das hier war echt. Irgendwie wusste sie es. Diese Frau war ihretwegen aus dem Jenseits gekommen, und ihr Leben sollte sich zum Besseren wenden. Sie würde nicht länger die stille kleine Lina sein, die sich in der Ecke versteckte.

„Ich grüße dich, meine Liebe, ich bin Erena, die Feenkönigin des Friedens und der Harmonie. Wir wollen Harmonie in das Land der Schotten bringen und es vor allem Bösen schützen. Meinesgleichen erscheint den Menschen selten, aber ich habe einen besonderen Auftrag für dich.

Leider bist du auf eine Weise verletzt worden, die schwer zu heilen ist. Fehlgeleitete Männer haben dein Vertrauen missbraucht, und ich muss es wiederherstellen, bevor ich dir sagen kann, was deine Bestimmung in diesem Land ist. Du wirst dich als starke Frau erweisen, wirst es mir aber noch einige Zeit lang nicht glauben. Ich werde es dir jedoch beweisen."

Lina starrte auf die Vision vor sich und war sich sicher, dass sie den Verstand verloren hatte. Nay, das konnte nicht wahr sein, aber wer sollte ihr einen so grausamen Streich spielen? Welcher Trick könnte so viele Schmetterlinge an einen Ort locken? Könnte das alles ein einfacher Traum sein?

Erena setzte sich auf die Bank und klopfte auf den Platz neben sich. „Komm, setz dich zu mir, und ich werde mein Bestes geben, um dir alles zu erklären."

Lina zögerte, aber nur kurz. Die Erscheinung von Erena zerrte an ihrer Seele, also trat sie näher und legte ihre Hand zögernd in die ausgestreckte Hand der Fee. Ein sofortiges Gefühl der Harmonie breitete sich in ihrem Körper aus, beruhigte ihre Seele und löste ihr Zittern auf. Sie hob ihren Blick zu Erenas Gesicht, konnte immer noch nicht fassen, dass ihr das wirklich passierte, und setzte sich neben die Fee auf die Bank.

„Diese Zeit ist für alle sehr verwirrend", begann Erena. „Nachdem alle Kämpfe auf dem Land der Camerons beendet waren, dachten wir, die Lage hätte sich verbessert, aber eine andere böse Macht ist nun an die Oberfläche gestiegen und verbirgt sich hinter dem Gesicht eines von Aedans Nachbarn. Unser Rat hat beschlossen, einen Menschen auszuwählen, der uns unterstützen soll. Die Wahl ist auf dich gefallen, meine Liebe. Auch wenn ich dir noch nicht verraten kann, was du für uns tun sollst, wirst du es rechtzeitig erfahren."

Avelina keuchte und ihre Augen weiteten sich. „Ich?"

„Aye, du bist viel stärker, als du glaubst. Eines Tages wirst du das verstehen, aber wir müssen schrittweise vorgehen. Vorerst musst du mir einfach vertrauen und tun, was ich sage, obwohl ich heute nur wenige Anweisungen für dich habe.

In diesem Land gibt es ein Schwert, Avelina. Es ist nicht groß, aber es verfügt über gewisse Kräfte. Worin diese Kräfte bestehen, spielt in diesem Moment keine Rolle, aber es ist wichtig, wer dieses Schwert besitzt.

Das Böse hat seinen Weg zum Schwert gefunden, und wenn wir es nicht zurückgewinnen, ist die Zukunft der Schotten in Gefahr. Ich wünschte, wir könnten das Schwert in unserem Besitz behalten, aber es ist dazu bestimmt, in Menschenhand zu sein, also müssen wir dich auf diesen Weg schicken. Ich werde dir sagen, wie du uns bei diesem Unterfangen unterstützen kannst. Im Moment möchte ich nur, dass du das Schwert ausfindig machst. Sein Griff ist mit Rubinen und Saphiren besetzt, und du wirst es erkennen, sobald du es siehst."

Erena beendete ihre Erklärung und faltete die Hände in ihrem Schoß. „Glaubst du, du kannst das schaffen?"

Lina nickte, unfähig zu sprechen.

Erena stand auf und streckte die Arme aus. Ein leises Geräusch erklang vom Himmel, als ein Schwarm Schmetterlinge auf ihren Armen landete. Lina konnte ihren Blick nicht von einem bestimmten Schmetterling abwenden, dessen goldene Flecken auf seinen Flügeln zu den goldenen Schuhen der Fee passten.

„Immer wenn du einen goldenen Schmetterling siehst", sagte Erena mit einem Lächeln, „kannst du darauf vertrauen, dass ich in der Nähe bin. Ich kann dich nicht vor allem schützen, aber ich werde dir helfen zu lernen, dich selbst zu schützen. Glaube an deine Stärke, und erlaube auch anderen, dich zu unterstützen und zu beschützen. Du wirst deinen Weg finden."

Sie hob ihre Arme in einem langsamen, anmutigen Bogen zum Himmel und schickte alle Schmetterlinge bis auf einen in die

Höhe. Der goldene Schmetterling flatterte auf Erenas geöffnete Handfläche, die sie Lina entgegenstreckte und dann sogleich in die Luft hob. Der Schmetterling hob ab und flog über Linas Kopf hinweg. Dann legte die Fee ihre Hände auf beide Seiten von Linas Kopf und beugte sich hinunter, um ihre Stirn zu küssen. „Eines Tages, meine Liebe, werde ich dasselbe für dich tun. Aber zuerst musst du an dich glauben. Danach wirst du überrascht sein, wie hoch du aufsteigen kannst."

Erena verschwand in einem Lichtblitz, und Lina fand sich in ihrer Kammer wieder. Sie blinzelte die Tränen fort, als sie zum Fenster stolperte, um auf den Garten hinunterzuschauen.

Erena war verschwunden.

Während sie wieder in ihr Bett stieg, entschied Avelina, dass es wahrscheinlich nur ein Traum gewesen war. Sie legte den Kopf auf das Kissen und zog mit zitternder Hand die Decke bis zum Kinn. Gerade als sie die Augen schließen wollte, vernahm sie ein seltsames Geräusch. Sie setzte sich auf, ging zurück zum Fenster und zog das Fell zurück. Sie suchte nach Erena, sah sie aber nicht. In diesem Moment flog ein goldener Schmetterling auf sie zu, schwebte vor ihrem Gesicht und flatterte eifrig mit den Flügeln. Sie streckte ihre Hand aus, und der Schmetterling landete anmutig in der Mitte ihrer Handfläche, bevor er zweimal mit den Flügeln schlug und wieder davonflog. Lina sah der Kreatur nach, bis sie sie in der Dunkelheit nicht mehr erkennen konnte.

Selbst wenn es ein Traum gewesen war, hatte Erena ihr etwas gegeben, wonach sie sich schon immer gesehnt hatte.

Hoffnung.

KAPITEL SECHS

STIRNRUNZELND STAND DREW neben Aedan auf dem Kampfplatz der Camerons, wo Neil und Boyd zwei Gruppen bei den Kampfübungen anleiteten.

Aedans Bruder Ruari, der gerade aus der Burg kam, schloss sich ihnen an. „Aedan, darf ich heute mit Boyd üben? Vielleicht können wir ein paar neue Züge lernen."

Ruaris Begeisterung war das Gegenteil von Drews Gemütszustand.

Aedan warf Drew einen vielsagenden Blick zu. „Aye, trainiere mit Boyd. Hoffentlich wird er dir etwas Neues beibringen, das wir mit unseren Männern gebrauchen können. Drew ist auch ein großartiger Kämpfer… Zumindest, wenn sein Kopf nicht im Bierrausch ist."

Ruari warf seinem Bruder einen überraschten Blick zu und sah dann zu Drew.

„Ignorier deinen Bruder, Ruari", erwiderte Drew finster. „Ich habe gestern Abend nichts getrunken." Drew verschränkte die Arme und starrte auf die Krieger, da er mit niemandem sprechen wollte.

Ruari rannte lachend auf den Kampfplatz.

„Was verärgert dich denn heute Morgen so, Menzie? Konntest du letzte Nacht kein Mädchen finden? Ich habe dir doch gesagt, Senga würde sich deiner gern annehmen."

„Ich habe sie gefunden, und sie war auch willig, aber ich habe meine Meinung geändert." Dabei würdigte er seinen Freund keines Blickes, weil er fürchtete, sonst alles zu erzählen.

„Warum bist du dann so ungehalten? Hast du zu viel getrunken und konntest sie nicht beglücken?" Aedan lachte über den Gesichtsausdruck seines Freundes.

Drew warf mit einem Klumpen Erde nach Aedan, aber der wich behände aus. Kichernd ging Aedan zu den Wachen hinüber, die in der Mitte des Feldes übten.

„Dummkopf! Nay, ich sagte doch, ich habe letzte Nacht nichts getrunken", knurrte Drew. Er stand breitbeinig am Rand des Feldes, die Arme verschränkt, und wartete nur darauf, dass jemand ihn provozierte. Er hatte sich absichtlich davor gehütet, zu viel zu trinken. Während er sich zu Hause nicht zügeln konnte, war es bei Aedan leicht, sich zu beherrschen. Obwohl seine Körpersprache darauf abzielte, in Ruhe gelassen zu werden, war sie nicht so abweisend, wie er gehofft hatte. Aedans Wachen kamen weiterhin zu ihm. Sie standen genauer gesagt sogar Schlange, um mit ihm zu sprechen.

„Ich habe gehört, wie Eure Wachen in Truppen gegeneinander antreten", sagte der erste Mann. „Können wir hier nicht dasselbe tun?"

Drew deutete mit dem Kopf an, dass die Wache weitergehen sollte.

Der zweite Mann trat zwei Schritte zurück, als er Drews Gesichtsausdruck sah. „Menzie, könntet Ihr uns den neuen Trick zeigen, den Ihr uns vor einem Monat gezeigt habt? Der, mit dem Ihr doppelt so viele Wachen niedermacht?"

Drew knurrte und zeigte auf das Feld. „Geh und frag Boyd." Der Mann rannte los. Konnten sie nicht sehen, dass er heute andere Dinge im Kopf hatte? Dinge wie volle, rosafarbene Lippen und ein unschuldiges Lächeln… ein Lächeln, das er in der Nacht zuvor mit seiner unachtsamen Tat getrübt hatte.

Der dritte Mann blieb sogar fünf Schritte entfernt stehen. „Könntet Ihr uns nicht zusehen und dann zeigen, was wir falsch machen? Dieses Manöver ist bisher das Beste, das wir je versucht haben."

„Verschwinde! Ich bin heute zu beschäftigt."

Aedan hatte gerade einen Schluck Met von seiner Wasserblase genommen und hustete nun, weil er sich verschluckt hatte. „Womit bist du heute zu beschäftigt? Etwa damit, dich ungehobelt zu verhalten und alle zu vergraulen?"

Drew funkelte seinen Freund an und sagte: „Lass mich in Frieden, Cameron." In Wahrheit war er zu sehr damit beschäftigt, zu entscheiden, wie er seine Missetat bei einem gewissen schönen Mädchen wiedergutmachen sollte, und er hatte keine Ahnung, wie er das anstellen sollte. Er runzelte die Stirn, als er verschiedene Ideen in seinem Kopf durchspielte.

Es tut mir leid, dass du mich erwischt hast? Verzeih mir meine Sehnsüchte? Es wäre mir lieber gewesen, mit dir zusammen zu sein?

„Arghhh…", schrie er niemanden Besonderen an.

Aedan lachte und ging zu ihm zurück. „Teufel nochmal, ich habe dich nicht mehr so elend gesehen, seit du damals vierzehn Tage lang enthaltsam gelebt hattest. Was ist los? Du verheimlichst mir doch etwas."

Drew starrte nur über den Kampfplatz und grübelte schweigend.

„Wenn es um deinen Vater geht", sagte Aedan und rieb sich das Kinn, „er wird eines Tages deinen Wert schon noch erkennen. Zweifle nicht daran."

Das war an den meisten Tagen tatsächlich Drews Hauptproblem, aber nicht heute. Das Schlimmste war, dass er Aedan die Wahrheit nicht gestehen konnte. Er konnte es nicht, weil Aedan entweder in schallendes Gelächter ausbrechen oder so wütend werden würde, dass er ihm die Nase platt schlüge.

Da Drew nicht antwortete, schlenderte Aedan über den Platz und hielt bei den Männern inne, um mit einem Wärter nach dem anderen zu sprechen. Anscheinend gab er ihnen Ratschläge.

Ein paar Augenblicke später lief einer der Männer auf ihn zu und sagte: „Mein Laird sagte, ich soll Euch versichern, dass Ihr heute Abend mehr Glück haben werdet."

Drew starrte Aedan an und fragte sich, was er vorhatte.

Ein anderer Junge blieb vor ihm stehen. „Mein Laird sagte, wenn Ihr heute zu verweichlicht seid, um zu kämpfen, könnt Ihr zur Burg zurückkehren."

Drews Augen weiteten sich bei dem Wort *verweichlicht,* und sein Blick suchte sofort nach Aedan, der ihn aus der Ferne beobachtete und sich vor Lachen krümmte.

„Fahr zur Hölle, Cameron!", schrie Drew so laut, dass die Hälfte der Männer ihn hören konnte. Er entschied, dass er nicht länger bleiben konnte, funkelte Aedan noch ein letztes Mal an, machte auf dem Absatz kehrt und stolzierte davon in Richtung Wald.

Es war nutzlos, die Wahrheit zu leugnen. Der Grund, warum er so aufgebracht war, war, dass er sich für Avelina Ramsay interessierte. Woher seine Gefühle kamen, konnte er sich nicht erklären, aber er war sauer, nein, zornig darüber, dass Lina ihn mit dem Küchenmädchen gesehen hatte. Und er hatte keine Ahnung, was er ihr sagen sollte, wenn sie sich das nächste Mal begegneten.

Er marschierte durch den Wald, immer noch wütend auf die Welt, als er etwas in den Büschen rascheln hörte. Als er kurz über die Schulter zurückblickte, war er erstaunt darüber, wie weit er sich vom Kampfplatz entfernt hatte. Selbst wenn er von da aus Aedan zubrüllte, bezweifelte er, dass sein Freund ihn hören würde.

Verdammt, er würde selbst nachsehen, was das Geräusch verursachte. Er bewegte sich vorsichtig durch die Bäume, unsicher, was ihn erwartete. Für den Fall, dass es sich um eine Rotte Wildschweine oder sonst etwas Gefährliches handelte, umfasste er mit seiner Hand das Heft seines Schwertes.

Er stieß tatsächlich auf ein wildes Tier, aber ein zweibeiniges. Lachlan. Lachlan hielt ein Mädchen am Boden fest und fummelte an seiner Hose herum. Er hatte eindeutig die Absicht, sie zu vergewaltigen.

Drews Blut kochte in seinen Adern, noch bevor er das Mädchen überhaupt erkannte.

Avelina Ramsays Gesicht war geschlagen worden, und sie war bewusstlos. Die Wut in ihm nahm überhand. Er wünschte sich nichts sehnlicher, als Lachlan mit bloßen Händen zu töten. Er stürzte sich von hinten auf ihn und stieß ein heftiges Knurren aus, das den anderen Mann erschreckte.

„Menzie, hör auf. Ich habe sie zu meinem eigen erklärt. Sie willigte ein, mich zu heiraten, sobald ich ihr von der Legende erzählt hatte. Wir werden innerhalb einer Woche heiraten, wie es die Prophezeiung vom Schwert verlangt. Wir brechen bald auf, und ich nehme sie mir, da sie zugestimmt hat. Jetzt verschwinde." Er rappelte sich auf, um seine Kleidung zu richten, als Drew sein Hemd packte und ihn herumwirbelte.

Drew brüllte: „Nay, sie wird dich nicht heiraten."

Drew ignorierte alles weitere, was Lachlan zu sagen hatte, packte ihn an der Kehle, hob ihn hoch und warf ihn durch die Luft. Sein Rücken prallte gegen einen Baumstamm, und er sank schlaff zu Boden. Sobald er außer Gefecht gesetzt war, warf Drew sich auf ihn und schlug ihm so lange ins Gesicht, bis es voller Blut war. Lachlan versuchte sich zu wehren, aber seine Bemühungen kamen gegen Drews Wut nicht an. Als er sich nicht mehr bewegte, verpasste ihm Drew einen Fausthieb nach dem anderen in seinen Bauch.

Hinter ihm ertönte ein leises Wimmern. Es war der einzige Laut, den ihn hätte stoppen können, und er fuhr herum, um zu sehen, ob es Avelina gut ging. Er eilte gerade an ihre Seite, als sich ihre Lider zitternd öffneten. Aber das einzige Wort, das sie murmeln konnte, war „Nay".

Drew schnürte ihr Mieder zu und hob sie in seine Arme, um sie zur Burg zurückzutragen. Sein Blick wanderte von ihrem geschundenen Gesicht über ihren Körper, aber sie schien nirgendwo anders verletzt zu sein.

„Avelina? Sprich mit mir. Ich bringe dich zu Jennie. Sie wird dir helfen." Seine Sätze kamen stockend, da er rannte und außer Atem war.

Ihre Augen öffneten sich und sie sah zu ihm auf. „Drew? Bitte, ich mag Lachlan nicht. Er hat mir wehgetan. Lass ihn nicht in meine Nähe."

„Schh, meine Kleine. Ich werde nicht zulassen, dass er dich jemals wieder berührt. Jennie wird dir helfen."

Ihre Augen fielen wieder zu, aber sie packte seine Arme und umklammerte sie, als ob sie ihn nie wieder loslassen wollte.

Aus irgendeinem erstaunlichen Grund wünschte er sich genau das. Er beugte sich hinunter, küsste ihre Stirn und versprach ihr flüsternd, dass er sich um sie kümmern würde. Dass er für sie da sein würde. Solch ein Verhalten sah ihm gar nicht ähnlich, aber er konnte nicht leugnen, dass er sich mit Avelina in seinen Armen lebendig fühlte, lebendiger, als er sich seit langem gefühlt hatte – lebendiger, als er sich jemals in seiner eigenen Burg gefühlt hatte.

Sobald er das Fallgitter und die Vorburg erreicht hatte, brachen Rufe um ihn herum aus, einige boten Hilfe an. Jemand lief los, um Jennie mitzuteilen, dass Avelina Hilfe brauchte. Drew stieg die Stufen zum großen Saal hinauf, und jemand öffnete ihm die Tür.

Drinnen eilte Jennie auf ihn zu und gab unterwegs schon Befehle. „Mab, bring bitte frisches Wasser in ihre Kammer. Drew, bring sie die Treppe hinauf. Ich will sie in ihrem Bett untersuchen."

Während sie gemeinsam die Treppe hinaufgingen, fragte Jennie: „Was ist passiert?"

„Ich habe Lachlan dabei erwischt, wie er sie im Wald angegriffen hat", flüsterte Drew.

„Wo ist er jetzt?" Jennie führte ihn den Gang hinunter zu Linas Zimmer.

„Ich habe ihn dort zurückgelassen." Die Erinnerung an Lachlan, der reglos dort lag, erfüllten ihn mit einer gewissen Genugtuung.

„Er ist nicht aufgestanden?"

„Nay." Dieser Bastard. Er hätte umbringen sollen. Er war so abgelenkt von diesem Gedanken, dass er Jennies nächste Frage kaum hörte.

„Warum nicht?", fragte sie, bevor sie Avelinas Zimmer betrat.

„Er konnte sich nicht regen. Ich habe dafür gesorgt, dass er ihr nicht noch einmal etwas antut. Er hat es zweimal gewagt, sie zu berühren." Drew warf Jennie einen grimmigen Blick zu, als er ihr ins Zimmer folgte und Avelina auf die Bettdecke legte.

Jennies Augenbrauen hoben sich nach dieser Erklärung. „Drew, du bist blutüberströmt. Wo bist du verletzt?"

„Ich bin nicht verletzt." Warum war Jennie so ruhig? Wie konnte sie so ruhig bleiben, nachdem Lachlan der süßen Avelina wehgetan hatte?

Wieder hob sie fragend die Augenbrauen.

Er zwang sich, sich zu konzentrieren. „Es ist Lachlans Blut", erklärte er. Endlich schaffte er es, etwas zu Atem zu kommen, jetzt wo Avelina sicher in ihrem Bett und Jennie in der Nähe war.

„Drew, weißt du, warum sie bewusstlos ist?"

Drew trat vom Bett zurück. „Er hat sie geschlagen", flüsterte er. „Wie kann ein Mann so einem guten Mädchen so etwas antun? Ich könnte nie die Hand gegen eine Frau erheben." Seine Hände ballten sich zu Fäusten, und er hatte fast Angst, sich zu bewegen. Angst, dass er zurückgehen würde, um zu beenden, was er begonnen hatte.

„Ich weiß es nicht. Vielen Dank, dass du meine Freundin vor diesem grausamen Mann gerettet hast. Hat Aedan ihn nicht schon gestern weggeschickt? Wie ist er an sie herangekommen? Sie war in die Kapelle gegangen…" Sie runzelte nachdenklich die Stirn. „Ich muss nachher mit Aedan sprechen."

Sie trat an das Bett ihrer Freundin.

In diesem Moment flog die Tür auf und Aedan trat ein. „Jennie? Ich habe gehört, was geschehen ist. Wird es Lina gut gehen?"

Jennie warf ihrem Mann einen düsteren Blick zu, bevor sie antwortete. „Ich denke schon, aber ich hatte noch nicht die Gelegenheit, sie vollständig zu untersuchen. Hast du Lachlan gefunden?"

„Aye. Eine ganze Horde von Männern muss ihn geschlagen haben."

„Atmet er noch?", fragte Jennie.

„Aye, aber kaum. Sie haben ganze Arbeit geleistet, aber er hat es verdient. Wir haben ihn davor gewarnt, Lina zu berühren."

„Eine Horde von Männern?" Jennie warf ihrem Mann einen skeptischen Blick zu und richtete ihren Blick dann auf Drew.

„Menzie? Warst du dabei?", fragte Aedan.

„Aye, ich habe sie gefunden. Als ich dich zurückließ, ging ich durch den Wald und hörte Blätter rascheln. Als ich dort ankam, hatte Lachlan sie bewusstlos geschlagen und wollte sie vergewaltigen."

Aedans Augen weiteten sich. „Ich würde ihn gern selbst töten, obwohl du und wer auch immer dir geholfen hat, bereits gute Arbeit geleistet habt."

„Drew hatte keine Hilfe", flüsterte Jennie und richtete ihre Aufmerksamkeit wieder auf Avelina.

Als Drew Aedans bestürzten Gesichtsausdruck bemerkte, brüllte er: „Warum bist du so überrascht? Der Bastard wurde zweimal gewarnt, die Finger von ihr zu lassen, aber er versuchte dennoch, sie anzufassen. Du hast Glück, dass Avelina vor Schmerzen gestöhnt hat, sonst hätte ich nicht aufhören können. Aber ich wusste, dass ich sie zu deiner Frau bringen musste."

Drews Blick kehrte zu Avelina zurück, die noch immer reglos auf dem Bett lag.

Aedan ging zu Drew hinüber und packte ihn an der Schulter. „Ich danke dir."

Jennies Magd kam mit Leinenstreifen und sauberem Wasser durch die Tür, gefolgt von zahlreichen Knechten, die eine Wanne und Eimer mit dampfendem Wasser trugen.

Aedan beugte sich vor und küsste seine Frau auf die Wange. „Wir werden jetzt gehen. Bitte halte uns auf dem Laufenden."

„Aye, Mab wird mir helfen, sie zu waschen. Ich schicke sie zu dir, wenn ich dich brauche."

Drew blieb an der Tür stehen und warf noch einen letzten Blick auf Avelina. Teufel nochmal, die große, schlanke Schönheit sah in ihrem Bett so zerbrechlich aus.

Der Drang, sie für immer zu beschützen überkam ihn erneut.

Lina öffnete die Augen und stöhnte. Ihre Hand flog zu ihrem Gesicht, doch die Berührung ihrer schmerzenden Haut ließ sie zusammenzucken. Was war passiert?

Sie vernahm ein Geräusch an ihrer Seite, drehte ihren Kopf und stöhnte wieder, denn die Bewegung jagte ihr einen Stich durch den Kopf. Sie berührte ihre Stirn, als könnte ihre kleine Hand das Hämmern in ihrem Schädel stoppen.

„Avelina, beweg dich nicht. Wenn du dich bewegst, tut es nur noch mehr weh."

Drew zog seinen Hocker an die Bettkante, und als sich ihre Blicke trafen, war Avelina vom Grün seiner Augen fasziniert. Bevor sie darüber nachdenken konnte, sagte sie: „Bitte nenn mich Lina. Du warst es, der mir zu Hilfe kam, nicht wahr?" Sie senkte ihren Kopf in eine Position, die nicht wehtat. „Danke, Drew."

„Aye", flüsterte er, griff nach ihrer Hand und nahm sie in seine warmen Hände. „Verzeih mir. Ich hätte früher da sein sollen."

„Nay", flüsterte sie. „Wie hättest du es wissen können? Ich bin dir für immer dankbar, dass du mich gerettet hast."

Die Tür öffnete sich. Jennie trat in den Raum und stellte sich neben Drew.

„Lina? Wie geht es dir?"

„Sie leidet. Ihr Kopf muss furchtbar dröhnen. Kannst du ihr nicht etwas gegen die Schmerzen geben?", fragte Drew.

Lina drückte seine Hand, und erst da fiel ihr etwas auf. Sie hatte mit Drew sprechen können! Sie schloss die Augen und zwang sich weiterzusprechen. Sie konnte es schaffen für den Mann, der sie vor diesem Rüpel, Lachlan, gerettet hatte. Dies war ein wichtiger Moment für sie, so wichtig, dass sie die Augen schloss, bevor sie ihre Lippen öffnete, um zu sprechen. „Es geht mir gut, Drew. Ich kann die Schmerzen ertragen."

Drew streckte die Hand aus, als wollte er ihre Wange berühren, aber dann zog er sie zurück. „Ich möchte dir nicht wehtun."

Sie lächelte und eine Röte erwärmte ihr Inneres, aber irgendwie lähmte es ihre Lippen nicht. „Du könntest mir nie wehtun."

„Lachlan sagte, du hättest zugestimmt, ihn zu heiraten. Ist das wahr?"

Avelina keuchte und versuchte sich aufzusetzen. „Nay, ich würde niemals zustimmen, ihn zu heiraten."

Drew griff nach ihren Schultern. „Wir glauben dir. Das ist nur eine weitere seiner Lügen."

Jennie setzte sich sanft auf das Bett. „Was ist passiert, Lina? Wie hat er dich gefunden?"

Sie starrte zu den Balken an der Decke hinauf, während sie versuchte sich zu erinnern. „Ich war gerade aus der Kapelle gekommen, als er mich packte. Ich versuchte zu schreien, aber er schlug mich, und das ist das Letzte, woran ich mich erinnere. Als ich aufwachte, lag ich auf dem Boden und sah, wie Drew auf Lachlan einschlug. Dazwischen ist nichts."

„Es ist besser, dass du dich nicht an alles erinnerst. Soll ich dir einen Schlaftrunk geben?"

„Nein, das ist nicht nötig."

„Wenn du deine Meinung änderst, sag es mir einfach. Vielleicht brauchst du später Hilfe zum Einschlafen."

Die Tür ging auf und ein dralles Dienstmädchen trat ein. Sie blieb neben Drew stehen und hielt Jennie ein Tablett hin. „Hier ist das Essen, das Ihr angefordert habt, Mylady."

Jennie nahm ihr das Tablett ab und stellte es auf der anderen Seite des Bettes auf eine Truhe. „Danke, Senga. Das ist für den

Moment alles, was ich brauche."

Linas Blick wanderte zum Gesicht des Dienstmädchens. Das war die Frau, die mit Drew in der Küche gewesen war. Sie sah wieder zu Drew, der ihren Blick mit schuldbewusster Miene erwiderte. Da sie keine Ahnung hatte, was sie sagen sollte, beschloss sie, die Augen zu schließen und zu vergessen, was sie gesehen hatte. Männer hatten Bedürfnisse, und sie hatte schließlich keinen Anspruch auf Drew.

Jennie sagte: „Das ist alles, Senga."

„Aye, Herrin. Entschuldigt, falls ich etwas vergessen habe." Sie verließ den Raum, und Jennie folgte ihr in den Flur, wobei sie die Tür hinter sich offen ließ.

Lina war sich sicher, dass sie inzwischen wahrscheinlich tiefrot angelaufen war, und ihre Unfähigkeit zu sprechen war zurückgekehrt. Drew murmelte etwas, aber Lina konnte ihn nicht verstehen. Ihre Augenlider fühlten sich schwer an, also beschloss sie, ein bisschen zu schlummern. Kurz bevor sich ihre Augen ganz schlossen, beugte sich Drew vor, um ihr ins Ohr zu flüstern: „Verzeih mir, Lina. Ich wollte nicht, dass du uns siehst."

Ihre Augen flogen auf, und ihr Blick traf seinen. Sie glaubte, Reue in ihnen zu sehen. Aber was genau bereute er?

Drew flüsterte: „Wahrlich, sie ist nicht für mich. Ich habe mich in etwas eingelassen, das ich nicht hätte tun sollen. Es tut mir leid, dass du uns erwischt hast, aber in gewisser Weise bin ich auch froh darüber."

„Wieso das denn?" krächzte sie, so froh, dass die Worte überhaupt herauskamen.

„Weil ich sie nicht will. Ich habe nur Augen für dich."

Sie kämpfte darum, wach zu bleiben, aber der Schlaf übermannte sie dennoch. Kurz bevor sich ihre Augen schlossen, küsste er ihre Stirn. Lina schlief mit der letzten Erinnerung an ihren dunklen Ritter ein.

KAPITEL SIEBEN

LINA SASS AUF dem Stuhl neben dem Kamin, an Jennies Seite, die gerade Kleidung für ihr Baby nähte, das in ein paar Monaten zur Welt kommen sollte.

Jennie sagte: „Lina, ich weiß, du magst nicht über deine Probleme sprechen, aber fühlst du dich jetzt besser?"

„Aye." Das tat sie wirklich. Ihr Kopf hämmerte nicht mehr den ganzen Tag, aber ihre Ängste waren gewachsen. Innerhalb weniger Wochen war sie dreimal angegriffen worden. Das letzte Mal war sie vor der Kapelle überfallen worden, einem Ort, den sie immer für sicher gehalten hatte.

Zwei weitere Umstände verwirrten sie. Zum einen Drew Menzie, obwohl sie ihn in letzter Zeit kaum gesehen hatte. Sie war begeistert, dass sie tatsächlich mit ihm sprechen konnte, und sie hätte schwören können, dass er Interesse an ihr bekundet hatte, aber mit jedem Tag, den sie getrennt waren, fürchtete sie, wieder in ihre Welt des Schweigens zu versinken. Der andere Gedanke, der ihr nicht aus dem Kopf ging, betraf Erena, die Fee. Lina schnaubte und merkte erst, dass sie es laut getan hatte, als Jennie ihre Augenbrauen hob.

Jennie kicherte. „Hatte dieses Schnauben einen bestimmten Grund? Drew vielleicht? Mich? Das Wetter?"

Lina lachte, was sie derzeit nur selten tat. „Nein, es ging um… um einen Traum, den ich eines Nachts hatte."

„Erzähl mir davon. Wenn es dich schnauben lässt, dann bin ich ganz Ohr. Du bist die ganze Zeit so anständig und vornehm, und dieser Ausdruck war für meine Ohren ein wundersamer Klang."

Lina errötete ein wenig. Würde Jennie sie für albern halten?

Sie beschloss, die Geschichte von Erena zu erzählen, es aber als reinen Traum abzutun. „Meine Geschichte wird dich bestimmt unterhalten."

Jennies Gesicht hellte sich auf, und sie nickte Avelina aufmunternd zu, fortzufahren.

„Ich habe davon geträumt, dass mich eine Fee besuchte."

Jennie keuchte und Lina wartete ab, was ihre Freundin sagen würde. Sie wollte nicht dumm klingen.

Jennies Gesicht hellte sich auf. „Eine Fee? Erzähl mir mehr. Meine Mutter hatte einen starken Glauben an die Feen. Sie war überzeugt, dass sie alles, was wir tun, leiten, und einigen Auserwählten sogar erscheinen."

„Den Auserwählten?" Lina richtete sich in ihrem Stuhl auf und wollte alles hören, was Jennie über die Feen zu sagen hatte. Ihre Mutter hatte die Feen nie erwähnt, außer wenn sie am Feuer Geschichten erzählte. Sie musste mehr erfahren. Woher kamen die Feen und warum wurde jemand von ihnen ausgewählt? Sie wartete gespannt darauf, dass ihre Freundin fortfuhr.

„Aye. Die Feen regieren das Land, so sagen es zumindest die Legenden, aber manchmal brauchen sie unsere Hilfe. Es heißt, sie erscheinen nur den Stärksten von allen und natürlich denen, die ihnen am ehesten bei ihren Aufgaben helfen können."

„Hast du gerade gesagt, sie erscheinen den Stärksten von allen?" Lina neigte ihren Kopf näher zu ihrer Freundin, unfähig, dies zu glauben. Aye, Erena hatte zwar gesagt, sie würde stark sein, aber die Stärkste von allen?

„Aye, das hat meine Mutter immer gesagt."

„Und um welche Art von Aufgaben handelt es sich?"

„Meine Mutter hat mir erzählt, dass sie oft Tragödien verhindern sollen, wie das Kentern von Booten oder den Tod von Kindern. Sie helfen den Menschen, Naturkatastrophen, kriegerische Auseinandersetzungen und dergleichen zu bewältigen. Es wird gesagt, dass sie uns die ganze Zeit beobachten. Einige Feen erscheinen nur in der Nähe von Wasser oder während der Nacht. Manche haben Kreaturen bei sich. Was hat dir deine Fee gesagt? Wie sah sie aus?"

„Sie sagte, ihr Hauptziel im Moment sei es, mir zu helfen, stark zu werden. Sie wusste von Lachlan und Keith und sagte, sie würde mir helfen, mich gegen sie zu verteidigen. Sie eröffnete mir, dass sie eine Aufgabe für mich habe, dass eine böse Macht etwas Wertvolles entdeckt habe und dass mich die Feen aus-erwählt hätten, ihnen zu helfen, diesen wertvollen Gegenstand wiederzufinden, obwohl sie sagte, dass er in Menschenhänden verbleiben müsse. Aber er sollte im Besitz bestimmter Leute sein. Ihr Name ist Erena, und sie sagte, sie sei die Königin des Friedens, glaube ich. Sie war sehr schön, und Schmetterlinge umflatterten sie."

Jennie keuchte. „Die Königin der Harmonie?"

„Aye, genau, das hat sie gesagt, die Königin des Friedens und der Harmonie. Woher wusstest du das?"

„Die Königin ist die Fee, von der jemand meiner Mutter erzählt hat, dem sie vertraute. Es ging um…" Jennie hielt einen Moment inne, um ihre Gedanken zu sammeln, und kaute auf ihrer Unterlippe. Dann hellte sich ihr Gesicht auf, als die Erin-nerung zu ihr zurückkehrte. „Sie sagte, dass die Feen den Frieden in unserem Land bewahren wollen."

Lina schluckte leer und kniff die Augen zusammen, als ihr Herzschlag schneller wurde. Wenn das, was Jennie sagte, wahr war, dann war es kein Traum gewesen. Sie war tatsächlich einer Fee begegnet, und das bedeutete, dass sie tatsächlich eine Auser-wählte war.

„Lina." Schweigen breitete sich zwischen ihnen aus.

Lina sah ihre Freundin an und Jennie flüsterte: „Es war nicht nur ein Traum, nicht wahr? Du bist wirklich eine Auserwählte."

Lina nickte langsam und war wie gelähmt, als ob die Wahrheit gerade über sie hereingebrochen wäre.

In diesem Moment sprang die Tür auf und eine Kinderschar rannte auf sie zu. Erschrocken drehte sie den Kopf, um zu sehen, wer es war.

Ihr Bruder und seine Frau standen in der Tür. „Avelina, wir mussten sehen, wie es dir geht. Wie du siehst, wollten alle mit uns reisen." Gwyneth streckte der Kinderschar die Arme entgegen.

Ihr Clan umringte sie, und sie wollte ihr Gesicht verber-gen, aber es war zu spät. Die lauten aufgeregten Stimmen der ausgelassenen Gruppe verstummten auf einen Schlag. Sie kan-nte den Grund. Ihre Nichten und Neffen hatten ihr verletztes

Gesicht und ihre geschwollenen Augen gesehen. Torrian, Lily, Bethia, Molly, Maggie und Sorcha blieben vor ihr stehen und sahen sie verwirrt an. Gavin und Gregor rückten näher als die anderen an sie heran.

Logan und Gwyneth kamen auf sie zu und umfassten ihre kleinen Schultern. Gregor ging dicht an sie heran und legte seine Hände in ihren Schoß. „Tante Lina. Wir werden dir helfen, damit es dir wieder besssser geht."

„Aye, wir werden herausfinden, wer dir das angetan hat, und dafür sorgen, dass er dir nicht noch einmal wehtut", fügte Gavin hinzu und schwenkte seine kleine Faust.

Die Tür öffnete sich wieder und Aedan und Drew kamen herein, blieben aber in einigem Abstand stehen. Jennie lief zu ihrem Mann und schlang glücklich ihre Arme um ihn, als sie ihre Familie vor sich vereint sahen. Lina bemerkte, dass die Wut aus Drews Blick wich und seine Züge weicher wurden. Er sah zu ihr hin und beobachtete, wie sie mit den Kleinen umging. Besonders schmunzelte er über Gavin und Gregor.

Torrian, der Älteste der Sprösslinge, sagte: „Ich bin sicher, dass Jennies Ehemann dafür gesorgt hat, dass Lina nicht noch einmal verletzt wird. Er wird sie beschützen."

Lily, die in den letzten Jahren stark gewachsen war, liefen Tränen übers Gesicht, was für das aufgeweckte Mädchen ganz ungewöhnlich war. „Warum müssen die Leute unserer süßen Tante Lina wehtun?" Lily schlang ihre Arme um Lina und umarmte sie fest.

Gregor wandte sich an seinen Cousin. „Gavin, wir müssen Lina noch eine Kussss geben."

Gavin nickte ernst, und die beiden kletterten auf ihren Schoß, und sie kicherte, als sie sich zu ihr beugten, um ihre Wangen zu küssen.

Gregor zeigte auf ihre geprellte Wange und fragte: „Tut dir das weh?"

„Mir geht es schon viel besser", versicherte Lina ihm kopfschüttelnd. „Danke, Jungs."

Als sie von ihr kletterten, griff Gavin hinter sich und zog sein Holzschwert hervor. „Wir sind hier, um dich zu beschützen, Tante Lina."

Lina bemerkte, dass Logan sich eine Hand vor den Mund hielt und Gwyneth anblickte, völlig verzückt von der niedlichen Tapferkeit ihres Sohnes. Vermutlich verbarg er ein Lächeln über die Possen des Jungen.

Gregor nickte, dann ahmte er seinen Cousin nach, indem er sein kleineres Schwert zog. „Aye, wir werden ihn in die Mangel nehmen, wenn er dir zu nah kommt."

„Komm, Gregor. Wir müssen die Tür bewachen." Sie rannten zur Tür, und Gavin zeigte auf eine Seite. „Du bleibst dort und ich bleibe hier. Niemand kommt unbemerkt an uns vorbei."

„Tante Lina!", rief ihr Gregor zu und hob sein kleines Schwert. „Wir sind deine Beschützer."

Avelina lächelte und umarmte dann ihre kleinen Nichten. Drew war etwas näher gekommen, obwohl sie sich nicht sicher war warum. Sie hatte bemerkt, dass er ihre Familie genau beobachtete.

Jennie und Aedan begrüßten die Besucher, und Jennie sagte zu Gwyneth: „Ich werde Obst und Brot holen und Ziegenmilch für die Kleinen. Ihr müsst nach eurer Reise bestimmt hungrig sein."

Logan fügte hinzu: „Molly, Lily und du können mit Lady Jennie gehen, um uns etwas zu essen zu holen. Maggie, bring die anderen Kinder bitte dort hinüber. Ihr könnt euch an diesen Tisch setzen, während wir mit Avelina sprechen."

Die Kleinen taten, was ihnen aufgetragen wurde.

Linas Augen trübten sich, als sie ihren Bruder ansah, der vor ihr niederkniete. Sie liebte Logan so sehr. Er war ein sehr rauer Mann und doch so sanft zu seiner Familie. Sie bewunderte seine Beziehung zu Gwyneth sehr.

„Wie geht es dir? Sobald wir von dem Vorfall gehört haben, bestanden alle deine Nichten und Neffen darauf, dich zu besuchen. Quade und Brenna sind zurückgeblieben, da Brenna etwas Schwierigkeiten mit dem Baby hat, aber sie lassen dich ganz herzlich grüßen."

Sie wischte sich die Tränen von der Wange und sagte: „Ihr seid alle sehr lieb. Mir geht es schon besser. Erzähl mir von Brennas Problemen."

„Das Baby bereitet ihr sehr viel Übelkeit", antwortete Gwyneth. „Es ist ihr schon bei Gregor so ergangen."

„Wir machen uns aber größere Sorgen um dich. Bist du sicher, dass es dir gut geht? Möchtest du mit Gwynie allein darüber sprechen?"

„Nein, mir geht es wirklich gut." Plötzlich war es ihr peinlich, dass sie alle wegen ihr zu den Camerons gekommen waren, und sie sah verlegen auf ihren Schoß hinunter.

Logan sagte: „Gut, dann habe ich nur eine Frage." Er hielt inne und gab Lina die Chance, die letzten Tränen zu trocknen. Dann fragte er mit dem unerbittlichen Ton, den Avelina so gut kannte: „Wie heißt der Kerl?"

Drew kam rechtzeitig, um zu sehen, wie die Kinderschar auf Avelina zurannte. Alles, was sie taten und sagten, zeigte, wie sehr sie ihre Tante liebten. Er konnte von sich nicht behaupten, dass so viele Menschen zu ihm aufschauten. Wenn sein eigener Vater nur schon eine einzige Sache bewundern würde, die er jemals getan hatte, wäre er bereits dankbar. Aber Avelina verdiente diese Zuneigung und noch viel mehr, und besonders dankbar war er den beiden kleinen Burschen, die auf ihren Schoß kletterten, um ihre Wangen zu küssen. Sie brachten Lina zum Kichern, und das war ein Laut, den er von ihr noch nicht gehört hatte.

In den letzten Tagen hatte er sich gezwungen, sich von ihr fernzuhalten. Zum Teil hatte er dies beschlossen, weil der Anblick ihrer blauen Flecken ihn wütend machte und ihn dazu brachte, beenden zu wollen, was er begonnen hatte, und Lachlan Burnes zu töten. Der andere Grund, warum er weggeblieben war, war, dass er fürchtete, Aedan könnte herausfinden, wie wichtig ihm Lina war. Und er war noch nicht bereit, sich das selbst ganz einzugestehen, geschweige denn seinem Freund.

Er war nach Hause gegangen, in der Hoffnung, dass es ihm nichts ausmachen würde, von ihr getrennt zu sein, aber schon auf dem Weg zu seiner Burg hatte er nur an Lina denken kön-nen. Sobald er seinen großen Saal betrat, beschimpfte ihn sein Vater vor allen, die dort zu Mittag aßen, und beschuldigte ihn, faul, unzuverlässig und nicht vertrauenswürdig zu sein. Da ihn die Begegnung mit seinen Eltern nur daran erinnerte, warum er niemals heiraten wollte, entschied er, dass dies derzeit nicht der beste Ort für ihn war. Jetzt, wo er aufrichtige Gefühle für ein Mädchen hegte, brauchte er keinen Grund mehr, die Ehe zu verschmähen.

Seine Eltern hatten das Talent, ihn schnell zu vergraulen.

Also machte er kehrt und brach sofort wieder auf. Seine Mutter folgte ihm weinend, und so umarmte er sie kurz, bevor er ihre Arme von seinem Hals löste und ging.

Er machte sich sowieso zu viele Sorgen um Lina, um ihr fernzubleiben.

Nun lehnte er an der Steinmauer im Hof der Camerons und beobachtete Linas Bruder. Dieser Mann hatte den Ruf, nach dem er sich immer gesehnt hatte. Logan galt als einer der wildesten Highlander im Land, gleich nach Jennies Bruder Alex, und wurde von den meisten Männern gefürchtet. Es war auch bekannt dafür, dass er für die schottische Krone arbeitete. Wie wurde ein Mann so mächtig?

Drew beschloss, alles, was Logan diese Woche tat, genau zu beobachten, damit er sein Verhalten nachahmen konnte. Drew wollte wichtig sein. Er wollte respektiert werden. Er wollte, dass andere ihn für entschlossen, edel und loyal hielten. Für einen Mann, auf den man sich verlassen konnte, der für das Richtige kämpfte und die Unschuldigen beschützte.

Er machte ein paar Schritte auf Lina zu, doch sofort richteten sich zwei Holzschwerter auf seinen Bauch.

„Gavin, lass ihn nicht in die Nähe von Tante Lina." Gregors Gesichtsausdruck zeigte Drew, dass es dem kleinen Jungen ernst war. Obwohl er sie leicht hätte wegschieben können, beschloss er, das Ehrgefühl der Jungs nicht zu verletzen, besonders, da sie jemanden beschützten, der ihm wichtig war.

Gavin, der ältere der beiden, hielt sein Schwert mit beiden Händen. „Ihr kommt nicht in die Nähe unserer Tante. Wir sind ihre Beschützer."

„Aye. Ihre Beschützer." Gregors grimmiger Blick erheiterte Drew, aber er schaffte es, nicht zu lächeln. Er kniete vor den Jungen nieder und sagte: „Ich verspreche, eurer Tante nicht wehzutun. Genau genommen bin ich derjenige, der sie vor dem bösen Halunken gerettet hat, der sie verletzt hat."

Gavin rannte an Linas Seite, Gregor direkt hinter ihm. „Ist das wahr, Tante Lina? Ist er der Mann, der dich gerettet hat?" Gregor stupste ihn von hinten an, und Gavin wandte sich sichtlich verärgert an seinen Cousin. „Gregor, du solltest diesen Mann beobachten, während ich mit Tante Lina rede." Er benutzte sein Schwert, um auf Drew zu zeigen.

Gregor rannte zurück zu Drew. „Ich werde ihn hier festhalten." Das Holzschwert des Jungen schwang schnell zu Drews Bauch zurück.

„Aye, Gavin, das ist der Mann, der mich gerettet hat. Lasst ihn in Ruhe", sagte Lina. „Sein Name ist Drew Menzie."

Gregor ließ seinen Arm mit dem Schwert fallen, und Gavin ging zurück zur Tür. Sie nickten beide, traten einen Schritt zurück und hielten ihre Schwerter auf Lina gerichtet, damit Drew sicher passieren konnte.

Drew ging zur Feuerstelle und grüßte Lina mit einem Nicken, als er näher kam.

„Ist das wahr?", fragte Logan, der ebenfalls am Feuer stand. „Du hast sie gerettet?"

Drew nickte und versuchte, Blickkontakt mit Lina herzustellen, aber sie starrte auf ihre Hände und knetete ihr Taschentuch.

„Danke." Logan packte seine Schulter. „Dir gebührt meine tiefste Dankbarkeit. Wenn du jemals etwas brauchst, lass es mich wissen."

Gwyneth, die neben ihrem Mann stand, fügte hinzu: „Auch ich danke dir sehr. Wir alle hängen sehr an Avelina. Sie ist ein geschätztes Mitglied unseres Clans."

Drew nickte. „Das sehe ich."

Logan wandte sich wieder Lina zu und sagte: „Du hast mir immer noch nicht geantwortet. Wer war es? Ist es jemand, den du kennst, jemand aus Aedans Clan?"

Drew verschränkte die Arme, ohne den Blick von Lina abzuwenden. „Es war ein Mann aus dem Clan der Burnes, genauer gesagt der einzige Sohn des Lairds. Er wird nicht wiederkommen. Ich habe ihn mit handfesten Argumenten davon überzeugt, sich davonzuscheren."

Aedan wandte sich an Logan: „Es tut mir so leid, dass dies auf meinem Land passiert ist. Es war meine Aufgabe, sie zu beschützen."

„Linas Schönheit ist im ganzen Land der Schotten bekannt",

sagte Gwyneth. „Leider zieht ein solcher Ruf oft ungewollte Aufmerksamkeit an."

Lina errötete und drehte ihre Röcke in ihrem Schoß. Wahrscheinlich wünschte sie sich, dass diese Unterhaltung vorüber wäre. Lina stand nicht gern im Mittelpunkt, da war er sich sicher, und dies war eine heikle Angelegenheit, um sie mit ihrem Bruder zu besprechen. Die Kleinen sahen aufgewühlt aus, also sagte Gwyneth: „Warum setzen wir uns nicht, um etwas zu essen?"

Logan nickte. „Wir reden später, Cameron." Er ging hinüber zum Tisch und Aedan, Jennie und die anderen folgten ihm. Drew blieb mit Lina allein zurück.

Drew setzte sich auf den Stuhl neben ihrem und beschloss, dass dies der beste Zeitpunkt war, um mit ihr ins Reine zu kommen. Die Kinder veranstalteten genug Lärm, um sicherzustellen, dass niemand sie belauschte.

„Lina, ich weiß, dass ich mich neulich bei dir entschuldigt habe, ich möchte nur sicher sein, dass du mich gehört hast. Du warst sehr müde. Verzeih mir bitte, was in der Küche geschehen ist. Ich habe kein Interesse mehr an solch flüchtigen Begegnungen."

Lina sah ihm in die Augen, und es war, als würde er vom Blitz getroffen. Teufel nochmal, ihre Unschuld, ihre Schönheit und ihr liebevoller Umgang mit diesen Kindern machten dieses Mädchen nur noch verlockender für ihn. Verdammt, sie hatte die einladendsten Lippen, die er je gesehen hatte. Dies war kein simpler Fall von Begierde in seinen Lenden... Nay, er würde alles tun, um sie zu beschützen und sich ihr zu beweisen.

Plötzlich fühlte er sich ein bisschen wie die Burschen mit ihren Schwertern, die sich immer vor ihr aufbauen wollten.

Lina flüsterte: „Ich erinnere mich. Vielen Dank für die Entschuldigung." Sie betastete ihr Tuch, bevor sie fortfuhr. „Drew." Sie griff nach oben und berührte seine Lippen mit ihren Fingern, um ihn zum Schweigen zu bringen. „Aber du brauchst dich nicht bei mir zu entschuldigen. Mir ist bewusst, dass Männer Bedürfnisse haben." Sie ließ ihre Hand von seinen Lippen sinken, aber er fing sie mit seiner auf.

„Das war ein Fehler, und es wird nicht wieder vorkommen. Ich mag dich." Er stockte, denn er wusste nicht, was er noch sagen sollte. Er rieb mit seinem Daumen über die zarte Haut auf ihrem Handrücken. Dies war nicht der richtige Moment, um ihr zu gestehen, dass er sich geschworen hatte, niemals zu heiraten, oder dass Lina ihn dazu brachte, alles infrage zu stellen, woran er je geglaubt hatte. Er war sich einfach noch nicht sicher. Was er wusste, war, dass er sich veränderte und dass dies hauptsächlich an dem Mädchen lag, das vor ihm saß. Aber er musste etwas sagen. „Ich weiß, dass du ein unschuldiges Mädchen bist, und niemand sollte eine holde Jungfrau solchen Dingen aussetzen."

Sie löste ihren Blick von seinem. „Vielleicht bin ich es leid, unschuldig zu sein."

Drew wusste nicht, was er darauf antworten sollte.

KAPITEL ACHT

LINA GING AUF Zehenspitzen die Treppe hinunter in Richtung Küche. Sie genoss den Luxus, in der Burg der Camerons ihr eigenes Zimmer zu haben. Das gefiel ihr. Aber jetzt, wo ihre Familie hier war, teilte sie ihr Bett wieder mit den Mädchen, obwohl Sorcha und Maggie bei Logan und Gwyneth schliefen. Molly, Lily und Bethia schliefen alle bei ihr. Sie genoss es, wenn sie sich alle aneinanderkuschelten, um sich warm zu halten und sich Geschichten zu erzählen, bis sie einschliefen, aber sie wurde oft von ihren Bewegungen geweckt, besonders von Bethia, die sich um Lina wickelte.

Als sie die Küche betrat, blieb sie erstarrt stehen. Neben dem Tisch in der Mitte, der zum Gemüseschneiden diente, stand Drew Menzie nur in seinem Plaid, ohne Hemd, Hose oder Stiefel. Ihr Mund wurde trocken, als sie auf seine Brust blickte und sie das Gefühl überkam, die dunklen Härchen dort berühren zu wollen. Zuerst bemerkte er sie nicht, aber dann trafen sich ihre Blicke.

Alles, woran sie denken konnte, war das Dienstmädchen, mit dem er neulich Abend zusammen gewesen war. Sie wusste, dass sich irgendwo neben der Küche der Raum befand, in dem die Mägde schliefen. War er etwa hier, um ein anderes Dienstmädchen zu treffen? Sobald ihr der Gedanke durch den Kopf ging, wirbelte sie herum und ging zurück zur Tür.

Doch sein starker Arm schlang sich um ihre Taille. „Bitte bleib. Ich bin nicht wegen einer anderen Frau hier. Ich habe nur etwas zu essen gesucht. Aber da du jetzt hier bist, können wir uns vielleicht unterhalten?"

Sein Atem wärmte ihren Nacken, und sie nahm den Apfelduft

von ihm wahr. Aye, die alte Lina hätte sich gewehrt und wäre weggelaufen. Aber die neue Lina überraschte sie.

Die neue Lina wollte bleiben. Jetzt, da sie ihm genug vertraute, um mit ihm zu sprechen, wollte sie ihn besser kennenlernen. Oder vielleicht ein bisschen mehr darüber erfahren, was er mit Senga gemacht hatte.

Sie drehte sich um und lächelte. „Aye, ich bleibe." Sie warf einen Blick auf das Apfelgebäck in seiner Hand. „Aber nur, wenn du bereit bist, dein Gebäck zu teilen. Deswegen bin ich aufgestanden, aber es scheint das letzte Küchlein zu sein." Lina konnte nicht glauben, wie kühn sie war. Eine Röte, die in ihren Zehen begonnen hatte, stieg nun bis zu ihrem Gesicht hinauf, aber es war ihr egal. Nur sie beide waren hier, und sie wollte mehr von Drew Menzie – sie wollte alles von ihm.

Sein Mundwinkel zuckte und Schalk funkelte in seinen Augen. Sein Arm ließ von ihrer Taille ab, und er griff nach dem Gebäck in seiner anderen Hand, brach ein kleines Stück davon ab und hielt es ihr hin, damit sie es kosten konnte. Sie zögerte nur eine Sekunde, während sie seinen Geruch einatmete, seine Körperwärme spürte und die Anziehungskraft zwischen ihnen genoss.

Dann streckte sie die Zunge heraus, um das Gebäckstück zu essen. Sie schloss die Augen und atmete den Apfelduft ein, tief genug, dass ihr das Wasser im Mund zusammenlief.

Verlegen über das leise Stöhnen, das ihr entfuhr, schlug sie die Augen auf, besorgt, dass er sie auslachen würde. Aber Drews Blick war wie verzaubert und allein auf sie gerichtet. Ein Pfeil schoss ihr direkt ins Herz. Mit seiner freien Hand fuhr Drew durch ihr seidiges Haar, bevor er sie an sich zog. Seine Lippen pressten sich mit einer Heftigkeit auf ihre, die sie sich kaum hätte vorstellen können, und sie verlor sich völlig im Geschmack und im Gefühl von Drew Menzie. Zuerst waren seine Lippen warm und weich, aber sie wurden besitzergreifender, als er seinen Mund auf ihren legte. Ihre Lippen öffneten sich, und seine Zunge fuhr zwischen sie, worauf sie leise seufzte.

Sie schlang ihre Arme um seinen Hals, um ihm noch näher zu sein, und er zog sie an sich, bis jeder Zentimeter ihres Körpers an seinen geschmiegt war. Sein kräftiger, sehniger Körper verschmolz mit ihrem, und sie wünschte, sie könnte sein Plaid beseitigen, über seine Haut streichen und seine Muskeln, seine Kraft unter ihren Fingerspitzen spüren.

Er löste seine Lippen von ihren, und ihre Knie wurden schwach, aber er fing sie auf und drückte sie an sich. Sie vergrub ihr Gesicht an seiner Schulter und wünschte, dieser Moment würde nie enden. Sie zwang sich, etwas Abstand zu gewinnen, leckte sich die Lippen und trat einen Schritt zurück. „Was ist mit dem Gebäck passiert?"

Er schmunzelte. „Anscheinend habe ich es vergessen. Es ist auf den Boden gefallen." Seine Finger strichen über ihr Kinn, und er streckte die Hand aus, um ihr Haar hinter ihr Ohr zu streifen. „Ich habe dich noch nie mit offenen Haaren gesehen. Es ist schön, wie alles an dir."

Sie lächelte, wandte sich aber verlegen von seiner genauen Betrachtung ab. Das war alles so neu für sie – geküsst und berührt zu werden und einem Mann nahe zu sein, den sie mochte. Eine schmerzhafte Erinnerung durchbrach ihre Gedanken, also wich sie von ihm zurück.

Sein Daumen strich über ihre Wange. „Tut es dir noch weh?"

Sie schüttelte den Kopf und zog ihren Nachtumhang enger um sich.

„Gehst du fort? Ist Logan deshalb gekommen? Um dich nach Hause zu bringen?" Er legte seine Hände an ihre Taille, um sie an sich zu ziehen.

„Aye, er will mich nach Hause bringen, aber ich habe darum gebeten zu bleiben. Ich gehe nicht nach Hause, es sei denn, er zwingt mich." Während seine Nähe ihr ein wenig unangenehm war, verlieh sie ihr auch eine Kühnheit, die sie noch nie zuvor gekannt hatte. Allein die Art, wie er sie ansah, entfachte ein Brennen in ihrem Innern, das sie nicht ganz verstand.

„Warum nicht? Wäre deine Familie nicht ein Trost nach allem, was du durchgemacht hast? Deine Nichten und Neffen verehren dich."

„Aye, weil ich meine ganze Zeit mit ihnen verbringe. Ich liebe sie, aber ich habe das Gefühl, hier erwachsen werden zu können. Es gibt Dinge hier…" Sie holte tief Luft und hielt inne. „Es fällt mir manchmal schwer, mich auszudrücken."

Er hob ihr Kinn und zwang sie, ihm in die Augen zu sehen.

„Habe ich das Glück, eines dieser Dinge zu sein?"

Sie grinste, unfähig jemanden anzulügen, der ihr so nahe stand. „Aye", sagte sie leise. Dann nahm sie all ihren Mut zusammen, straffte die Schultern und hob selbstbewusst das Kinn. „Aye, ich würde dich gern besser kennenlernen. Bei dir fühle ich mich wie eine Erwachsene, nicht wie ein Mädchen. Und das gefällt mir."

„Hast du deinem Bruder von diesen Gefühlen erzählt?" Er zog sie noch näher zu sich und küsste ihre Stirn, dann jede Wange und schlang dann beide Arme um ihre Taille. „Ich würde dich auch gern besser kennenlernen, aber ich möchte seinen Ärger nicht auf mich ziehen."

Lina nickte und lehnte sich an ihn. Sie wollte in diesem Moment verharren und sich immer genau so fühlen – beschützt, besonders, schön. Sie wollte den Bann nicht brechen, mit dem er sie belegt hatte, und erst jetzt fiel ihr noch etwas anderes an ihm auf.

Er hatte nicht einmal versucht, ihre Brüste zu berühren. Er hatte eine Art empfindsame Verletzlichkeit an sich, die sie erforschen wollte. Sie wusste wenig über ihn, seinen Clan oder seine Burg, aber es schien, als ob er oft in der Burg der Camerons war. Wieso? Sie wollte es wissen. Die Aufrichtigkeit in seiner Entschuldigung, die Art, wie er sie vor dem letzten Angriff gerettet hatte, weckte in ihr die Sehnsucht nach mehr. Zuallererst hatte Drews Aussehen sie angezogen, aber Drew Menzie hatte viel mehr zu bieten als ein hübsches Gesicht.

Aye, sie war dabei, sich in ihn zu verlieben und es gefiel ihr.

Logan und Gwyneth brachen weniger als eine Woche später mitsamt ihren Kindern und Wachen im Schlepptau auf. Sie hatten versucht, Lina davon zu überzeugen, nach Hause zu gehen, aber am Ende hatten sie ihrem Wunsch nachgegeben.

Logan verließ sich auf Aedans Versprechen, dass er sich um Lachlan kümmern würde, sollte er jemals zurückkehren. Drew glaubte zwar, Burnes würde sich nie wieder hier blicken lassen, aber Aedan war sich da nicht so sicher. Lina hoffte, dass Drew recht hatte, denn sie wollte Lachlan Burnes nie wiedersehen. Sie konnte sich an keinen Heiratsantrag erinnern. Burnes hatte

Drew zwar gesagt, dass sie heiraten würden, aber Lina hatte keine Erinnerung daran, dass Lachlan mit ihr darüber gesprochen hätte.

Zwar waren Frauen in ihrem Land kaum mehr als Besitzgüter, aber immerhin mussten sie einer Heirat zustimmen.

Und das hatte sie ganz gewiss nicht getan.

Gwyneth hatte ihr ein paar Bewegungen beigebracht, mit denen sie sich verteidigen konnte. An einem Tag, als Logan nicht in der Nähe gewesen war, hatte sie Avelina für ein Gespräch unter vier Augen beiseite genommen. „Du fühlst dich hier ganz anders als zu Hause, nicht wahr?"

Lina nickte. „In meiner Familie werde ich immer die Jüngste sein, die Kleinste. Hier fühle ich mich reifer."

Gwyneth umarmte sie und sagte: „Das verstehe ich. Deine Brüder behandeln dich, als wärst du immer noch fünf Jahre alt. Deshalb bist du so schüchtern. Sie behüten dich zu sehr, besonders Logan und Quade. Micheil ist ein bisschen einfacher. Vielleicht könntest du ihn besuchen. Ich bin sicher, Diana würde sich freuen, dich zu sehen."

Lina hatte ihren Vorschlag erwogen, dann aber abgelehnt. „Es gefällt mir hier. Jennie ist meine engste Freundin und sie versteht mich."

„Du wirst erwachsen, und deine Brüder müssen dir das erlauben. Ich werde auch deiner Mutter dabei helfen, es verstehen zu lernen."

„Ich danke dir, Gwyneth." Sie liebte die Frau ihres Bruders, weil sie so stark war, so anders. Gwyneth war immer geduldig mit ihr, auch als sie ihr beigebracht hatte, mit Pfeil und Bogen umzugehen. Aber angegriffen zu werden war etwas anderes, etwas, das sie nicht gern mit jemandem in ihrer Familie besprach. Sie schämte sich einfach zu sehr.

Während ihres Besuchs hatten Gregor und Gavin sie mehrmals mit Küssen bedeckt, und sie hatte jede Minute davon genossen.

Kurz bevor sie aufbrachen, war der kleine Gregor zu ihr gerannt, um sich endgültig zu verabschieden. „Ich liebe dich, Tante Lina."

„Ich liebe dich auch, Gregor."

„Tante Lina!" Gavin sprang an ihre Seite. „Wenn du wieder Schutz brauchst, kommen wir zurück. Du weißt, Gregor und ich sind die besten Beschützer."

Gregor stimmte ein: „Aye, wir sind die besten Beschützer."

Dann waren sie weg. Ihr Herz fühlte sich ein wenig leer an, nachdem ihre Familie gegangen war, aber die Hoffnung, die in der Nacht, in der sie die Fee gesehen oder geträumt hatte, in ihr aufgeblüht war, hatte sie nicht verlassen.

Jennie setzte sich neben sie an den Tisch, kurz nachdem die anderen davongeritten waren. „Lina, hast du die Fee wieder gesehen?"

Lina schüttelte den Kopf. „Manchmal glaube ich, ich habe mir das alles nur eingebildet."

„Nay, nicht wenn das, was du gesagt hast, mit dem übereinstimmt, was meine Mutter mir erzählt hat. Es ist wahr. Ich glaube daran. Was hat sie dir noch erzählt?"

Lina wollte Jennie gerade alles berichten, als in der Vorburg Tumult ausbrach. Jennie warf ihr einen verwirrten Blick zu und stand von ihrem Hocker auf. Lina folgte ihr, als sie zur Tür ging, denn sie wollte sehen, was draußen vorgefallen war.

Jennie öffnete die Tür und trat hinaus, drehte sich dann aber rasch wieder zu ihr um und sagte: „Geh wieder nach drinnen."

Jetzt war sie neugieriger denn je. Sie spähte über Jennies Schulter zu all den Pferden in der Mitte der Vorburg und versuchte zu verstehen, was es mit dem Lärm auf sich hatte. Doch sobald ihr Blick an einer Stelle haften blieb, fühlte es sich an, als hätte ihr eine Faust in den Magen geschlagen.

Lachlan war zurück. Lachlan und ein Mann, der sein Vater sein musste, stritten, begleitet von mehreren Wachen, die noch zu Pferd saßen, mit Aedan, Drew und Neil, dem Anführer der Cameron-Wächter. Sie versuchte die Worte zu verstehen, aber Jennie schob sie wieder in den Saal. Da ihr nichts daran lag, Lachlan jemals wiederzusehen, wandte sie sich bereitwillig zur Tür, doch dann erregte ein Wort ihre Aufmerksamkeit.

Schwert. Sie stritten über ein sagenumwobenes Schwert. Jetzt musste sie bleiben. Sie warf Jennie einen scharfen Blick zu, und die Augen ihrer Freundin weiteten sich.

Lachlans Vater schrie am lautesten. „Jemand hat das Schwert meines Sohnes gestohlen! Er ist der rechtmäßige Besitzer des legendären Saphirschwerts, und nun ist es verschwunden. Lachlan trug es bei sich, als er hierherkam, und bei seiner Rückkehr hatte er es nicht mehr. Einer der Camerons muss es ihm gestohlen haben. Ihr habt es ihm alle geneidet."

„Sein Schwert wurde von niemandem der Camerons gestohlen, Burnes. Nimm deinen dummen Sohn und geh nach Hause, sonst sperre ich ihn in meinen Kerker, weil er ein Mädchen auf meinem Land angegriffen hat." Aedan, der üblicherweise die Ruhe bewahrte, funkelte den Laird der Burnes wütend an.

„Nay, wir werden nicht ohne das Schwert der Feen gehen. Er hat es auf ehrliche Weise erstanden. Es war seine Bestimmung. Das Schicksal wollte unseren Clan in der Zukunft beschützen. Ich weiß nicht, wer das Schwert gestohlen hat, aber wir erwarten von dir, Cameron, dass du alle durchsuchst, die hier waren, als Lachlan das Bewusstsein verlor. In diesem Augenblick wurde es ihm gestohlen und wir müssen es zurückbekommen. Wir haben ein Recht auf dieses Schwert."

Lina hörte aufmerksam zu und wollte kein Wort verpassen. Ein Schwert, das ihm gestohlen worden war? Ein sagenumwobenes Schwert… genau wie das, das Erena beschrieben hatte. Und aus irgendeinem Grund konnte sie sich das Schwert genau vorstellen, wie es an Lachlans Gürtel hing. Sie sah seinen mit Juwelen besetzten Griff vor ihren Augen und rieb sich die Stirn, als könnten ihre Finger ihren Verstand zum Arbeiten zwingen.

Könnte Lachlan die böse Macht sein, die das Schwert hielt? Das Schwert, nach dem sie Ausschau halten sollte?

Sie konnte ihren Blick nicht vom Spektakel draußen abwenden. Lachlans Gesicht war noch nicht vollständig von Drews Schlägen verheilt, aber ihres war es auch nicht. Lachlans Gesicht zeigte die alten Blutergüsse, aber auch einige frische. Von wem stammten sie? Es war ihr egal.

„Da ist sie!" Lachlan deutete mit seinem Schwert in Linas Richtung. „Vielleicht hat sie das Schwert gestohlen."

Drew riss ihn vom Pferd und schlug ihn. „Du hast sie verdammt noch mal geschlagen, du dreckiges Schwein. Wie kann sie dir etwas gestohlen haben? Ich fand sie bewusstlos am Boden liegend, und sie hatte nichts in ihren Händen."

„Dann hast du es vielleicht gestohlen, Menzie. Du warst der Letzte, den ich gesehen hatte, bevor ich aufwachte. Wo ist es? Wo ist mein Schwert? Es gehört mir. Es schützt mich und meinen Clan. Ihr alle kennt die Sage vom Saphirschwert." Lachlans verunstaltetes Gesicht war voller Speichel, so aufgebracht spuckte er die Worte hervor.

Sein Vater lenkte sein Pferd neben Drew. „Wir werden dich dafür hängen, dass du gestohlen hast, was uns gehört."

Aedan und Neil, der Anführer der Cameron-Wachen, stellten sich zu beiden Seiten des Lairds der Burnes auf. „Ihr werdet ihm nichts tun. Er ist auf meinem Land, und dein Sohn hat sein Verbrechen auf meinem Land begangen. Von mir braucht ihr keine Hilfe zu erwarten. Ich habe Lachlan vom Land der Camerons verbannt, und wenn ihr nicht von hier verschwindet, werfe ich ihn in unseren Kerker, damit er für seine Vergehen büßt."

„Weil er sich mit einer Hure abgegeben hat?", rief der alte Burnes. „Alle Frauen sind Flittchen. Sie hat ihn verführt. Welche Frau will nicht mit dem Sohn von Hogan Burnes zusammen sein?"

Drew holte gerade zum Schlag aus, als ein Pfeil durch die Luft sauste und sich in den Oberschenkel des alten Mannes bohrte. Er brüllte auf und riss die Hände herunter, um seine Lenden zu bedecken.

Gwyneth war mit Pfeil und Bogen herangaloppiert, aber sie blieb in einiger Entfernung stehen. „Verschwindet, sonst trenne ich Euch die Eier ab." Sie spannte einen weiteren Pfeil ein.

„Lass uns gehen. Sie ist die Frau, von der ich gehört habe." Lachlan bedeckte nun selbst die Stelle zwischen seinen Beinen, während er sprach.

Drew setzte sein Schwert an Hogans Kehle, während Aedan sein Schwert an Lachlans hielt. „Ich schlage vor, ihr geht jetzt. Euer Schwert ist nicht hier."

Hogan Burnes bedeutete seinen Männern zu gehen. „Das hier ist noch lange nicht vorbei."

Lina stürmte in den Bergfried und eilte die Treppe zu ihrer Kammer hinauf, Jennie direkt hinter ihr. Im Zimmer angekommen schloss sie die Tür hinter sich und durchwühlte ihre Kleidertruhe auf der Suche nach etwas. Ein Teil der Erinnerungen von Lachlans Angriff kehrten zurück, und sie zwang sich weiter zu suchen, anstatt sich aufs Bett zu werfen und zu schluchzen, wie sie es eigentlich wollte.

Schließlich griff Jennie an ihr vorbei und fand das Schwert zuunterst in der Truhe. „Ich habe es hier aufbewahrt. An dem Tag des Angriffs habe ich es in deiner Rocktasche gefunden. Ich wusste nicht, was es war, also habe ich es versteckt. Ehrlich gesagt habe ich bis jetzt nicht wieder daran gedacht. Ich war zu besorgt um dich, um darüber nachzudenken. Ist es Lachlans Schwert?"

Lina hob das silberne Schwert hoch und drehte es um, um die leuchtend roten Rubine und die tiefblauen Saphire, die an mehreren Stellen auf dem Griff zusammen mit zwei Smaragden eingebettet waren, zu sehen.

Jennie beugte sich murmelnd über sie. „Lina, das ist so ein schönes Schwert. So eines habe ich noch nirgendwo gesehen. Wer würde es nicht gern behalten? Und die Edelsteine sind sehr groß."

Lina ließ sich auf einen Stuhl sinken. „Aye. Ich erinnere mich jetzt. Er packte mich noch in der Kapelle und wirbelte mich herum. Ich sah das Funkeln der Rubine und Saphire, sobald ich ihm zugekehrt war. Es war genauso, wie Erena es mir beschrieben hatte. Ich hatte nicht die Absicht, es zu berühren, bis er mich schlug. Wir rangen miteinander, und ich nahm das Schwert an mich, aber er schien es nicht zu bemerken. Er schlug mich mit der Faust, bis ich Sterne sah und zu Boden fiel, aber ich versteckte den Dolch in den Falten meines Rocks und ließ ihn in keinem Augenblick los. Ich glaube, dann bin ich ohnmächtig geworden. Als ich wieder zu mir kam, lag ich im Wald auf dem Boden. Er drehte mir den Rücken zu, um zu pinkeln, also versteckte ich die Waffe in meiner Tasche und schrie. Dann hat er mich wieder geschlagen, und das ist das Letzte, woran ich mich erinnere, bis Drew kam, um mich zu retten."

„Oh je, meine liebe Lina." Jennie sah sie mit großen Augen an. „Du hast getan, was die Feen dir aufgetragen haben. Erena wird sicher wieder zu dir kommen."

„Nay, das habe ich nicht. Sie sagte mir, ich solle das Schwert nur beobachten. Aber ich habe es gestohlen." Sie stand auf und starrte auf das Schwert, während sie im Raum auf und ab ging. „Ich bin keine Diebin, aber ich war so wütend auf ihn, dass ich es ihm heimzahlen wollte, also habe ich es an mich genommen.

Was mache ich jetzt nur?" Sie warf ihre Arme in die Luft, als ihr
der Ernst der Lage bewusst wurde. Was hatte sie getan?

Jennie griff nach dem Schwert und legte es zurück in die Truhe.
„Nichts. Du wirst vorerst nichts tun, bis wir Zeit haben, darüber
nachzudenken und unseren nächsten Schritt zu entscheiden."

„Aber sie beschuldigen Drew zu Unrecht, ein Dieb zu sein.
Das kann ich nicht zulassen."

Jennie langte hinüber und umarmte ihre Freundin. „Lachlan
wollte dich vergewaltigen. Er hat es nicht verdient, das Schwert
zurückzubekommen. Du musst es behalten. Die Feenkönigin
wird dich wieder aufsuchen, da bin ich mir sicher. Dann werden
wir wissen, was zu tun ist."

KAPITEL NEUN

DREW WAR SO aufgebracht, dass er nicht wusste, wohin er sich wenden sollte. Jennie und Lina waren in ihr Zimmer gegangen, und obwohl er unbedingt sehen wollte, wie es Lina ging, wusste er, dass er warten musste. Also kehrte er zum Tisch im großen Saal zurück, an dem Aedan, Neil, Logan und Gwyneth saßen.

„Mylady", sagte Neil mit größtem Respekt zu Gwyneth. „Ihr schießt gefährliche Pfeile."

Logan schlang seinen Arm um seine Frau und zog sie auf seinen Schoß, bevor er sie auf die Wange küsste. „Ich habe das beste Mädchen in ganz England und im Land der Schotten."

„Logan", kicherte sie, „ich bin wohl kaum noch ein Mädchen. Ich habe vier Kinder."

„Für mich wirst du immer ein junges Mädchen sein."

Drew fragte sich, was es brauchte, um ein so verliebtes Paar zu sein. Sie waren so anders als seine Eltern. Besonders gefiel ihm, wie Logan seine Frau bei ihrem ungewöhnlichen Streben unterstützte. Er hatte viel dabei gelernt, Logan zu beobachten.

Aedan sah von Logan zu Gwyneth. „Warum seid ihr zurückgekehrt? Ihr hattet euch doch bereits verabschiedet."

„Noch bevor wir weit gekommen waren, erreichte uns die Nachricht, dass eine Schar Männer gesichtet wurde. Ich vermutete, dass es sich um den Clan der Burnes handelte, obwohl ich gehofft hatte, mich zu irren", antwortete Logan und küsste Gwyneths Nacken, worauf sie kicherte. „Meine Gwynie liebt das Überraschungsmoment. Die törichten Männer rechnen nie mit einem Angriff von einem Mädchen. Sie hat sie voll erwischt."

„Ich bin mit meinem Köcher über der Schulter direkt an Burnes' Männern vorbeigeritten." Sie stieß den Ramsay-Schlachtruf aus, wenn auch eine Oktave höher.

Drew war damit beschäftigt, die Harmonie zwischen Ehemann und Ehefrau zu beobachten. Er selbst konnte sich eine solche Situation kaum vorstellen. Logan hatte seiner Frau erlaubt, an diesen gefährlichen Narren vorbeizureiten.

Drew wagte es schließlich, Linas Bruder danach zu fragen. Er musste doch von den beiden lernen, nicht wahr? „Hattest du keine Angst, als deine Frau ihnen so nahe war?"

„Nein, ich habe nie Angst um meine Gwynie, auch wenn ich immer in ihrer Nähe bleibe. Sie schafft es, jeden Mann auszuschalten, wenn sie es will. Sie ist eine Kämpferin. Man sollte sich auch vor ihrem Dolch in Acht nehmen."

„Aber sie ist deine Frau. Die meisten Frauen kämpfen nicht. Wie kam es dazu?"

Drew warf Aedan einen Blick zu, und an der verwirrten Miene seines Freundes konnte er erkennen, dass dieser sich dieselbe Frage stellte.

„Ich habe Gwyneth kennengelernt, nachdem sie von den Nordmännern auf einem Schiff angegriffen worden war. Es waren viele Frauen auf dem Schiff, aber es gab einen Unterschied zwischen Gwyneth und den anderen."

„Welchen?"

„Sie hatte vielleicht ein oder zwei blaue Flecken davongetragen, aber sie wollte sich rächen. Eines habe ich an diesem Tag gelernt."

Gwyneth drehte ihren Kopf zu ihm und warf ihm einen erstaunten Blick zu. „Was denn?"

Er sah seiner Frau in die Augen. „Dass nichts deinen Lebensgeist jemals brechen könnte. Ich wusste sofort, dass du das stärkste Mädchen bist, dem ich jemals begegnen würde. Und ich wollte dich für mich."

„Deine Familie hinterfragt nie, was deine Frau tut? Ihr habt doch Kinder, nicht wahr?", fragte Drew, der dieses ungewöhnliche Paar verstehen und diesem Mann nacheifern wollte.

„Aye, ich wusste, dass unsere Kinder die stärksten im Land sein würden. Sie hat mir einen wunderschönen Jungen und ein wunderschönes Mädchen geschenkt, und wir haben noch zwei Mädchen zu uns genommen. Ihr Bruder Rab hat ihr gezeigt, wie man einen Bogen hält. Er hat sie gut geschult."

Gwyneth lehnte sich an ihren Mann und er schlang seine Arme um sie. „Danke, mein lieber Ehemann, dass du anders bist."

„Welcher der Jungen ist eurer?", fragte Drew.

„Gavin ist unser Sohn, und Gregor ist Brennas und Quades Sohn. Die beiden zusammen sind Plagegeister, aber wir lieben sie."

„Da fällt mir ein", sagte Neil, „wo sind eigentlich eure Kinder und der Rest der Wachen?"

„Wir haben sie in einer Höhle nicht weit von hier zurückgelassen. Wir haben versprochen, vor Einbruch der Dunkelheit zurück zu sein, also werden wir uns bald aufmachen. Was sagt ihr zu dem verschwundenen Saphirschwert? Wer hätte es an sich nehmen können?"

„Ich sicher nicht", knurrte Drew. „Ich war vielleicht der Letzte, den Lachlan gesehen hat, aber meine ganze Aufmerksamkeit galt Avelina. Sie bewegte sich kaum. Ich habe Burnes dort liegen lassen, und jeder hätte danach vorbeikommen können."

„Erinnerst du dich, das Schwert an seinem Gürtel gesehen zu haben?", fragte Aedan.

Drew dachte einen Moment nach, bevor er antwortete: „Nay, ich glaube nicht, aber ich war zu aufgebracht, als ich ihn mit seinen Händen auf Lina vorfand, um klar zu denken. Es hätte durchaus auch da sein können."

Ein Küchengehilfe brachte etwas zu Essen, und sie grübelten weiter über das Schwert, kamen aber zu keinem Schluss und hatten keinerlei Vermutungen über seinen Verbleib.

Kurze Zeit später sagte Logan: „Wir danken euch für das Essen, aber Gwyneth und ich müssen zu unseren Kindern zurückkehren."

Drew sagte: „Darf ich dich auf dem Weg zum Stall begleiten?" Er musste so viel wie möglich von dem Mann lernen. Diese Gelegenheit dufte er nicht verpassen, und er beschloss, sie zu nutzen, um weitere Fragen zu stellen.

„Aye, natürlich." Logan warf ihm einen verwirrten Blick zu, nickte aber.

Gwyneth sagte: „Ich habe noch ein paar Dinge zu erledigen. Ich werde dich in den Ställen treffen, Liebling."

Logan nickte und ging dann durch die Vorburg hinaus. Hier draußen konnte Drew die Unruhe des Clans der Camerons spüren. Die Kämpfe, die den Clan beinahe zerstört hätten, waren noch nicht lange vorbei, und sie hatten gerade eine ungehobelte Schar von Kriegern gesehen, die es wagten, ihre Burg zu bedrohen.

„Du wirst doch auf meine Lina aufpassen, Junge?", fragte Logan und fasste Drew an der Schulter. „Sie ist meine einzige Schwester, und du hast gesehen, wie viel sie meinem Clan bedeutet."

„Aye, natürlich. Ich werde mein Bestes tun, um sie zu beschützen. Darf ich dir eine Frage stellen?"

Logan nickte.

„Wie bist du zu deinem Ruf gekommen?"

„Diese Frage kann ich dir wohl kaum beantworten", sagte Logan mit einem dröhnenden Lachen. „Aber ich kann dir sagen, dass ich immer meinem Bauchgefühl gefolgt bin, nicht der Logik oder dem Rat eines anderen Mannes oder einer anderen Frau. Ich tue, was sich für mich richtig anfühlt."

„Und was war das Beste, was du je gemacht hast?" Drew beobachtete, wie sich der Ausdruck dieses starken Kriegers vor seinen Augen in etwas Unergründliches verwandelte. War es Glück? Stolz?

„Das war zweifellos, meine Gwynie zu heiraten. Ein starkes Mädchen wird dich nur stärker machen."

Drews verwirrtes Gesicht musste Logan wohl berührt haben, denn er klopfte ihm auf die Schulter, kicherte und sagte: „Du wirst schon sehen, Junge. Kaum zu glauben in deinem zarten Alter, aber eines Tages wirst du diese Wahrheit erkennen."

KAPITEL ZEHN

LACHLAN BURNES GING im großen Saal der Burg der Burnes auf und ab. Endlich waren ihm die Sterne wohlgesonnen gewesen. Er hätte bekommen sollen, was ihm zustand, von seinem Clan, von seinen Eltern, von allen Schotten im Land. Er konnte es ganz klar vor sich sehen. Nun musste sich nur vergewissern, dass sein Plan hieb- und stichfest war, und alles würde wieder gut werden.

Seine Mutter saß neben seinem Vater am Tisch.

„Du Narr. Ich wusste, dass dir etwas so Wertvolles nicht anvertraut werden konnte", schrie seine Mutter laut genug, dass es in den Dachbalken widerhallte.

„Mama, wer hat das gesegnete Schwert gefunden? Nicht du, nicht Vater, sondern ich. Es ist an der Zeit, mir etwas Hochachtung zu erweisen. Vielleicht habe ich unseren Clan vor einer unbekannten Tragödie gerettet. Dank mir sind wir in Sicherheit."

„Vielleicht könntest du von mir etwas Hochachtung erwarten, wenn das Schwert noch in deinem Besitz wäre. Aber du hast es verloren. Was für ein Idiot! Finde es wieder, und dann werde ich darüber nachdenken, dich besser zu behandeln." Seine Mutter trommelte mit den Fingern auf die Tischplatte, wie sie es oft tat, wenn sie verärgert war.

Lachlan ignorierte sie und ging weiter auf und ab, wobei er hin und wieder innehielt, um zu fluchen.

„Du musst dorthin zurück und es finden", bellte ihn sein Vater nicht zum ersten Mal an.

Lachlan blieb stehen und funkelte seine Eltern an, bevor er weiter auf und ab ging.

Er musste eine Strategie entwickeln. Jetzt hatte er zwei sehr unterschiedliche Ziele, aber wenn er es richtig plante, konnte er beide auf einen Schlag erreichen. Erstens musste er das legendäre Schwert zurückholen, damit es wieder zu seinem rechtmäßigen Besitzer – ihm selbst – zurückkehrte. Zweitens musste er Avelina Ramsay haben. Aye, Menzie hatte ihn aufgehalten, aber er war immer noch begierig darauf, sie zu vernaschen. Sie wäre eine angemessene Braut für den Träger des Saphirschwerts. Jemand aus seinem eigenen Clan wäre nicht mehr gut genug. Er wollte jemanden Besonderes, eine Frau, die jeder andere Mann für sich haben wollte. Aye, das war es. Er wollte jeden anderen Jungen im Land der Schotten dazu bringen, ihn zu beneiden.

Nun, da er Avelina aus nächster Nähe gesehen hatte, musste er zugeben, dass es keine Frau gab, die er stärker begehrte. Er würde darauf achten, ihr nie wieder ins Gesicht zu schlagen; dafür war sie einfach zu schön. Sein Plan hatte noch andere Vorteile. Die Ehe würde seine Familie an ihre binden und seinen Status in den Highlands heben. Quade Ramsay war Laird, und Logan Ramsay arbeitete für die schottische Krone. Avelinas anderer Bruder, Micheil, war mit der Anführerin der Drummonds verheiratet. Aye, sie wäre eine gute Partie.

Wenn er es schaffte, das Schwert zu finden und Avelina zu stehlen, könnte er sie überreden, ihn zu heiraten. Dann würden alle Lachlan Burnes und seine schöne Frau verehren.

Beim letzten Mal hatte er einfach eine unverhoffte Gelegenheit genutzt. Aber Planung war diesmal alles. Sie waren ihm jetzt auf den Fersen, und er würde nicht ohne weiteres auf das Land der Camerons gelangen können. Das Schwert zu finden würde ihm helfen, seine anderen Ziele zu erreichen, dessen war er sich sicher.

Wer zum Teufel hatte das Schwert überhaupt gestohlen? Es konnte nur Drew Menzie gewesen sein. Er musste ihn finden und die Wahrheit aus ihm herausprügeln. Dann wäre er fast so mächtig wie der König der Schotten. Er konnte sich bildlich vorstellen, wie er in die königliche Burg Einzug hielt, Avelina vor ihm auf dem Pferd sitzend, während Bauern den Weg säumten, um ihn mit seiner schönen Frau zu bestaunen. Das Schwert würde er überall hin tragen.

Seine Mutter brüllte wieder: „Warum bringst du nicht einmal etwas so Einfaches fertig, wie ein Schwert nicht zu verlieren? Und nun sagt dieser Menzie auch noch, du hättest dort ein Mädchen angegriffen? Findest du denn hier kein Mädchen, um deine Triebe zu befriedigen? Überall befleckst du unseren guten Namen. Ich erinnere mich nur zu gut an damals, als du..."

Lachlan seufzte. Seine Mutter würde jetzt stundenlang weiterzetern. Sobald sie einmal angefangen hatte, war sie nicht mehr aufzuhalten. Sie liebte es, über all die unklugen Dinge zu reden, die er je getan hatte. Er hatte die Lügen und Anschuldigungen seiner Eltern so satt; er konnte es nicht mehr ertragen, ihnen zuzuhören. Er musste von hier fort. Er ging zwar immer noch auf und ab, steuerte aber auf das andere Ende des Saals zu.

Sie würden schon sehen. Alles, was er brauchte, war ein bisschen Zeit, um sich zu bewähren. Er würde das Schwert finden und Avelina Ramsay überreden, ihn zu heiraten. Seine Eltern würden ihn endlich lieben und würden allen stolz erzählen, dass er ihr Sohn war. Aye. Sein Plan war gut durchdacht. Sein ganzes Leben war kurz davor, sich zu verändern – und zwar nur zum Guten.

Er öffnete seinen Sporran, um seiner Lieblingsmaus ein bisschen Käse zu geben, und schloss ihn dann, bevor es jemand bemerkte.

Kaum hatte er sich wieder umgedreht, da schlug eine Faust auf sein linkes Auge und ließ Sterne vor seinen beiden Augen tanzen.

„Ich rede mit dir, Junge, und du wirst lernen, mir zu antworten." Er drehte seinen Kopf gerade rechtzeitig um, um zu sehen, wie die andere Faust seines Vaters direkt auf seinen Kiefer zielte.

Lina hatte in der Nacht die meiste Zeit wach in ihrem Bett gelegen. Schuldgefühle machten ihr zu schaffen, etwas, das sie noch nie zuvor geplagt hatte.

Avelina Ramsay war eine Diebin, eine gewöhnliche Gaunerin. Wenn jemand das herausfand, würde Aedan Cameron sie auspeitschen, in den Kerker werfen oder im Wald aussetzen lassen. Jennie würde nie wieder mit ihr zusammen sein dürfen. Solche Gedanken hatten sie des Nachts gequält, und sie hatte noch keine Lösung gefunden. Ihre Seele war der Hölle geweiht. Sie musste es jemandem erzählen, aber wem? Die Kapelle war eine Möglichkeit, aber Aedan hatte gesagt, sie dürfe nicht ohne Begleitung dorthin gehen, was bedeutete, dass mindestens eine Person ihr Geständnis mithören würde.

Vielleicht konnte sie Drew ins Vertrauen ziehen und er würde ihr helfen. Nay, er würde darauf bestehen, dass sie die Waffe zurückgab, und das konnte sie nicht. Damit würde sie riskieren, der Feenkönigin vor den Kopf zu stoßen.

Was sollte sie tun, was sollte sie nur tun? Mit dieser Frage rang sie mehr als die halbe Nacht, bevor der unverwechselbare Duft von Lavendel in ihr Zimmer drang. Sie setzte sich im Bett auf, schwang ihre Beine über die Kante, und wartete darauf, was als Nächstes passieren würde. War die Feenkönigin in der Nähe?

„Komm zu mir, meine Liebe. Ich werde dich im Garten erwarten. Das ist mein Lieblingsort."

Lina spähte aus dem Fenster, und sobald sie Erenas leuchtende Aura bemerkte, schlüpfte sie in ihre Schuhe und ging zur Tür hinaus, stets darauf bedacht, niemanden zu wecken. Als sie endlich den Garten erreichte, hielt sie einen Moment inne, um den Anblick vor sich bewusst in sich aufzunehmen. Erena saß auf der Bank im Garten und trug einen kleinen Welpen auf ihrem Schoß. „Sie hat ihre Mama verloren", sagte Erena mit ihrer hellen Stimme. „Ich werde mich um sie kümmern, es sei denn, du möchtest es tun."

Ein Paar traurige Welpenaugen blickten zu Lina auf, als sie sich neben die Fee setzte. Erena setzte das Hündchen auf den Boden, und es lief sofort zu Lina hinüber und schnupperte an ihren Füßen. Dabei wedelte sein Schwanz sanft gegen Linas Bein. Wie konnte sie das Tier zurückweisen?

Sie hob den dreifarbigen Hund hoch, dessen Körper größtenteils schwarz und dessen Gesicht weiß-braun gefleckt war. Der Welpe leckte ihre Hand.

„Ich dachte mir schon, dass du sie mögen würdest", sagte Erena. „Sie wurde auch schlecht behandelt, aber das ist nun vorbei."

Lina hob das Hündchen hoch, um sein Gesicht zu sehen. „Oh, wie heißt sie?"

„Wie du möchtest. Sie ist ein Collie. Sie wird gut auf dich aufpassen und ist daran gewöhnt, Essensreste zu fressen."

Lina setzte den Collie auf ihre Röcke, und der Kleine legte den Kopf mit einem zufriedenen Seufzen auf Linas Schoß. „Abby. Ich glaube, ich werde dich Abby nennen." Lina tätschelte den Abbys Kopf und sah dann zu Erena auf, in der Hoffnung, Antworten auf ihre Fragen zu bekommen.

„Es ist viel passiert, nicht wahr, Avelina?"

„Aye." Tränen füllten ihre Augen, und sie wandte sich beschämt ab, weil sie bei ihrer Aufgabe versagt hatte.

„Warum weinst du?" Erena griff nach Linas Kinn und drehte ihr Gesicht zu sich.

„Weil ich dich enttäuscht habe."

„Du hast mich enttäuscht? Das ist unmöglich."

Erenas warmes Lächeln ermutigte sie weiterzusprechen. „Aber ich habe etwas getan, was ich nicht hätte tun sollen." Ihr Blick fiel auf ihren Schoß, und sie strich etwas schneller über den kleinen Hundekopf.

„Ah, du glaubst, du hast mir Unrecht getan, weil du das legendäre Saphirschwert gefunden hast."

„Aye. Hattest du mir nicht gesagt, dass ich es nur ausfindig machen soll?" Linas Hände waren nun im Schoß gefaltet, und sie presste ihre Finger so fest zusammen, dass es ein Wunder war, dass sie sich keinen Finger brach. Was würde Erena von ihr denken, wenn sie es erfuhr?

„Aye, ich habe dich gebeten, es ausfindig zu machen."

„Nun, als ich es gefunden hatte, habe ich es an mich genommen, wie eine gewöhnliche Diebin." Eine Träne lief über ihre Wange, und sie wischte sie hastig weg.

Die Stimme der Fee wurde weicher. „Es tut mir leid, dass ich nicht da war, um dich vor Lachlan zu beschützen."

„Du musst mich nicht beschützen. Wie du gesagt hast, muss ich lernen, mich selbst zu schützen." Tränen strömten jetzt über ihr Gesicht, und ihr Atem stockte in ihrer Brust.

„Es tut mir leid, dass du dich mit Lachlan auseinandersetzen musstest, aber du hast das Schwert gefunden." Erena strich eine lockige Haarsträhne aus ihren Tränen.

„Aye, das ist wahr, aber…" Sie sah in Erenas Augen, denn

obwohl sie Angst hatte, Missfallen darin zu sehen, konnte sie nicht wegsehen. „Vielleicht habe ich alles nur noch schlimmer gemacht. Ich weiß nicht, was ich tun soll. Bitte hilf mir." Sie schluchzte und weitere Tränen liefen ihr über das Gesicht.

„Erzähl mir eines. Wie hast du dich gefühlt, als Lachlan deine Brust durch dein Wollkleid berührt hat?"

Lina sah Erena entsetzt an und konnte kaum glauben, dass sie eine so intime Frage gestellt hatte. „Es war schrecklich, ich war so wütend. Ich wollte ihn angreifen", flüsterte sie. „Ich hasse es, wenn die Jungs auf meine Brüste schauen und versuchen, sie zu berühren. Du bist eine Fee. Kannst du nicht einfach meine Brüste verschwinden lassen oder sie kleiner machen, damit ich nicht immer im Mittelpunkt stehe? Ich binde sie, aber es hilft nichts. Für mich wäre es einfacher, wenn sie einfach weg wären."

„Glaubst du, dein Verstand arbeitete wie immer, als du angegriffen wurdest?"

„Nay", würgte sie hervor. „Aber was hat das damit zu tun, dass..."

„Konntest du in Ruhe darüber nachdenken, bevor du das Schwert an dich genommen hast?"

„Nay, er war… ich war…" Ihr Atem ging so ungleichmäßig, dass es ihr schwerfiel, zu sprechen. „Ich habe nicht nachgedacht. Ich habe es einfach gepackt."

Erena bedeckte Linas Hand mit ihrer. „Eben, meine Liebe. Du hattest Angst und warst verstört, zwei Dinge, die dich daran hinderten, klar zu denken. Ich mache dir überhaupt keine Vorwürfe deswegen. Im Gegenteil! Was du getan hast, zeigt mir, dass wir die Richtige ausgewählt haben. Du bist so stark, Avelina."

„Wirklich? Ich werde nicht in der Hölle schmoren, weil ich etwas genommen habe, was mir nicht gehört?"

„Nay, Mädchen. Dir wurde Unrecht getan, nicht Lachlan. Es ist Böses in ihm, obwohl es nicht allein seine Schuld ist."

„Wie bringe ich ihn dazu, mich in Ruhe zu lassen? Ich will nicht, dass er mich wieder anfasst. Hilfst du mir bitte?"

Erena nahm Abby von Avelinas Schoß und setzte sie auf den Boden, dann zog sie Lina in ihre Arme. „Ach, Kind, manchmal müssen wir viele Prüfungen überstehen, um etwas über uns selbst und andere zu lernen. Es gibt viele hier, die dich beschützen wollen. Lachlan hat keine Macht über dich, und du darfst dir von ihm nicht das Gegenteil einreden lassen. Du bist diejenige, die die Gabe hat. Er sollte dich fürchten. Das wird er bald einsehen."

Lina atmete erleichtert auf und beugte sich hinunter, um Abby wieder hochzuheben und sie wieder auf ihren Schoß zu setzen. „Siehst du, Abby, alles wird gut." Abby setzte sich auf und wedelte mit dem Schwanz und Lina kicherte. „Du bist einfach zu süß. Was soll ich mit Abby machen?", fragte sie und drehte sich zu Erena um. „Gibst du sie mir aus einem bestimmten Grund?"

„Aye. Jemand anderes wird bald ihre Liebe brauchen, aber jetzt noch nicht. Du wirst wissen, wenn es so weit ist."

Lina dachte einen Moment darüber nach und kraulte dabei Abbys Kopf. Wer brauchte die Liebe eines Welpen?

Erena fügte hinzu: „Dass du nun das Schwert besitzt, bringt jedoch eine zusätzliche kleine Schwierigkeit mit sich."

Lina richtete ihre Aufmerksamkeit wieder auf Erena. „Was für eine Schwierigkeit?"

„Ich fürchte, es gehört zur Legende."

„Was meinst du damit?"

„Wer das Saphirschwert trägt, muss innerhalb von zwei Monden heiraten, oder ein Unglück wird seinen Clan ereilen."

Lina keuchte und erschreckte die kleine Abby. „Heiraten? Bist du dir dessen sicher?"

„Aye. Avelina, wir sind so froh, dass du jetzt das Saphirschwert besitzt. Endlich haben wir das Gefühl, dass es in den richtigen Händen ist. Es war deine Bestimmung. Aber du musst bald heiraten, sonst wirst du es verlieren."

Sie musste innerhalb von zwei Monden heiraten. Irgendwie hatte sie das Gefühl, dass sie nicht so schnell einen Ehemann finden würde. Wieder war sie dem Untergang geweiht. Aber dieses Mal war sie vorgewarnt, und sie hatte ein wenig Zeit, um das zu tun, was sie tun musste.

Erena griff nach Abby und setzte sie erneut auf den Boden, dann zog sie Avelina auf die Beine und schlang ihre Arme um sie. „Aye, du wirst auf die Probe gestellt, aber ich glaube fest daran, dass du den richtigen Mann finden wirst. Verzage nicht, meine Liebe." Sie breitete ihre Arme weit zum Himmel aus und verschwand dann.

Avelina saß da und starrte ins Leere. Sie hatte keine Ahnung, was sie jetzt tun sollte.

Da er Logan Ramsay versprochen hatte, auf seine Schwester aufzupassen, ritt Drew nach Hause, um seinen Eltern von seiner neuen Aufgabe zu erzählen, bevor wieder er zu Aedans Burg zurückkehrte. Er hatte keine Lust dazu, hielt es aber für richtig. Wie sehr wünschte er sich, er könnte es einfach durch die Highlands schreien und sie würden ihn hören.

Er summte den ganzen Weg nach Hause vor sich hin, bis er an seinem Tor ankam. Gott, er hasste es, nach Hause zu kommen. Der Wächter winkte ihm zu, als er vorbeikam. „Es wird Zeit, dass Ihr Euren faulen Hintern wieder hierherschwingt, Menzie. Macht Euch an die Arbeit."

Drew lächelte und ignorierte den Mann. Er wurde oft wegen seiner vermeintlichen Faulheit gehänselt, weil sein Vater so oft vor dem Clan darüber schimpfte. Als er in der Nähe der Ställe abstieg, rannte ein Junge herbei, um ihm zu helfen.

„Mylord, ich verspreche, gut auf Euer Pferd aufzupassen. Ich werde es fein abreiben." Die Augen des Jungen leuchteten vor Aufregung.

Drew wuschelte dem Jungen über die Haare. „Verwöhn ihn nicht zu sehr, sonst will er nicht mehr mit mir ausreiten."

Er ging durch den Hof und begrüßte seine Clanmitglieder im Vorbeigehen.

„Schön, Euch wieder zu haben, Menzie."

„Beruhigt Euren Vater, bitte."

„Euer Vater hat wieder getobt."

Drew seufzte und ging die Stufen zum Bergfried hinauf und in den großen Saal. Wie immer war es dort dunkel und düster. Seine Mutter saß weinend auf einem Stuhl neben dem Feuer.

Sein Vater saß neben ihr und hatte seine Ankunft nicht einmal bemerkt. „Kannst du mit deinem Gejammer nicht aufhören, Frau? Es ist schlimm genug, dass unser einziger Sohn fortbleibt. Wenn du mit deinem Geheul aufhören würdest, würde er vielleicht zurückkommen."

Sie tat ihr Bestes, um ihre Tränen zu unterdrücken, während sie mit ihrem Tuch die Augen trockentupfte.

„Ich bin sicher, unser Erstgeborener hätte uns besser behandelt. Oder vielleicht unser Zweiter, James, er war ein starker Junge. Er hätte uns in unserer Not getröstet."

Drew holte tief Luft und sprach ein stilles Gebet um ihm Kraft zu geben. Aye, es war wahr, seine Mutter hatte vor ihm drei Jungen zur Welt gebracht und alle verloren, aber musste er sich das jeden Tag anhören? Er hatte sie jahrelang angefleht, nicht mehr an der Vergangenheit festzuhalten. Sie hörten dennoch nicht auf ihn und stritten oft darüber, wer der beste Sohn gewesen wäre.

Sein ältester Bruder Tomas war an einem Fieber gestorben. James, der Zweite, war im Alter von sieben Jahren vom Pferd gefallen und hatte sich das Genick gebrochen, und ihr dritter Sohn war nur eine Woche nach seiner Geburt gestorben. Aye, er verstand ihr natürliches Bedürfnis, ihn zu beschützen, da er der Einzige war, der übrig geblieben war, aber er würde sich nicht davon abhalten lassen, sein eigenes Leben zu leben.

Im Alter von fünfzehn Jahren hatte er seinen Eltern endlich eröffnet, dass er nicht länger als Gefangener in seinem eigenen Haus leben würde. Damals waren er und Boyd zum ersten Mal zu Aedans Burg geritten und hatten gelernt, wie anders das Leben sein konnte. Seitdem war er so oft wie möglich fortgeblieben, obwohl seine Mutter an ihm hing. Wenn er zu Hause war, konnte er die schmerzhaften Erinnerungen, die das Leben in der Burg prägten, kaum verkraften, also benebelte er so viel wie möglich von seinem Dasein mit Bier und Whisky.

Aye, er versuchte sein Bestes, seinen Vater stolz zu machen, aber er wusste auch, dass er mit dem Heiligen Tomas oder dem Heiligen James, wie er seine Brüder oft nannte, nicht mithalten konnte. Seine Eltern konnten nicht loslassen und den Sohn sehen, der direkt vor ihnen stand.

Drew setzte sich auf den Stuhl gegenüber dem seines Vaters in der Nähe des Kamins und verkündete seine Absichten. „Vater, Logan Ramsay hat mich um einen Gefallen gebeten, also werde ich aufbrechen, um meinen Auftrag zu erfüllen." Er brauchte nicht zu erklären, worum es sich handelte, nur dass er es tun musste. „Ich weiß nicht, wann ich zurückkehren werde."

„Hmm", sein Vater kratzte sich am Kinn. „Logan Ramsay. Aye, er ist ein wichtiger Mann, wenn ich mich erinnere. Arbeitet er nicht für die schottische Krone?"

Drew nickte, überrascht, dass der Kopf seines Vaters klar genug war, um sich daran zu erinnern.

„Aye, das dachte ich mir. Nun, tu, was er dir sagt, und leiste gute Arbeit, damit ich Grund habe, stolz auf dich zu sein."

Das Schniefen seiner Mutter sagte ihm, dass sie zugehört hatte. Er stand auf, schüttelte seinem Vater die Hand, ging dann hinüber, um seiner Mutter einen Kuss auf die Wange zu drücken und sich zu verabschieden. Als sie ihn umklammerte und ihn nicht loslassen wollte, sagte er: „Mama, ich komme wieder. Mach dir keine Sorgen, aber ich habe zu tun." Er liebte seine Mutter; er konnte nur einfach nicht hier bei ihr bleiben. Es war zu viel für ihn.

Er ging aus der Tür, ohne zurückzuschauen. Die Erinnerung an ein grünes Augenpaar verfolgte ihn. Dies könnte der beste Gefallen sein, um den er je gebeten worden war. Er winkte Boyd zu sich, der im Hof stand und sich mit den Leuten unterhielt, und ging direkt auf sein Pferd zu, wobei er sich fühlte, als ob ihm eine wichtige Aufgabe übertragen worden war.

Er würde den wahren Schatz der Highlands bewachen.

KAPITEL ELF

SOBALD LINA GELEGENHEIT bekam, zog sie Jennie in ihre Kammer, um ihr zu erzählen, was Erena gesagt hatte. Sie brauchte Rat, und sie brauchte ihn dringend.

„Lina, du warst schon den ganzen Morgen so aufgeregt. Was ist passiert? Ist das ein Hund, den ich da höre?"

Lina zog Jennie neben sich auf das Bett. „Ich habe sie letzte Nacht gesehen. Und aye, sie hat mir ein Hündchen geschenkt." Sobald sie Stimmen hörte, kam Abby aus der Ecke, um den Neuankömmling zu beschnuppern.

„Erena? Warum hat sie dir einen Welpen geschenkt?", fragte Jennie besorgt. Sobald sie Abby bemerkte, beugte sie sich vor und hielt ihre Hand nach unten, während Abby mit wedelndem Schwanz zu ihr eilte. „Oh, sie ist so süß, Lina. Darf ich sie haben? Du weißt, wie sehr ich meine Hunde von zu Hause vermisse."

„Vorerst soll ich mich nicht um den Hund kümmern. Sie sagte, ich wüsste später, was ich mit ihr machen soll."

Jennie hob Abby hoch und setzte sie auf ihren Schoß, während sie sich wieder auf das Bett setzte. „Na gut, aber sie ist so niedlich! Ich halte sie nur warm, während du mir alles erzählst. Was hat Erena über das Schwert gesagt?"

„Erena war nicht verärgert darüber, dass ich es an mich genommen habe, und es ist tatsächlich das sagenumwobene Zauberschwert, das sie suchen."

„Zauber? Was denn für einen Zauber?", fragte Jennie und umklammerte aufgeregt die Unterarme ihrer Freundin.

„Ich weiß es nicht, und es spielt keine Rolle. Es ist etwas anderes, das ich mit dir besprechen muss."

„Was denn? Erzähl es mir, erzähl es mir." Jennie hüpfte mit ihrem Oberkörper auf dem Bett, während sie Abby auf Linas Neuigkeiten wartend festhielt.

„Ich muss heiraten", flüsterte Lina.

„Was?", rief Jennie laut und runzelte dabei die Stirn.

Lina brachte sie zum Schweigen. „Niemand darf uns hören."

Jennies Stimme wurde zu einem Flüstern. „Was meinst du damit, dass du heiraten musst? Wieso denn? Wie kann sie dich zwingen zu heiraten? Du bist noch nicht bereit."

„Das weiß ich, aber es gehört zur Schwertlegende. Wer es besitzt, muss innerhalb von zwei Monden heiraten."

„Dann gib es zurück", sagte Jennie und kraulte Abbys weiches Fell um ihren Hals.

„Ich bezweifle, dass das möglich ist. Das wäre die einfachste Lösung, aber Erena hat nicht erwähnt, dass es einen Weg gibt, der Bestimmung zu entkommen. Sie hat mir nur gesagt, dass ich heiraten muss. Was soll ich tun?" Lina betete, dass Jennie einen guten Rat hatte, denn obwohl sie den Rest der Nacht in ihrem Zimmer über ihre Lage nachgedacht hatte, war ihr nichts eingefallen.

„Und was passiert, wenn du es nicht tust?"

Lina holte tief Luft und starrte an die Decke, während sie ihre Hände rang. Jennie davon zu erzählen, ließ ihre missliche Lage viel realer erscheinen. „Sie sagte, wenn ich nicht innerhalb von zwei Monden heirate, wird meinen Clan ein Unglück ereilen, und ich werde das Schwert verlieren."

Jennie keuchte.

Bei allen Heiligen, was sollte sie nur tun? Sie konnte am Gesichtsausdruck ihrer Freundin erkennen, dass sie auch keine gute Idee hatte.

„Mach dir keine Sorgen, Lina. Wir werden uns etwas einfallen lassen."

Sie starrten beide auf den Boden und Jennie schürzte die Lippen, während sie alles verarbeitete, was Lina ihr gerade erzählt hatte. „Vielleicht habe ich eine Lösung gefunden." Sie sah zögernd zu Lina auf.

„Was?", fragte Lina und versuchte nicht zu weinen.

„Ich glaube, du solltest Drew Menzie heiraten."

Lina zeigte auf diese Worte keine Reaktion, aber nicht etwa aus mangelndem Interesse. Sie wusste einfach nicht, wie sie reagieren sollte. Sollte sie zugeben, dass Drew der einzige Mann war, den sie jemals heiraten wollte?

Es herrschte einen langen Moment Stille, und schließlich fragte Jennie: „Was meinst du dazu?"

Lina nickte langsam. „Drew ist der einzige Mann, der mich interessiert, aber ich weiß nicht, ob er mich in Betracht ziehen würde. Ich kann ihn wohl kaum fragen!"

„Nay, das kannst du wirklich nicht." Jennie setzte Abby auf dem Bett ab, rollte sich dann auf den Bauch und stützte ihr Kinn in die beide Hände. Abby kletterte auf ihren Rücken und sie kicherte.

Lina umschlang ihre Knie und zog sie an, während sie Jennie beobachtete. Sie hatte vergessen, dass Jennies Bruder ihr Welpen geschenkt hatte, als ihre Eltern gestorben waren. Jennie war offensichtlich immer noch in Tiere vernarrt und konnte Abby nicht ignorieren.

Doch dann änderte sich Jennies Gesichtsausdruck, und Lina kannte ihre Freundin gut genug, um zu erkennen, wenn sie etwas ausheckte.

Einen Augenblick später grinste Jennie über das ganze Gesicht und setzte sich Lina gegenüber im Schneidersitz auf. „Du musst Drew dazu bringen, dich zu fragen, sonst wird es nicht klappen."

Lina starrte Jennie nur an, sprachlos von ihren Worten.

„Komm schon, wir haben viel zu tun", sagte Jennie mit einem verschmitzten Zwinkern. „Wir müssen dich Drew Menzie vorführen und ihn gleichzeitig eifersüchtig machen."

In der Abenddämmerung des folgenden Tages schleppten sich Drew und Boyd erschöpft vom Kampfplatz zur Burg.

„Hast du etwas Neues gelernt, Boyd? Können wir etwas davon Zuhause umsetzen?" Drew streckte seinen Rücken und versuchte, den Muskelkater zu verjagen. Aus irgendeinem Grund hatte er die körperliche Anstrengung genossen. Sie hatte die letzten Bier- und Whiskyschwaden aus seinem Kopf vertrieben.

„Aye. Aedan hat neue Kampftaktiken von den Grants mitgebracht. Meine Schultern schmerzen von all den Hieben", sagte er und wischte sich den Schweiß von der Stirn.

Drew blieb plötzlich stehen und drehte sich zu Aedan um, der nicht weit hinter ihm ging und mit seinem Bruder Ruari sprach. Er sah seinen Freund über die Schulter an. „Planst du ein Festessen, Cameron?"

Er hatte aus der Ferne gesehen, dass die Knechtschaft Tische aus dem großen Saal in die Mitte des Hofes trugen.

„Aye, Jennie will heute Abend ein Fest veranstalten. Es war ihre Idee."

„Und Aedan erfüllt seiner Frau alle Wünsche", fügte Ruari mit einem Grinsen hinzu.

Aedan schmunzelte ebenfalls und sah zu Drew. „Aye, das tue ich. Das ist sie mir wert. Du solltest versuchen, dich in ein Mädchen zu verlieben, Menzie."

„Warum hast du uns nicht gewarnt? Ich bin ganz verschwitzt vom Kampf. Wir können unmöglich so aufkreuzen. Die Mädchen werden vor uns davonlaufen, vor allem vor Boyd." Er lachte und stupste seinen Freund an.

„Aye, da hast du wohl recht", sagte Boyd.

„Es gibt einen kleinen See nicht weit von hier", sagte Aedan und deutete in die entsprechende Richtung. „Springt hinein, wenn ihr euch Sorgen wegen der Mädchen macht. Ruari und ich können ebenfalls etwas Wasser gebrauchen." Immer noch grinsend kniff er sich mit den Fingern die Nase zu.

„Dann treffen wir uns dort, Cameron. Wir werden sehen, wie schnell du schwimmen kannst." Drew und Boyd machten kehrt, um zum See zu gehen.

„Aye, aber zuerst muss ich sehen, ob Jennie Hilfe braucht", rief Aedan ihnen nach. „Ich komme gleich nach."

Drew schnaubte belustigt, da er wusste, dass sein Freund sich ihnen gewiss nicht anschließen würde, nicht wenn er stattdessen die besondere Wanne benutzen konnte, die er für seine Frau angefertigt hatte. Manche Männer ließen sich von ihren Frauen verweichlichen. „Warte nicht auf ihn", sagte Drew zu Boyd, als Ruari zu ihnen rannte. „Er wird nicht von der Seite seiner Frau weichen."

Ruari lachte. „Aye, das ist wahr. Aber als verheirateter Mann gefällt mir mein Bruder viel besser. Er ist glücklicher als vorher."

Später am Abend, als sich alle im Hof versammelten, machte sich Drew auf den Weg, um seine Freunde zu suchen. Er hatte einen Ausritt zu Pferd unternommen, um sich nach dem Schwimmen abzutrocknen, und dann einen Platz unter einer großen Eiche gefunden, um sich kurz auszuruhen. Er hatte von dunklen, mit bronzefarbenen Fäden durchzogenen Haaren und süßen Hüften geträumt.

Aber selbst das hatte ihn nicht auf die Erscheinung vorbereitet, die ihn empfing. Er blieb mit großen Augen am Rand der Menge stehen und musterte Lina voller Bewunderung. Teufel nochmal, sie war einfach wunderschön. Ihr Haar fiel in sanften Wellen über ihren Rücken, und sie hatte sich eine rosafarbene Blüte hinter ein Ohr gesteckt. Er trat einen Schritt vor, um die tatsächliche Länge ihrer Haare besser erkennen zu können. In der Küche war es zu dunkel gewesen, als dass er es hätte sehen können. Es fiel bis auf ihr wohlgeformtes Gesäß herab, von dem er geträumt hatte, es ohne von einer Stoffschicht getrennt zu berühren.

Seine Augen weiteten sich noch mehr, als sie sich umdrehte und er sie von vorne sah. Das Mieder ihres Kleides schmiegte sich eng an ihre Brüste und betonte sie noch mehr, wenn das überhaupt möglich war. Er schloss die Augen und wandte sich ab, in der Hoffnung, seine Männlichkeit zu beruhigen, die zu vollem Leben erwacht war. Herrje, seine Reaktion war augenblicklich erfolgt, und sein Plaid verriet sie jedem um ihn herum. Sein Mund wurde trocken, als er sich daran erinnerte, wie sie sich in der Küche in seinen Armen angefühlt hatte.

Du kannst nicht heiraten, du kannst nicht heiraten, sang sein Verstand, aber sein Herz und das Blut in seinen Adern hörten nicht darauf. *Wenn du sie noch einmal anfasst, musst du sie heiraten.*

Er stöhnte bei diesen Gedanken, öffnete erneut die Augen und fuhr sich dann mit den Händen übers Gesicht, als könnte diese kleine Bewegung den Anblick des hübschen Mädchens auslöschen.

Hinter ihm ertönte eine Stimme. „Gibt es ein Problem, Menzie? Du scheinst nicht gerade glücklich zu sein."

Aedan. Er drehte sich um, um seinen Freund anzusehen. Jennie hatte sich bei Aedan eingehakt, und beide hatten ein breites

Grinsen im Gesicht. Zum Teufel mit ihnen. Er änderte seine Position, damit er Lina im Auge behalten konnte. Schließlich hatte Logan Ramsay ihn gebeten, sie zu beschützen, nicht wahr? Er tat nur seine Pflicht. „Nay, kein Problem. Warum fragst du, Cameron? Entschuldigt meine Manieren. Lady Jennie, Ihr seht heute Abend sehr hübsch aus."

Aedans Belustigung lockte Drew, ihn zu ohrfeigen, und allein Jennies Anwesenheit bewahrte Aedan davor.

Jennie antwortete: „Danke, Drew. Obwohl ich heute Abend nicht mit Lina Ramsay konkurrieren kann, denkst du nicht? Du hast sie schon gesehen, nicht wahr?"

Drew sah zur Seite, seufzte unwillkürlich und rügte sich, sobald er seine eigene Stimme hörte. „Nay... aye... sie ist reizend."

„Wusstest du, dass heute Abend schon zwei Männer um ihre Hand angehalten haben?", fragte Aedan.

Drew drehte sich schlagartig um und starrte ihn entgeistert an. „Was? Wer?"

„Ich erinnere mich nicht an ihre Namen", antwortete Aedan. „Hm... weißt du noch, wer es war, Liebes?" Er drehte sich zu Jennie um, aber Drew ignorierte sie. Mit einem leisen Knurren stapfte er direkt auf Lina zu.

Er beschloss, dass sein Auftrag, sie zu beschützen, sich auch darauf bezog, sie vor allen Männern zu bewahren, die sich ihre wahren Absichten hinter Heiratsversprechen zu verbergen herausnahmen.

Als er Linas erreicht hatte, bat Jennie auch schon die Küchenmädchen, das Essen aufzutragen. Er ignorierte die Tatsache, dass Lina gerade mit einem anderen Mädchen sprach, und führte sie zu einem nahen Tisch, der gerade groß genug für zwei war. Er entschied, dass es am besten wäre, wenn sie allein blieben. Er wollte sich während des Abendessens nicht mit irgendwelchen unerwünschten Anwärtern streiten müssen.

„Drew", Lina reckte überrascht den Hals. „Ich hatte dich noch gar nicht gesehen."

„Ich wollte dich nicht erschrecken. Entschuldige. Würde es dir etwas ausmachen, hier mit mir zu sitzen?" Er half ihr so schnell auf ihren Platz, dass sie fast gestolpert wäre. „Verzeih mir, aber du weißt ja, dass ich deinem Bruder versprochen habe, auf dich aufzupassen."

„Mein Bruder hat dich darum gebeten?"

„Aye, das hat er, und ich will mein Versprechen halten." Er sah ihr in die Augen, und augenblicklich schaltete sein Verstand ab. Teufel nochmal, das hellblaue Kleid, das sie trug, war aber auch auffallend schön. „Mylady, Ihr seht heute Abend hinreißend aus."

„Vielen Dank." Sie sah auf ihre Hände hinab und wurde leicht rot vor Scham. „Und ich danke dir auch dafür, dass du mich beschützt."

„Ich würde dir davon abraten, heute Abend mit irgendwelchen unbekannten Männern zu sprechen. Ich nehme das Versprechen, das ich deinem Bruder gegeben habe, sehr ernst." Drew räusperte sich und sah sich um, um sich zu vergewissern, dass niemand nah genug war, um ihnen zuzuhören. Jennie und Aedan saßen ein gutes Stück von ihnen entfernt am großen Tisch in der Mitte des Hofs.

„Darum brauchst du dir keine Sorgen zu machen, Drew."

Er runzelte die Stirn. Hatte sie denn keine Ahnung von ihrer Schönheit? „Ach nay? Warum denn nicht?"

Lina wurde wieder rot und blickte nach unten. „Es gibt keinen Grund, es länger geheim zu halten. Es fällt mir schwer, mit Männern zu sprechen, die ich nicht kenne."

Seine Augen weiteten sich, und sein Herz machte einen Sprung in seiner Brust. „Wirklich?" Bei allen Heiligen, der Herr hatte ihn wahrlich gesegnet.

„Aye." Sie sah zu ihm auf.

„Aber du sprichst mit mir."

„Aye, das ist wahr. Obwohl ich auch mit dir nicht sprechen konnte, als ich dich zum ersten Mal bei Aedan sah."

Eine Magd stellte ihnen eine Platte mit Hammelfleisch hin, und Drew schnitt mit seinem Dolch etwas Fleisch für Lina ab. Sie war nicht seine Frau, aber es schien ihm richtig, sie so zu bedienen, wie es Ehemänner normalerweise taten.

Lina nahm einen kleinen Bissen und kaute langsam.

Drew sah sie nur an und dachte an jenen Tag im großen Saal zurück. Es stimmte, bemerkte er erst jetzt. Sie hatte mit niemandem gesprochen. Er hatte auch heute Abend nicht gesehen, dass sie mit anderen Männern gesprochen hätte.

„Was hat sich verändert?" Drew war so neugierig, dass er sich die Frage nicht verkneifen konnte. Das Mädchen vor ihm könnte jeden Mann haben, der ihr gefiel, aber sie hatte Angst, mit ihnen zu sprechen?

„Ich bin mir nicht sicher, aber…" Sie hob das Kinn und sah in die Bäume. „Vielleicht liegt es daran, dass du mich vor Lachlan gerettet hast. Ich konnte mit dir sprechen, weil ich so dankbar war für das, was du für mich getan hast. Sonst hätte ich wahrscheinlich kein Wort herausgebracht. Vielleicht fesselt mir ein kleiner Elf die Zunge, ich weiß es nicht."

Er bemerkte, dass ihre Augen feucht wurden, als sie sprach. Es erstaunte ihn, dass jemand, der so anmutig und freundlich war, so tief verwurzelte Ängste haben konnte.

Sie hatten etwas gemeinsam.

„Lina, sei nicht zu streng zu dir. Wir alle tun Dinge, auf die wir nicht stolz sind."

Sie sah wieder zu ihm auf. „Du auch? Was hast du getan?"

Er warf ihr einen verlegenen Blick zu. „Ich habe viel getan, um mich selbst zu beschämen. Du brauchst nur meinen Vater zu fragen, und er wird dir viele Geschichten erzählen."

Sie kicherte und schlug sich die Hand vor den Mund. „Sag mir eine Sache, die du bereust."

„Einverstanden." Er dachte einen Moment nach und sagte: „Vor ungefähr vierzehn Tagen habe ich so viel Ale und Whisky getrunken, dass ich aus einem Haus stürmen musste, um mich zu übergeben."

Sie lachte wieder, und ihre Schultern bebten, während sie versuchte, das Lachen zu unterdrücken.

„Aye, es war in der Tat mächtig peinlich. Da wollte ich ein Mädchen beeindrucken und stattdessen habe ich die Mauern ihrer Häuschens beschmutzt."

„Hast du sie seitdem gesehen? Bist du mit jemandem in deiner Burg zusammen?" Ihre Stimme schwankte ein bisschen. „Bist du verlobt?"

„Nay", er schüttelte den Kopf und hoffte, dass das, was er in ihrer Stimme gehört hatte, ein Hauch von Eifersucht war. „Ich bin mit niemandem zusammen und auch nicht verlobt. Ich möchte das Mädchen nicht wiedersehen. Es wäre mir zu peinlich.“

„Wieso? Du konntest nichts dafür. Du hast es doch nicht absichtlich getan.“ Sie tat ihr Bestes, damit er sich besser fühlte, wofür er wirklich dankbar war.

„Nun, da wir schon ehrlich sind und unsere Schandtaten gestehen – nachdem ich ihr Haus verlassen hatte, musste ich in den Wald laufen, um mich erneut zu übergeben.“

„Vielleicht hattest du zu viel getrunken?“ Ihre Augen funkelten, was ihr Gesicht noch atemberaubender machte, wenn das denn überhaupt möglich war.

„Aye, ich gebe zu, dass ich damals besoffen war. Und ich gebe auch zu, dass ich seitdem nicht mehr so viel getrunken habe.“

Sie kicherte wieder und sagte: „Drew, du erheiterst mich so sehr.“

Er sah ihr zu, wie sie lachte und mit ihrem Essen spielte. Was würde er dafür geben, jemanden wie Lina jeden Morgen statt seiner Eltern zu sehen!

Dann runzelte er die Stirn, als ihm klar wurde, dass er gerade einen guten Grund gefunden hatte, zu heiraten, und ihm fiel kein Gegenargument ein.

Lachlan Burnes hatte seinem Vater so viel Whisky eingeflößt, wie er es wagte. Etwas mehr, und der Mann würde sich in einen bissigen Esel verwandeln. Er konnte nicht anders, als zu lächeln, als er ihn so geschwächt sah.

„Sieh nur, was du deiner Mutter angetan hast. Sie schläft am Tisch und schnarcht, dass es alle hören können.“ Er lachte und schlug Lachlan auf den Rücken. „Ich werde dich deswegen nicht anschreien. Es tut gut, deine Mutter so zu sehen. Sie hat sich wegen des Schwertes, das du gefunden hast, so aufgeregt. Du hast es gefunden, es gehört uns und wir werden für immer gesegnet sein.“

Der Kopf seines Vaters kippte ein paarmal von einer Seite zur anderen, bevor er ihn auf seinen Armen auf dem Tisch ablegte. Er murmelte noch etwas Unverständliches, bevor er die Augen schloss und tief ausatmete.

Lachlan liebte es, wie sein Vater oft wichtige Fakten vergaß, wenn er betrunken war, wie zum Beispiel die Tatsache, dass

Lachlan das Saphirschwert verloren hatte. Seiner Meinung nach war dies der Beweis dafür, dass sein Vater seinen einzigen Sohn wirklich liebte. Lachlan lächelte bei diesem Gedanken, und sein Herz erwärmte sich für seinen Vater. Das änderte zwar nichts an seinen Plänen für den Abend, aber es gab ihm ein dringend benötigtes wohliges Gefühl.

Obwohl er nicht dasselbe von seiner Mutter behaupten konnte, glaubte er, dass sein Vater tatsächlich liebevolle Gefühle für seinen Sohn hegte. Er schien sie nur zu vergessen, wenn seine Frau in der Nähe war. Lachlan warf einen Blick über die Schulter, um sich zu vergewissern, dass die wenigen Leute, die im Saal geblieben waren, fest schliefen, betrunken von Bier und Whisky, und öffnete dann seinen Sporran. Sein Haustier sprang auf seine Handfläche. Dann setzte er es auf den Tisch und sagte: „Na los, Kleiner. Hier gibt es genug für dein Abendessen."

Lachlan lächelte, als er zusah, wie sein neues Haustierchen über den Tisch hin und her huschte. Nachdem es den Laird beschnuppert hatte, lief es in die entgegengesetzte Richtung davon.

Lachlan kicherte. „Ich denke, das war ein kluger Schachzug, mein Guter. Es ist nie gut, sich meinen Vater zum Feind zu machen, besonders wenn er trinkt. Das Einzige, was ich dir sagen kann, ist, dass es leichter ist, seinen Fäusten auszuweichen, wenn er betrunken ist. Du wärst zu schnell für ihn."

Lachlan streckte vorsichtig die Hand nach der Tasche seines Vaters aus, zuckte dann aber zurück, als der Kopf seines Vaters sich bewegte. Nachdem er noch einige Augenblicke gewartet hatte, griff er in die Tasche, zog die Geldbörse heraus und leerte sie in seine Hände. „Ach, Vater, du hattest heute aber viele Münzen dabei." Er lachte und schnalzte mit der Zunge.

Die kleine Maus rannte über den Tisch zurück zu ihm und schnupperte mit der Nase.

Als Lachlan seine Hand ausstreckte, hüpfte die Maus darauf und Lachlan setzte sie vorsichtig wieder in seinen Sporran. Dann stand er auf und verbeugte sich zuerst vor seinem Vater und dann vor seiner Mutter. „Papa, Mama, es war mir ein Vergnügen."

Lachlan schritt aus der Tür und unterhielt sich dabei mit seinem Haustier. „Mama ist endlich stolz auf mich. Ich kann nicht glauben, wie glücklich sie war, das Schwert in meiner Hand zu sehen. Sie hat mir an diesem Tag tatsächlich auf die Schulter geklopft, erinnerst du dich, Kleiner? Jetzt zankt sie wieder, weil es mir gestohlen wurde. Wenn ich es auf meiner Reise nicht finde, bin ich gezwungen, ihm ewig nachzujagen."

Er stolzierte durch die Vorburg und das Fallgitter und stellte fest, dass es bis auf eine Wache, der er auf dem Vorbeigehen zunickte, menschenleer war. Draußen angekommen steuerte er auf einen kleinen Hain hinter einem großen Felsen zu. Er setzte seine Maus auf den Felsen und begann im Boden dahinter zu graben.

Dabei hob er gelegentlich den Kopf, um seinem Haustier Dinge zu erklären. „Siehst du, bald werden wir in den Highlands tun können, was wir wollen. Wir werden so viel Münzen haben, dass wir bei Gott den König der Schotten übertreffen werden."

Die Maus huschte zur Seite des Felsens und sah ihm zu, wie er den schweren Sack aus dem Boden zog. Lachlan hielt ihn seinem Freund hin. „Niemand hat je geglaubt, dass ich den Verstand dazu habe, aber wer ist jetzt der Kluge, mein Freund? Hmmm? Sieh dir an, wie viele Münzen wir haben. Ich weiß, es hat lange gedauert, so viel zu sammeln, aber irgendwie wusste ich, dass ich sie eines Tages brauchen würde. Zuerst finde ich das Schwert, dann heirate ich Avelina Ramsay. Alle werden mir zu Füßen liegen, wenn das eintritt."

Er legte die neuen Münzen in den Sack und vergrub ihn neben den anderen vollen Säcken. „Es dauert nicht mehr lange, mein Freund. Nur du und ich… und Avelina Ramsay."

KAPITEL ZWÖLF

DREW ERWACHTE VON einem Poltern. Er hatte ein bisschen Bier getrunken, aber nicht so viel, wie er normalerweise zu Hause trank, und er und Boyd hatten beschlossen, im Flur auf Stroh zu schlafen. Doch mitten in der Nacht riss ihn ein hämmerndes Geräusch aus seinem tiefen Schlaf, und er bemerkte eine geschmeidige Gestalt, die eine Tasche trug. Sie eilte die Treppe hinunter und auf die Tür zu. Ein Welpe hastete dicht hinter ihr her.

„Lina?" Er setzte sich auf und rieb sich den Schlaf aus den Augen, in der Hoffnung, dass er Lina nicht wirklich die Treppe hinuntereilen und aus der Tür laufen sah. Vielleicht hatte er doch mehr Bier getrunken, als er in Erinnerung hatte. Aber nay, es war unverkennbar Lina. Er beobachtete, wie sie dreimal versuchte, die schwere Tür zu öffnen, aber jedes Mal scheiterte, weil sie nur eine Hand frei hatte. Doch sie gab nicht so schnell auf, sondern ließ schließlich ihre Tasche zu Boden fallen und benutzte beide Hände, um die Tür mit aller Kraft aufzuziehen. Er zwang sich von seinem Lager auf und holte sie gerade noch rechtzeitig ein, um sie daran zu hindern, nach draußen zu rennen.

Sie wirbelte herum und schlug mit den Fäusten auf ihn ein. „Nay, lass mich in Ruhe. Fass mich nicht an."

Drew vermutete, dass sie sich an Lachlan und alles, was er ihr angetan hatte, erinnerte. Teufel nochmal, für ein Mädchen ihrer Größe schien sie sehr stark zu sein. „Lina, hör auf. Ich bin es, Drew. Ich werde dir nicht wehtun."

Sobald sie seine Stimme erkannte, hörte sie auf ihn zu schlagen und lehnte sich an ihn. Lina rang nach Luft, und ihre Brust hob und senkte sich, als hätte sie einen Kampf ausgetragen.

„Lina, was ist? Was hat dich so verschreckt? Wohin gehst du?" Er strich mit seiner Hand über ihren Rücken und legte sein Kinn an ihre Stirn.

„Ich muss gehen, Drew, bitte. Hilf mir. Ich muss zu Gregor gelangen."

„Zu Gregor? Dem Sohn deines Bruders Quade? Lina, es ist mitten in der Nacht, und du hast sicher nur schlecht geträumt. Komm ans Feuer und beruhige dich, nur für einen Moment, bitte."

Sie erlaubte ihm, sie zu einer Bank in der Nähe des Feuers zu führen. Nachdem er sich gesetzt hatte, wollte sie sich neben ihn setzen, aber er zog sie stattdessen auf seinen Schoß und drehte sie zur Seite, damit sie ihren Kopf auf seine Schulter legen konnte. Der Welpe lief herbei und rollte sich zu ihren Füßen zusammen.

„Ist das dein Welpe, Lina?"

„Aye, aber kümmere dich nicht um das Tier. Es gibt im Moment wichtigere Sorgen."

„Ich verstehe. Erzähl mir, was in deinem Traum passiert ist."

„Ich glaube, Gavin war der Erste, der mich im Traum aufgesucht hat. Er bat mich, nach Hause zu kommen. Er sagte, Gregor sei krank und bräuchte seine Tante Lina." Sie schlug die Hände vors Gesicht und ließ die Tränen ungehindert fließen. Sie tropften auf ihr Kleid. „Ich habe noch nie ein so schreckliches Gefühl gehabt. Was soll ich nur tun, wenn ihm etwas zustößt?"

Er schlang seine Arme um sie und hielt sie fest. „Aber es war nur ein Traum. Gregor geht es sicher gut. Wir werden morgen früh einen Boten zu deiner Familie schicken."

Als ihre Tränen langsam verebbten, umklammerte sie seinen Unterarm und starrte in die Flammen. „Als Nächstes kam Lily zu mir. Sie sagte mir, dass Gregor mich braucht und dass es ihm nicht besser gehen würde, solange ich nicht bei ihm bin. Lily war so hager wie früher, als sie noch ein kleines Mädchen war. Sie und Torrian waren viele Jahre krank, bis Brenna kam und die Ursache ihrer Krankheit entdeckte. In so schlechtem Gesundheitszustand habe ich Lily seit vielen, vielen Monden nicht gesehen." Ihre Finger spielten mit seinem Hemd. „Was ist, wenn der Traum wahr ist und jemand versucht, mir etwas mitzuteilen?

Was ist, wenn Gregor mich braucht?" Sie sah Drew an. „Ich könnte es nicht ertragen, wenn er mich bräuchte, und ich nicht für ihn da sein könnte."

Drew tat sein Bestes, um ihre süßen Lippen zu ignorieren und sich stattdessen auf das Problem zu konzentrieren. „Ist die Frau deines Bruders nicht die berühmteste Heilerin in den Highlands und sogar in großen Teilen des Tieflands? Vertraust du nicht darauf, dass sie ihren eigenen Sohn heilen könnte?"

„Aye, nay... du verstehst das nicht."

Er wischte ihr die Tränen von den Wangen. „Ich gebe mir Mühe, Lina. Du hast geschlafen, aye? Der Traum von deinem Neffen hat dich geweckt. Du hast davon geträumt, dass er dich braucht, um gesund zu werden, aber seine Mutter ist eine erfahrene Heilerin." Er musste ihr helfen, die Situation richtig einzuschätzen. Um Himmels Willen, sie konnte doch nicht in den frühen Morgenstunden in den Wald rennen, um zu ihrem Neffen zu gelangen. Vor allem nicht angesichts der aktuellen Lage mit Burnes. „Was kannst du für ihn tun, was seine Mutter nicht tun kann?"

„Ich weiß es nicht." Frische Tränen kullerten aus ihren Augen. „Aber ich muss zu ihm. Ich muss es einfach. Wirst du mir helfen oder muss ich meinen Weg allein finden?"

Ihre Kühnheit verblüffte ihn. „Lina, du bist nur ein junges Mädchen. Wie könntest du allein sicher zum Land der Ramsays gelangen?"

Sie runzelte die Stirn, und er änderte seine Strategie. „Ich möchte dich nicht beleidigen, Mädchen, aber es gibt viele Schurken da draußen, die so ein hübsches Mädchen gern allein im Wald antreffen würden. Verstehst du, was ich meine? Außerdem weißt du über die Schwierigkeiten mit Burnes Bescheid. Du hast gesehen, wie verärgert sein Clan über das Saphirschwert war. Wir haben keine Ahnung, wo diese Leute sind oder was sie vorhaben, nachdem sie von hier davongezogen sind. Außerhalb der Burg ist es für dich nicht sicher. Ich habe deinem Bruder versprochen, auf dich aufzupassen."

„Aye." Sie blickte einen Moment auf den Boden, dann sah sie mit blitzenden Augen wieder zu ihm auf. „Aber du kannst mich nach Hause bringen... ich muss dorthin. Verstehst du denn nicht? Was, wenn Gregor wirklich etwas zustieße? Das könnte ich mir nie verzeihen. Ich kann es nicht erklären, aber ich muss gehen."

Drew warf einen Blick auf ihre schmollenden Lippen und die flehenden Augen und beugte sich vor, um sie küssen. Sie schmeckte immer nach Äpfeln und Süßem, egal zu welcher Tageszeit. Sie öffnete ihre Lippen für ihn und er stöhnte, als er mit seiner Zunge in ihren Mund eindrang und sie kostete, bis ihre Zunge seine zögerlich begrüßte.

Und dann war er verloren. Er zog sie an sich, um ihr noch näher zu sein. Er hatte das schon am Abend mitten im Hof tun wollen. Es hatte seine ganze Selbstbeherrschung gekostet, sie nicht in seine Arme zu nehmen. Seine Hand umfasste ihre Wange, und dann fuhren seine Finger durch ihr seidiges Haar. Er würde diese Frau ewig küssen, wenn es nach ihm ginge. Ihre Reaktion auf ihn war so unschuldig und leidenschaftlich, dass sie im Nu ein Feuer in ihm entfachte, aber er würde ihre derzeitige Verletzlichkeit nicht ausnutzen. Er hörte, wie sich jemand räusperte, und vermutete, dass es Boyd war. Er beendete den Kuss und lehnte seine Stirn an ihre. „Avelina Ramsay, du weißt, wie man einen Mann um den Verstand bringt. Ich kann mit dir in meinen Armen nicht klar denken."

Sie kicherte so lieblich, dass er lächeln musste. „Dann bring mich zu Gregor. Bitte, Drew? Meine Brüder werden es dir danken. Wir müssen ihm helfen."

Drew starrte ins Leere und überlegte, was er tun sollte. „Nun gut. Wir werden morgen früh mit Aedan sprechen. Er wird so viele Wachen schicken, wie er entbehren kann, um uns zu begleiten. Boyd kann auch mit uns reiten."

„Nay, nicht morgen. Wir müssen jetzt aufbrechen. Wenn wir bis zum Morgen warten, könnte es zu spät sein."

Bei Gott, er sollte sie jetzt nicht gehen lassen. Aber... er hatte Logan Ramsay versprochen, auf sie aufzupassen, oder nicht? Irgendwie wusste er, dass er es mit einer veränderten Lina zu tun hatte. Sie verwandelte sich vor seinen Augen von einem schüchternen Mädchen zu einer Frau, die viel stärker war, als er es für möglich gehalten hätte. „Du wirst einen Weg finden, ohne mich zu gehen, wenn ich dich nicht begleite, nicht wahr?"

Sie nickte verlegen. „Bitte habe Verständnis dafür. Ich muss tun, was mein Herz von mir verlangt. Und es verlangt, dass ich jetzt zu Gregor muss."

Boyd sagte: „Ich werde sehen, was ich für unsere Reise an Vorräten in der Küche finden kann."

Lina zuckte zusammen, offensichtlich überrascht, dass der Mann ihnen so nahe war. Dann errötete sie und wandte sich von ihm ab.

Drew sah ihre Reaktion auf Boyd und erinnerte sich daran, was sie ihm während des Fests erzählt hatte. Vielleicht würde es ihr missfallen, aber Boyd musste mit ihnen reisen. Er würde versuchen, es ihr zu erklären. „Boyd begleitet mich überall hin, er ist mein bester Freund", erklärte er. „Er ist immer da, um mir zu helfen. Ich unternehme nichts ohne ihn."

„Nichts?", flüsterte sie ihm ins Ohr und hüpfte von seinem Schoß, wobei sie ihm über ihre Schulter ein verschmitztes Lächeln zuwarf. „Komm, wir müssen bald aufbrechen", sagte sie und ging zur Tür.

Aye, Lina Ramsay veränderte sich. Dieses Grinsen allein hätte ihn dazu bringen können, sie wieder auf seinen Schoß zu ziehen und zu beenden, was er begonnen hatte, aber er wusste, dass dies nicht der richtige Zeitpunkt war.

Während Lina und Boyd in der Küche Essen für ihre Reise zusammenpackten, ging Drew zu Aedan, um ihn über das Vorgefallene in Kenntnis zu setzen. Überrascht folgte Drew Aedan die Treppe hinunter, der Lina selbst anhören wollte. Aedan musste anscheinend selbst zum Schluss gekommen sein, dass Lina ohne sie aufbrechen würde, also stellte er lieber einige Wachen für die Reise. Dies war ein weiteres Hinweis dafür, wie stark sich auch Aedan Cameron verändert hatte. Vor seiner Heirat hätte er sich nicht von einem eigenwilligen Mädchen aus dem Bett zerren lassen. Jetzt verstand er, dass er für sie verantwortlich war, und handelte entsprechend – so wie Drew es getan hatte, als die Entscheidung bei ihm gelegen hatte.

Seine Absichten waren edel. Er erinnerte sich daran, dass er nur tat, was Logan Ramsay ihm aufgetragen hatte. Oder etwa nicht?

Lina ritt mit Abby auf ihrem Schoß vor Drew. Aedan hatte

darauf bestanden, zusätzlich zu Boyd und Drew fünf Wachen mit ihnen reiten zu lassen, damit sie gut geschützt waren. Es dauerte normalerweise knapp zwei Tage, um vom Land der Camerons zu dem der Ramsays zu gelangen. In letzter Minute war Abby hinter ihnen hergelaufen, und Lina hatte darauf bestanden, den kleinen Welpen mitzunehmen.

Im Morgengrauen aufzubrechen war eine kluge Entscheidung gewesen, da sie niemandem auf dem Weg begegneten. Lina, die sich in Drews Armen wohlfühlte, lehnte sich an ihn und schlief sorglos ein. Irgendwann wachte sie auf, und bemerkte beschämt, dass ihr Speichel ihm auf den Arm gesickert war, aber er grinste sie nur an.

Ein paar Augenblicke später lehnte er sich vor und flüsterte: „Das hätte ich gern geschmeckt. Du musst in meiner Nähe nicht schüchtern sein, Mädchen."

Lina errötete noch stärker, aber sie machte keinen Versuch, ihm zu antworten. Es waren zu viele andere Männer in der Nähe, und obwohl sie mit Drew leicht reden konnte, war sie anderen Männern gegenüber immer noch schüchtern.

Der Traum von Gregor hatte sie von ihrer dringenden Suche nach einem Ehemann abgelenkt, aber bei Tagesanbruch kehrte die Erinnerung an ihre Aufgabe wieder zurück. Sie hatte das Saphirschwert für alle Fälle in ihre Tasche gesteckt, wofür genau wusste sie nicht. Ein Teil von ihr fürchtete, dass sie noch nicht bereit für die Ehe war. Sie war von zwei Männern so grob behandelt worden…

Aber dann gewannen die Erinnerungen an Drews Lippen auf ihren die Oberhand. Sie hatte ihre gemeinsame Zeit im Hof genauso genossen, wie in seinen Armen zu reiten. Sie hob ihre Hand und berührte ihre Lippen mit den Fingerspitzen, und als könnte er ihre Gedanken lesen, flüsterte er ihr ins Ohr: „Ich habe auch schöne Erinnerungen, Mädchen."

Sie ignorierte ihn und rutschte etwas im Sattel umher, da ihr langsam ihr Gesäß wehtat, aber da beugte er sich wieder vor und sein heißer Atem wärmte sie bis ins Innerste. „Deine Bewegungen lösen nur Wellen der Versuchung in mir aus."

Sie wusste nicht, was er meinte, wagte aber nicht zu fragen. Es war etwas Gutes, Wellen der Versuchung in ihm auszulösen, hoffte sie. Sie spähte über ihre Schulter und der Blick, den er ihr mit begierigen Augen zuwarf, bestätigte ihre Annahme. Drew war ein gutaussehender Mann, er sah besser aus als jeder andere, den sie kannte. Sein Bart war ein bisschen rau, aber sein markanter Kiefer ließ sie wünschen, mit ihren Fingern die Linien seines Gesichts nachzuziehen und ihn zu küssen.

Alles an ihm verwirrte sie. Wann hatte sie jemals den Wunsch gehabt, das Gesicht eines Jungen zu berühren? Nie, soweit sie sich erinnern konnte, aber Drew zog sie an, und es kribbelte in ihren Fingerspitzen, ihn zu berühren. Sie wollte ihn überall erkunden, die Wärme seiner Haut unter ihren Fingern spüren, und sie wollte auch, dass Drew sie überall berührte. Sie erzitterte und schmiegte sich näher an seinen warmen Körper. Drew fuhr mit seiner Hand über ihren Arm, und sie erzitterte erneut.

„Ist dir kalt, Mädchen?"

Sie schüttelte den Kopf, sagte aber nichts. Ihre Zunge fühlte sich immer noch bleiern in ihrem Mund an, obwohl sie wusste, dass sie in der Lage gewesen wäre zu sprechen, wären nur sie und Drew allein gewesen.

Eins nach dem anderen.

Nachdem er einen ganzen Tag lang von Linas runden Hüften gequält worden war, die so eng an ihn gedrückt waren, war er sicher, dass er es verdiente, heiliggesprochen zu werden. Sogar ihr Duft weckte sein Verlangen. Er hatte eine Erektion nach der anderen gehabt, je nachdem, wie sie sich an ihm rieb, was ihm manchmal erhebliche Schmerzen bereitete.

Aber abgesehen von den Schmerzen der ungewollten Erregung musste er zugeben, dass es ihm sehr gefiel, Lina vor sich auf dem Pferd zu haben. Sie war so weich und lieblich.

„Erzähl mir, wie es war, mit so vielen Geschwistern aufzuwachsen", sagte er, als sie später wieder erwachte.

„Nun, Quade war der Älteste, aber Logan war derjenige, der uns am meisten herumkommandierte. Er sagte immer allen, was sie tun sollten. So ist er auch heute noch. Micheil war immer der Ruhigste. Er hat sich selten mit unseren anderen Brüdern gestritten."

„Seit wann hast du Angst davor, mit Männern zu reden?" Er

flüsterte ihr ins Ohr, um sicherzugehen, dass ihn niemand hörte, denn er wollte ihre Gefühle nicht verletzen.

Sie seufzte. „Ich bin mir nicht sicher. Die Wahrheit ist, dass meine Brüder mich so gut beschützt haben, dass ich selten mit fremden Männern zusammen war, als ich jünger war. Die Einzigen, an die ich mich erinnere, sind die Grants, aber ich war so oft mit ihnen zusammen, dass ich nie Angst vor ihnen hatte. Und dann war da noch der Tag, an dem Jennie und ich dir und Aedan im Wald begegnet sind." Sie zuckte mit den Achseln und sah ihn über ihre Schulter an. Er lächelte verschmitzt.

Drew lachte. „Wie könnte ich diesen Moment vergessen? Jennie hat ihren Pfeil direkt in Aedans Gesäß geschossen. Was für eine gute Schützin sie war."

„Ich glaube nicht, dass Jennie seitdem je wieder einen Bogen angerührt hat. Wir hatten damals für einen Wettkampf trainiert, aber nach dieser Erfahrung hat sie sich geweigert, daran teilzunehmen."

„Aedan hat sich seither stark verändert. Es war ganz gewiss Schicksal. Es macht mir Spaß, ihn hin und wieder damit zu necken. Er schwört jedes Mal, mir einen Pfeil in den Hintern zu schießen, wenn ich es erwähne."

„Du und Aedan waren die einzigen Männer außer meinen Brüdern und Cousins. Mit den Männern im Clan durfte ich nicht oft sprechen, nur mit den Stallburschen, und die sind viel jünger."

„Das ergibt Sinn." Drew konnte sich nicht vorstellen, so eingeschränkt zu sein, obwohl es ihm, wenn auch auf andere Weise, ähnlich schlecht ergangen war.

„Wirklich? Für mich ergibt es keinen Sinn."

„Wenn du keine Erfahrung mit fremden Männern hattest, wie kannst du dich dann dabei wohlfühlen, mit ihnen zu sprechen, besonders nachdem du fünfzehn wurdest. Das ist ein schwieriges Alter. In der Burg leben wahrscheinlich mehr Frauen als Männer. Du hast vielleicht schon lange Angst vor Männern, ohne es gemerkt zu haben."

„Es gab nie jemanden, vor dem ich Angst haben müsste, bis…"

Er vollendete ihren Satz. „Bis Lachlan aufgetaucht ist?"

„Nay, bis Keith aufgetaucht ist. Er versuchte, mich in meiner

Burg zu überwältigen. Ich konnte nicht einmal schreien. Ich war wie erstarrt. Deshalb bin ich Jennie besuchen gekommen. Ich habe darum gebeten, zu ihr geschickt zu werden."

„Oh, Lina." Er lehnte seine Wange an ihren Kopf und zog sie an sich. „Ich verspreche dir, dass das nie wieder passieren wird, solange ich bei dir bin."

Lina rieb mit der Hand über die Haare an seinem Arm. „Ich weiß. Bei dir fühle ich mich viel sicherer."

Später an diesem Tag ritten sie durch eine Schlucht mit Felsen auf einer Seite und Hügeln auf der anderen Seite. Ein lauter Vogelruf hallte durch die Bäume, und Avelina schreckte im Sattel auf.

„Was ist?", fragte Drew.

Sie hob ihre Hand, um ihn zum Schweigen zu bringen, und er zügelte sein Pferd. Der gleiche Vogelgesang ertönte dreimal kurz hintereinander.

„Lina?", fragte er, diesmal leiser.

„Ich bin mir ziemlich sicher, dass das Logan ist. Das ist der Vogelruf, den er im Clan benutzt." Sie zeigte auf die Hügel und sagte: „Reite in diese Richtung."

Drew hoffte, dass sie recht hatte und sie nicht in eine Falle tappten. Der Laut hallte erneut wider, diesmal näher, und sie nickte. „Aye, das ist mein Bruder. Ich würde diesen Ruf überall erkennen." Sie ritten um einige Felsen am Bach herum und erreichten schließlich einen Wasserfall. Lina stieg ab und lauschte angestrengt auf Geräusche, während Drew sein Schwert zog, bereit, jeden anzugreifen, der ihnen zu nahe käme.

Auf ihrem Weg hatte er nach Leuten aus Burnes' Clan Ausschau gehalten. Er hatte es Lina gegenüber nicht erwähnt, aber er wusste, dass Lachlan hinterhältig war. Glücklicherweise hatte er keinen Grund zur Sorge, aber ihm wurde dennoch flau bei der Vorstellung, überrascht zu werden. Was würde er tun, um Lina zu beschützen? Sie ritt vor ihm, wenn also ein Pferd von vorn auf sie zukäme und der Reiter ein Schwert oder einen Bogen trüge, wäre sie in Lebensgefahr. Der Gedanke machte ihn krank.

Wie ging Aedan nur damit um, verheiratet zu sein? Drew konnte nur schon den Gedanken nicht ertragen, dass Lina vor seinen Augen verletzt werden könnte, und sie waren nicht einmal zusammen verheiratet. Es war sicherlich ein tiefgründiger Gedanke, aber er ignorierte ihn und zwang sich, sich auf das Hier und Jetzt zu konzentrieren.

Er atmete erleichtert auf, als Logan hinter dem Wasserfall hervortrat und ihnen zuwinkte. Hastig sprang Lina vom Pferd, Abby auf dem Arm, und Drew rief ihr nach, sie solle vorsichtig sein, sah aber, dass sie kaum zugehört hatte.

KAPITEL DREIZEHN

ETWAS STIMMTE NICHT. Lina konnte es am Gesichtsausdruck ihres Bruders erkennen, und außerdem hätte ihre Familie längst wieder auf dem Land der Ramsays sein sollen. Sie setzte Abby auf den Boden und lief in die Arme ihres Bruders. Logan umarmte sie fest. „Woher wusstest du Bescheid?", flüsterte er ihr verwundert ins Ohr.

Sie löste sich von ihm und anstatt zu antworten, sagte sie: „Gregor? Wie geht es ihm?"

„Komm Mädchen, ich bringe dich zu ihm. Es geht ihm nicht gut. Gwyneth ist losgeritten, um seine Mutter zu holen, aber da Brenna schwanger ist und mit Beschwerden zu kämpfen hat, kann sie möglicherweise nicht reisen."

„Und Gavin?"

„Wir waren alle etwas krank, obwohl wir nicht wissen, woran es lag. Gwynie ist die Einzige, die gesund geblieben ist. Gavin und Maggie geht es schon besser, und der Rest von uns hat sich auch erholt, aber wir wagen es nicht, mit dem Kleinen zu reisen, solange er noch so krank ist."

Lina folgte Logan in die tiefe Höhle hinter dem Wasserfall, die überraschend warm war. Sie fühlte eine tröstende Hand auf ihrem Rücken, und als sie über ihre Schulter sah, bemerkte sie, dass Drew sich ihr angeschlossen hatte. Er hatte einen seltsamen Ausdruck der Verwirrung oder Verwunderung in seinem Blick, als wäre er erstaunt zu sehen, dass sich ihr Traum als wahr erwiesen hatte, aber er war hier, um sie zu unterstützen, und diese Erkenntnis wärmte ihr das Herz.

Gregor lag reglos auf der Seite auf mehreren Fellen. Sie kniete sich neben ihn, und Logan strich ihm die Haare aus der Stirn. „Gregor?" Er beugte sich herab, um seine Stirn zu küssen. „Er hat schreckliches Fieber. Seine Temperatur ist sehr hoch, und er redet die meiste Zeit Unsinn, aber er scheint zu wissen, dass wir hier sind. Wir können ihn nicht dazu bringen, etwas zu essen oder zu trinken. Er fragt oft nach dir, Lina." Er sah sie fragend an, aber Lina konnte sich nicht die Zeit nehmen, es ihm zu erklären.

Sie blickte auf ihren kleinen Neffen hinab, dem das Haar am Gesicht klebte. Er war viel dünner als sonst. „Gregor? Tante Lina ist hier."

Unfähig seinen Kopf vom Fellkissen zu heben, drehte er ihn, um sie anzusehen. „Tante Lina? Du bist gekommen. Tante Lina." Seine Arme griffen nach ihr, aber dann sanken sie wieder auf die Pritsche. Er war zu schwach, um sie hochzuhalten.

Abby war ihr in die Höhle gefolgt und beschnüffelte alle Kinder, die in einiger Entfernung von Gregors Liegestätte saßen. Lily ging als Erste zu Lina und streckte die Arme nach ihr aus. „Bitte hilf ihm, Tante Lina. Er ist so krank."

Torrian folgte Lily. „Aye, wir waren alle krank, aber niemandem ging es so schlecht wie Gregor. Das erinnert mich an die Tage, als Lily und ich zu krank waren, um aus unseren Betten aufzustehen."

Gavin hielt Torrians Hand. „Bitte, Tante Lina, heile ihn."

„Ich werde mein Bestes tun." Sie umarmte sie kurz, bevor sie sich wieder Gregor zuwandte. Die traurigen Blicke und matten Bewegungen der Kinder sagten ihr mehr als tausend Worte. Ihre Lieben hatten eine sehr schwierige Zeit hinter sich.

Lina hob den Jungen hoch, setzte ihn auf ihren Schoß und zog ihn fest an sich. „Ich bin hier, Gregor. Trinkst du etwas, mir zuliebe?" Logan brachte ihr eine Schüssel Brühe. „Gregor, du musst etwas essen. Koste diese Brühe." Abby folgte Logan und setzte sich dann mit wedelndem Schwanz an Linas Seite. Der kleine Hund beugte sich vor, um Gregors Zehen zu beschnuppern.

„Ist das ein Welpe, Tante Lina?"

„Aye. Ich habe eine kleine Freundin mitgebracht. Sie heißt Abby."

Abby leckte seine Zehen, bis er kicherte. „Ich will auch einen Welpen."

„Nun, wenn es dir besser geht, kann sie bei dir bleiben." Erenas Absicht, ein neues Zuhause für den Welpen zu finden, leuchtete ihr plötzlich ein. Abby musterte Gregor, als hätte sie sich ihr neues Herrchen bereits ausgesucht. Er streckte die Hand aus, um sie zu streicheln, konnte sie aber kaum hochhalten. Diese Geste reichte jedoch aus, damit Abby wieder mit dem Schwanz wedelte und Gregor ein Lächeln aufs Gesicht zauberte. „Siehst du. Sie möchte dir helfen, gesund zu werden. Aber zuerst musst du etwas Brühe trinken."

Zuerst schüttelte er den Kopf und verzog den Mund, aber als Abby seine Hand leckte, öffnete er schließlich den Mund und trank ein bisschen.

Lina fütterte Gregor langsam mit der Brühe, und zu ihrer Erleichterung schien er munterer zu werden, besonders weil Abby jedes Mal mit dem Schwanz wedelte, wenn er einen Löffel Brühe trank. Logan trat etwas zurück und wandte sich an Drew, aber Lina konnte ihre Unterhaltung hören.

„Ich bin zwar sehr dankbar, dass sie hier ist, aber warum reitet sie mit nur sieben Wachen durch eine Schlucht, nach all den Drohungen von Burnes und seinem Clan?"

„Nun, deine Schwester ist ein bisschen dickköpfig, wie du wahrscheinlich weißt. Sie bestand darauf, dass Gregor sie braucht." Drew sah zu ihr hinüber und nickte ihr fast unmerklich zu.

„Wie konnte sie das wissen?", fragte Logan ungläubig.

Drew zögerte, also gab Lina die Antwort. „Gavin und Lily kamen in meinen Träumen zu mir. Sie sagten mir beide, dass Gregor mich braucht."

Es war offensichtlich, dass ihre Erklärung Logan überraschte, aber sie hatte keine Lust, sich zu rechtfertigen. „Wichtiger ist, dass ich jetzt hier bin, wo ich gebraucht werde."

Logan bedrängte sie nicht weiter, wofür sie dankbar war. Sie musste sich auf Gregor konzentrieren.

„Tante Lina, bleibst du bei mir? Bitte?" Seine Hand tätschelte ihren Arm in einem gleichmäßigen Rhythmus.

„Aye, Gregor." Sie küsste seine Stirn. „Ich bleibe bei dir, solange du mich brauchst."

Lily kam herüber, um sich neben sie zu setzen. „Tante Lina, ich bin so froh, dass du hier bist." Sie umarmte sie und lehnte ihren Kopf an ihre Schulter. Die anderen Kinder scharten sich um sie – Torrian, Bethia und Sorcha auf der einen Seite, Molly und Maggie auf der anderen.

„Wir werden dir alle helfen, gesund zu werden", sagte Gavin zu Gregor. „Und ich werde das Hündchen für dich halten."

Logan sagte zu Drew: „Ich danke dir, dass du sie hierhergebracht hast. Wie du siehst, hat sie eine besondere Bindung zu den Kindern."

Lina summte ein Lied, und alle entspannten sich um sie herum. „Drew, würdest du die Tasche mit dem Essen holen?", bat sie. „Dein Pferd trägt sie, nicht wahr?"

„Aye." Drew nickte.

Als er gegangen war, sagte Lina zu Logan: „Wir dachten, unsere Reise würde länger dauern, also haben wir einige Vorräte mitgebracht. Wir wussten nicht, dass ihr so nah seid, sonst wären wir schon längst hergekommen."

„Aye", sagte er. „Ich freue mich, dass ihr Essen mitgebracht habt. Wir könnten etwas Frisches gebrauchen, wenn ihr genug habt, um es mit uns zu teilen."

Drew und Boyd kehrten mit der Tasche voller Essen zurück. Sie teilten Haferkuchen und einen Laib Brot und Käse mit den Ramsays, dann setzte sich Drew so, dass er Lina mit Gregor beobachten konnte. Er war vollkommen fasziniert vom Verhältnis zwischen Lina und ihrer Familie. Er hatte noch nie zuvor eine so starke Verbundenheit gesehen.

Das machte ihm klar, wie viel er verloren hatte, als seine Brüder starben – wie gut seinen Eltern eine so liebevolle Familie tun würde. Darum trauerte seine Mutter jeden Tag ihres Lebens, erkannte er nun. Seine Familie wäre zwar nicht so wie diese hier gewesen, aber sie wären dennoch vier Brüder gewesen, so wie Avelina eines von vier Geschwistern war. Hätten seine Brüder die Möglichkeit gehabt, erwachsen zu werden und zu heiraten, hätte seine Familie ähnlich sein können.

Die ganze Zeit hatte er sich geschworen, niemals zu heiraten. Er wollte keine Beziehung eingehen, wie sie seine Eltern hatten. Wäre aber alles anders gekommen, wenn seine Brüder überlebt hätten?

Schließlich schlief er im Sitzen ein.

Das Letzte, woran er sich erinnerte, war, dass er sich fragte, wie Lina mit ihrem eigenen Baby auf ihrem Schoß aussehen würde.

Lina hörte Brennas Ankunft mitten in der Nacht. Überall waren Wachen, und eine zierliche Gestalt stieg vom Pferd und rannte auf sie zu. Lina übergab Gregor seiner Mutter, sobald sie die Höhle betreten hatte. Brenna rührte ihm ein Pulver in sein Essen und rieb eine Salbe auf seine kleine Brust, aber vor allem umarmte sie ihn und beruhigte ihn so gut sie konnte.

„Kannst du nichts weiteres für ihn tun, Brenna?", fragte Lina nach einer Weile. Sie hatte gehofft, Gregors Zustand würde sich bessern, aber er sah nicht danach aus.

„Im Moment kann ich wenig tun", sagte sie mit Tränen in den Augen. „Ich hoffe, dass das, was ich in seine Brühe gegeben habe, hilft, aber er muss selbst dagegen ankämpfen."

Lina küsste Brennas Wange und trat dann aus der Höhle, um ihre vor Angst verspannten Schultern etwas zu lockern. Drew folgte ihr, und sie freute sich darüber, denn sie war zu besorgt um zu schlafen und wollte sich nicht drinnen unterhalten und die schlafenden Kinder stören.

Logan und Gwyneth folgten ihnen ebenfalls. Sobald Logan einen Schluck Bier genommen hatte, das Brenna mitgebracht hatte, sagte er: „Lina, du reitest mit uns nach Hause, aye?"

Bevor sie antwortete, warf Lina erst Drew einen Blick zu, dann Logan und Gwyneth. „Es tut mir leid", sagte sie schließlich, „aber ich kann nicht." Obwohl sie versuchte, sich eine Erklärung zurechtzulegen, die Logan akzeptieren würde, fiel sie nichts ein.

Logan funkelte sie an und fragte dann: „Warum nicht?"

„Ich habe noch etwas zu erledigen."

Drew trat an ihre Seite, um ihr schweigend seine Unterstützung zu zeigen. Es gab so vieles, von dem Drew, Logan und Gwyneth nichts wussten. Jennie war die Einzige, die wusste, dass sie das Saphirschwert besaß. Sie konnte diesem Umstand niemandem verraten, noch konnte sie ihnen sagen, dass sie von den Feen auserwählt worden war. Sie würden sie für verrückthalten, wenn sie das erzählte.

Logan sah sie mit zusammengekniffenen Augen an. „Was könnte wichtiger sein als dein Clan? Deine Familie braucht dich, siehst du das nicht?"

Lina schüttelte den Kopf. „Ich kann noch nicht zurückkehren. Es tut mir leid, Logan."

„Es interessiert mich nicht, was du noch erledigen willst. Du wirst mit uns nach Hause kommen. Ich werde dir nichts anderes erlauben." Er machte auf dem Absatz kehrt und stapfte durch die Bäume.

Lina jagte ihm hinterher. „Bitte hör mir zu. Ich muss bleiben. Ich kann es nicht erklären, aber wenn ich gehe, werden die Folgen für uns alle schwerwiegend sein."

Gwyneth trat vor, um sich ihrem Mann anzuschließen. „Lina, du musst nach Hause kommen. Bitte. Da muss ich Logan zustimmen."

Der Treuebruch ihrer Schwägerin überraschte sie, änderte aber nichts an ihrer Meinung. „Ich werde nicht mit euch gehen."

Logan trat auf sie zu und baute sich aufrecht vor ihr auf. „Wenn ich dich tragen oder an das Pferd binden muss, werde ich es tun. Es gefällt mir nicht, was auf Camerons Land passiert ist, deswegen werde ich dich von dort fortholen."

„Wenn du das tust", flüsterte Lina, „wird alles nur noch schlimmer werden." Sie stemmte die Hände in die Hüften. „Ich muss das Richtige für alle tun, nicht nur für meine engste Familie."

„Wovon redest du? Was hat dich so verändert?"

Lina starrte zu ihrem älteren Bruder hinauf und ihre Lippen bebten. Sie würde nicht nachgeben, aber sollte sie ihm alles erzählen? Vielleicht war das ihre einzige Chance. Sie war nicht stark genug, um gegen Logan anzukommen. Sie warf Drew einen Blick zu, der direkt hinter ihr stand, aber sie wusste, dass sie ihre eigene Entscheidung treffen musste. Vielleicht war es an der Zeit, ihnen die Wahrheit zu sagen, einschließlich Drew.

Im Wald herrschte Stille. Die Wachen waren weit weg, die Kinder waren alle bei Brenna in der Höhle. Lange Zeit herrschte Stille, während Lina versuchte zu entscheiden, was sie preisgeben sollte.

Logan flüsterte schließlich: „Lina, komm mit uns nach Hause, wo du in Sicherheit bist. Was könnte wichtiger sein als das?"

Eine einzelne Träne lief über ihre Wange. „Ich kann nicht mit euch gehen."

Logan kam näher und strich die Träne von ihrer Wange. „Mädchen, wenn du mir nicht erklärst, warum du bleiben willst, werde ich deinen Wunsch nicht in Erwägung ziehen", sagte er jetzt sanfter. „Du musst einen Grund haben, sonst wärst du nicht so hartnäckig."

„Du musst mir versprechen, niemandem außer Quade und Brenna davon zu erzählen."

„Du hast mein Wort." Er wartete.

Lina starrte lange auf den Boden, dann holte sie tief Luft. „Ich kann nicht mit euch nach Hause gehen, weil ich das Saphirschwert bei mir trage, das Burnes' Männer suchen." Sie wartete darauf, dass ihre Worte Wirkung zeigten.

„Bei allen Heiligen!", rief Gwyneth und fasste sich an die Kehle.

„Lina!" Drew klang am schockiertesten von allen, und sie konnte es ihm kaum verdenken.

Logan trat zwei Schritte zurück. „Wie bist du an das Schwert gekommen?"

„Es ist passiert, als er mich angegriffen hat. Ich erinnerte mich nicht einmal mehr daran, bis... bis zu dem Tag, an dem Lachlan mit seinem Vater in die Burg der Camerons kam. Das hat mir die Ereignisse wieder ins Gedächtnis gerufen. Ich nahm sein Schwert und versteckte es in meinen Röcken. Ich wusste, dass es das richtige Schwert war." Sie zögerte und fragte sich, ob sie auch den Rest verraten sollte.

„Das richtige Schwert?", fragte Logan und stemmte seine Hände in die Hüften.

„Ihr müsst schwören, dies niemals jemandem außerhalb unserer Familie zu offenbaren." Linas Hände bewegten sich in ihren Rockfalten.

Brenna kroch aus der Höhle hinter dem Wasserfall hervor, die Arme um ihren schlafenden Sohn geschlungen. Dem Blick nach zu urteilen, den sie Avelina zuwarf, hatte sie alles mitgehört.

„Ich schwöre, Lina, jetzt erzähl mir schon, worum es hier wirklich geht." Logan fuhr sich mit der Hand durchs Haar und wischte sich den Schweiß von der Stirn.

„Die Feen. Die Königin der Harmonie kam zweimal zu mir. Es

geht Böses im Land der Schotten um, und die Feen haben mich um Hilfe gebeten. Sie wollten, dass ich das Schwert finde. Aber die Königin hat mir noch nicht gesagt, was ich damit machen soll." Die Worte sprudelten nur so aus ihr heraus, aber niemand hielt sie auf.

Keiner rührte sich, nachdem sie ihre Erklärung beendet hatte. Lina sah nacheinander von einem zum anderen, um sich zu vergewissern, ob sie ihr glaubten. Den Ausdruck auf dem Gesicht ihres Bruders hatte sie noch nie zuvor gesehen. War es Angst? Verwirrung? Gwyneth war näher an ihren Mann herangetreten und hatte ihre Finger mit seinen verschränkt, worauf Logan mit einem zärtlichen Druck antwortete.

Obwohl Lina Angst davor hatte, Drew anzusehen, musste sie unbedingt wissen, was er dachte. Als sie ihn endlich ansah, trafen sich ihre Blicke. Seine Augen waren weit aufgerissen, aber sie glaubte auch, Stolz darin zu erkennen. Sie klammerte sich an diesen Gedanken und hoffte, dass die anderen genauso denken würden.

Dann trat Brenna mit ausgestreckten Armen auf Lina zu. Gregor bewegte sich noch immer nicht, und seine Haut war fahl. „Halte ihn", sagte sie.

Lina starrte die Frau ihres Bruders verwirrt an. „Was?"

„Ich sagte, halte ihn."

Lina sah sie an, verwirrt von ihrem grimmigen Gesichtsausdruck und ihrem strengen Ton. „Ich verstehe nicht, Brenna. Du machst mir Angst."

„Nimm ihn, Lina. Er ist dem Tod nahe. In weniger als einer Stunde wird er tot sein. Ich kann es an seinem Atem erkennen. Bitte nimm ihn." Ihre Stimme ging beim Sprechen eine Oktave höher und wurde fast schrill. „Nimm ihn. Er braucht deine Umarmung."

„Brenna, nay." Tränen liefen über Linas Wangen. „Er ist dein Sohn. Du musst ihn halten, wenn er stirbt."

„Nay, das musst du tun, Lina. Verstehst du denn nicht? Das ist der Grund, warum du diesen Traum hattest. Er hat nach dir gerufen. Bitte, ich flehe dich an."

Lina tat ihr Bestes, um zu verstehen, was Brenna ihr zu erklären versuchte, aber sie hatte zu viel im Kopf.

„Gregor weiß es, verstehst du denn nicht? Er hat nach dir gerufen, weil er wusste, dass du die Einzige bist, die ihn retten kann. Kinder wissen Dinge, die wir nicht begreifen." Brenna trat noch zwei Schritte vor und drückte ihr Gregor in die Arme. „Halte ihn oder er wird sterben."

„Ich verstehe nicht." Lina nahm Gregor in die Arme und kuschelte ihn an ihr Herz.

„Du bist es. Du", flüsterte Brenna.

„Was?" bellte Logan, als er endlich Worte fand. „Brenna, was redest du da?"

Brenna zeigte auf Avelina und wandte den Blick nicht von ihr ab. „Sie ist eine Auserwählte." Dann wirbelte sie herum, um Lina anzusehen. „Du bist eine Auserwählte. Meine Mutter erzählte Jennie und mir von der Feenkönigin, die sich bei Bedarf einen Menschen aussucht, der ihr bei der Rettung der Schotten hilft. Sie sagte uns, dass jeder von den Feen Auserwählte eine besondere Kraft ausstrahlt. Du bist eine dieser Auserwählten, und nur du kannst meinen Sohn heilen. Bitte, Lina. Konzentriere deine Kraft auf ihn. Ich flehe dich an."

Linas Arme zitterten, als sie Gregor festhielt und ihre Wange an seine Stirn schmiegte, um ihre Aufmerksamkeit und Liebe in ihren Neffen strömen zu lassen, den sie vergötterte. Oh, wie sehr sie diesen Jungen liebte, und sie hasste es, seine Lippen so wächsern und trocken zu sehen. Wärme durchströmte ihren Körper, und sie schloss die Augen und sprach ein Gebet für den kleinen Gregor. Sie hörte ein leichtes Flattern, und als sie die Augen öffnete, war die Farbe ihres kleinen Neffen von aschfahl zu hellrosa übergegangen.

Logan keuchte und flüsterte, „Bei allen Heiligen, es ist wahr." Er legte seinen Arm um seine Frau und zog sie an sich.

Lina sah zu Brenna und war froh, dass diese ein hoffnungsvolles Gesicht machte. Dann richtete sie ihre Aufmerksamkeit auf Drew, dessen Gesicht vor Staunen leuchtete. Sie sahen sich an, und er nickte ihr fast unmerklich zu, offensichtlich erfreut über ihr neu entdecktes Talent.

Die anderen hatten sich alle von ihr zurückgezogen, bemerkte Lina, wahrscheinlich wegen des goldhellen Lichts, das sie umgab. Sie hörte ein Flattern neben ihrem Ohr, und ein goldener

Schmetterling flog auf Gregors Brust herab.

Erena. Lina lächelte, als der Schmetterling ein paarmal mit den Flügeln schlug, bevor er wieder abhob und für einen Moment auf ihrer Schulter landete, als wollte er sie streicheln.

Gregor öffnete die Augen und legte seine Hand auf Linas Arm. „Tante Lina, ist meine Mama hier? Ich dachte, sie wäre bei mir." Lina nickte, denn sie brachte vor Freude in ihrem Herzen und den Tränen, die ihr in der Kehle brannten, keinen Ton heraus.

Brenna trat zu ihnen und nahm ihren Sohn mit tränennassen Wangen in die Arme.

„Du bist hier, Mama, ich habe dich lieb. Ich habe Hunger."

Brenna beugte sich vor, küsste Linas Wange und flüsterte: „Tausend Dank." Dann antwortete sie ihrem Sohn. „Komm, ich hole dir ein Stück Brot."

Kapitel Vierzehn

DREW BLICKTE ZUR Sonne auf und versuchte, durch die Wolken über ihm zu spähen, immer noch unsicher, was sich in der Nacht zuvor ereignet hatte. Er hätte es nicht geglaubt, wenn er es nicht mit eigenen Augen gesehen hätte. Alle hielten Lina nun für eine Auserwählte, etwas, von dem Brennas Mutter gehört hatte. Die Legende besagte, dass die Feen alle fünfzig Jahre gegen so starke Mächte des Bösen kämpfen mussten, dass sie einen Menschen auswählten, ihnen zu helfen. Dieser Auserwählte war mit besonderen Gaben gesegnet und dazu bestimmt, im Namen der Schotten das Böse zu bekämpfen. Es war schwer zu glauben, denn er hatte immer gedacht, dass Feen nur in Erzählungen und in Lachlans wirrem Kopf existierten, aber welche andere Erklärung konnte es für Gregors wundersame Heilung und die goldene Aura, die sich um Lina gebildet hatte, geben?

Er stand bei den Pferden, nachdem er alle Sachen zusammengepackt hatte. Die Kinder waren inzwischen alle stark genug, um zu reisen. Er hatte Linas Sachen ebenfalls gepackt, weil er wusste, dass sie erschöpft war. Sie hatte kaum geschlafen, seit sie das Land der Camerons verlassen hatten. Jetzt wartete er darauf, dass Lina sich verabschiedete, dann würden sie zu Aedans Burg zurückkehren.

Sie ging zu ihrer Familie hinüber. Alle saßen bereits auf ihren Pferden und waren bereit, den Heimweg anzutreten. „Steigt nicht ab. Die Kleinen sitzen schon." Sie ging zuerst auf Logan zu, der Gavin auf seinem Schoß hielt. „Danke, dass du mir vertraut hast." Drew stellte sich hinter sie, um sich ebenfalls zu verabschieden.

Logan drückte ihre Hand. „Ich weiß nicht, ob Quade mir glauben wird, aber wir haben genug Zeugen, die es bestätigen können. Vielleicht schreibst du Mutter eine Nachricht? Du weißt ja, welche Sorgen sie sich um alle macht. Und Menzie? Ich verlasse mich darauf, dass du sie beschützt, was eine schwierigere Aufgabe sein wird, als wir dachten."

„Das werde ich, versprochen." Sie ging zu Brenna weiter, die Gregor und Abby auf ihrem Schoß hielt. Tränen traten in ihre Augen, und Drew wusste, dass sie in diesem Moment daran dachte, wie sie ihren süßen Neffen fast verloren hätten.

„Tante Lina, wenn du einen Beschützer brauchst, dann helfen Gavin und ich dir. Danke für meinen Welpen." Er beugte sich vor, um Abbys Kopf zu küssen.

Lina grinste. „Vielen Dank, aber Drew wird mich beschützen. Pass du gut auf Abby auf. Halte sie gut fest, damit sie nicht hinunterfällt." Brenna hatte eine Vorrichtung angefertigt, um Abby an der Flanke des Pferdes zu tragen, damit das Hündchen Gregor nahe sein konnte.

Brenna beugte sich hinunter, um Linas Wange zu küssen, und Gregor kicherte, als er leicht zur Seite kippte und Abby seine Hand leckte. „Vor dir liegt nun ein anderer Weg. Meine Mutter erzählte Jennie und mir viele Geschichten über die Feen und ihre Auserwählten. Glaube an dich. Du bist etwas Besonderes. Du bist eine starke Frau, und ich bin stolz auf dich und ewig dankbar für deine Hilfe."

Gwyneth war die Nächste hinter Brenna, Sorcha auf ihrem Schoß. „Lebe wohl, Schwester. Wir vertrauen deiner Urteilskraft, und du solltest es auch tun. Zweifle nicht an deinem Weg. Du bist wirklich etwas Außergewöhnliches."

Torrian und Lily folgten, Bethia ritt mit Torrian. Sie alle verabschiedeten sich und versprachen, ihr gemeinsam einen Brief zu schreiben, um ihr zu zeigen, wie weit alle Kinder in ihrer Schreibkunst vorangekommen waren.

Sobald die Ramsays und ihre Wachen fortgeritten waren, liefen Tränen über Linas Gesicht. Drew trat hinter sie und schlang seine Arme um ihre Taille, damit sie sich an ihn lehnen konnte.

Eine Staubwolke wirbelte auf, und plötzlich stand Logan mit seinem Pferd wieder vor ihnen. Gavin, noch immer auf seinem

Schoß, kicherte vergnügt, weil sie so schnell Halt gemacht hatten. „Denk daran, dass es meine Schwester ist, um die du da deine Arme legst, mein Freund", sagte Logan mit einem grimmigen Blick. „Vergiss nicht, dass ich dich finden werde, wenn du ihr Unrecht tust."

Drew ließ sogleich seine Hände von ihrer Taille fallen und nickte Logan zu, der dann seine Zügel anzog, um zu den zwei Wachen an der Spitze des Trosses zurückzukehren. Als er fort war, half Drew Lina auf sein Pferd und stieg dann hinter ihr auf.

Ein paar Stunden später wandte sich Lina an Drew und sagte: „Wenn es dir nichts ausmacht, würde ich gern einen Halt einlegen."

Drew zog an seinen Zügeln und winkte Boyd und seinen Wachen. Er deutete auf einen Bereich, wo sie in einiger Entfernung haltmachen konnten. Er vermutete, dass Lina sich erleichtern wollte. Nachdem er ihr beim Absteigen geholfen hatte, machte sie sich auf den Weg in den Wald, kehrte aber rasch zurück. Sie lehnte sich gegen das Pferd und musterte Drew einen Moment lang, dann sagte sie: „Ich mag deine Hände an meiner Taille. Vielleicht bin ich zu forsch, aber ich merke, dass du dich von mir distanzierst. Stimmt etwas nicht? Ist es, weil ich eine Auserwählte bin?"

Drew nahm ihre Hände in seine. „Nay, aber ich wäre ein Narr, wenn ich versuchen würde, Logan Ramsays Schwester vor seinen Augen zu küssen. Dieser Mann macht mir eine Höllenangst."

Lina lachte. „Also liegt es nicht am Schwert und all dem, was mir passiert ist?"

Drew holte tief Luft und rieb ihre Hände in seinen. „Ich gebe zu, es hat mich zuerst verunsichert, aber je mehr ich darüber nachdenke, desto mehr Sinn ergibt es. Wenn ich an der Stelle der Feen wäre, würde ich auch jemanden auswählen, der vertrauenswürdig und ehrlich ist – jemanden wie dich. Aber Lachlan wird weiter nach dem Schwert suchen. Ich denke, wir müssen mit Aedan und Jennie einen Plan ausarbeiten."

Lina nickte. „Vielleicht hast du recht. Wir müssen Aedan einbeziehen."

Drews Daumen strich über ihre Wange und ließ ihren Atem stocken. „Du hast die schönste Haut, die ich je gesehen habe."

Linas Blick traf seinen, kurz bevor er seinen Mund auf ihren senkte.

Alles, woran Drew denken konnte, war, dass es zu lange her war. Wie er letzte Nacht gelitten hatte! So nah bei Avelina zu liegen, ohne sie berühren zu können, kam einer Folter gleich. Aber bei Gott, er hätte es nicht gewagt, Lina anzurühren, schon gar nicht mit Logan und Gwyneth in der Nähe. Nun genoss er ihre Lippen, nahm sich Zeit und neckte sie mit seiner Zunge, bis sie ihm ihre Lippen öffnete. Seine Zunge wagte sich vor, um sie zu kosten, und ihre Zunge antwortete ihm bereitwillig. Sie schmiegte ihren Körper an seinen, also packte er ihre Hüften und zog sie an seine Lenden. Er stöhnte, da er wusste, dass er nicht weiter gehen konnte, aber er begehrte sie mehr, als er je jemanden begehrt hatte.

Sie drückte ihr Becken gegen seines, was sein Verlangen nur noch mehr schürte. Er löste sich etwas und bedeckte ihren Hals mit Küssen. „Lina, ich möchte dich überall kosten, aber ich will dich nicht drängen." Sein Atem ging stoßweise. „Ich möchte deine Haut an meinen Händen spüren, aber erst, wenn du bereit bist."

Lina nickte. „Ich will dich auch spüren. Ich möchte von dir berührt werden."

Drew machte sich an den Bändern ihres Kleides zu schaffen, und sie half ihm, bis sie locker genug waren, um seine Hand in ihr Mieder gleiten zu lassen. Er griff hinein und umfasste ihre Brust. Alles, was er tun konnte, war zu seufzen: „Deine Haut ist die weichste, die ich je berührt habe." Er rieb mit dem Daumen über die zarte Knospe, worauf sie sich zusammenzog. Ihr Blick versank in seinen Augen, und sie hielt sein Handgelenk fest, als ob sie wollte, dass er nie aufhörte.

„Mehr."

Es war das einzige Wort, das er hörte, aber es war genug, um ihn anzuspornen. Er küsste sich seinen Weg hinunter über ihren cremigen Hügel in das tiefe Tal zwischen ihren Brüsten, kehrte schließlich zu ihrer Brustwarze zurück und nahm sie in seinen Mund. Er neckte sie mit seiner Zunge und fuhr dann sanft mit seinen Zähnen darüber, bevor er sie ganz in seinen Mund nahm und daran saugte, bis Lina vor Lust aufschrie.

Seine Erektion drohte unter seinem Plaid hervorzudrängen, aber er zügelte sich. Sie waren nicht allein, und außerdem konnte er nicht so respektlos sein, ihr hier die Unschuld zu nehmen.

Er erfasste wieder ihre Brust und raunte: „Mädchen, du bist pure Vollkommenheit und deine Leidenschaft entfacht ein unbeschreibliches Feuer in mir, aber wir können nicht fortfahren." Dann schnürte er entschlossen ihr Mieder zu und tat sein Bestes, um das Verlangen in ihren Augen zu ignorieren. Verdammt, sie war unglaublich leidenschaftlich, und er würde sie nur zu gern unter sich liegen haben. Nachdem er ihre Kleidung zurechtgestrichen hatte, ging er einige Male um das Pferd herum, um sich wieder unter Kontrolle zu bringen.

Er half ihr aufzusteigen, dann saß er mit einem schweren Seufzer hinter ihr auf, ritt zu den anderen und bedeutete ihnen aufzubrechen.

Er rügte sich dafür, dass er es so weit hatte kommen lassen. Da er nicht die Absicht hatte zu heiraten, hätte er sie gar nicht erst küssen dürfen. Zu heiraten würde bedeuten, wie seine Eltern zu werden. Sie hatten den Schmerz über den Verlust von drei Söhnen nie überwunden, und ihr einziger lebender Sohn war jahrelang von ihrer Trauer erdrückt worden. Er konnte es nicht ertragen, ein Dasein wie sie zu fristen oder seine eigenen Kinder so zu verletzen, wie seine Eltern ihn verletzt hatten.

Aber könnte die Ehe für ihn vielleicht anders sein, besonders mit jemandem wie Avelina Ramsay? Als er Lina mit ihrer Familie beobachtet hatte, hatte er eine andere Welt gesehen. Eine Welt, an der er noch nie teilgehabt hatte. Liebe und gegenseitige Unterstützung, Zufriedenheit und Vergebung – Dinge, nach denen er sich sein ganzes Leben lang gesehnt hatte, waren unter ihnen so selbstverständlich.

Und wie sich Aedan verändert hatte, seit er Jennie geheiratet hatte! Zu wissen, dass sie sein Kind trug, hatte seinen Umgang mit seinen Männern und seinen Freunden und wie er seine Zeit verbrachte sehr beeinflusst. Er hatte seinen Freund noch nie so glücklich und fröhlich gesehen. Durfte er dasselbe für sich selbst erhoffen?

Das Mädchen vor ihm hatte einen stärkeren Eindruck auf

ihn gemacht, als er es je für möglich gehalten hatte. Er zog sie näher zu sich, und ihre Nähe beruhigte ihn. Doch obwohl er sich gelassener fühlte, als sich Lina an ihn schmiegte, hörte er nicht auf, die Gegend nach Burnes abzusuchen. Er würde dieses Ungeheuer nie wieder in ihre Nähe lassen. Ein bisher unbekannter Beschützerinstinkt und Eifersucht hatten sich den Weg in sein kaltes Herz gebahnt. Bei Gott, er war überrascht, dass er solche Gefühle hegte.

Aber genau das hatte er sich zu vermeiden sein ganzes Leben lang geschworen. Wie konnte sich alles in einem einzigen Tag oder nach nur ein paar Begegnungen mit einem anderen Menschen ändern? Warum ließ er zu, dass diese Empfindungen seine Meinung änderten? Und seit wann machte er sich überhaupt etwas aus Gefühlen? Das alles war Neuland für ihn. Drew fuhr sich mit der Hand übers Gesicht und bewegte sich unruhig im Sattel. Er hatte die Dinge zu weit gehen lassen. Er hatte keinen Anspruch auf sie, und er konnte nicht zulassen, dass zwei Tage alle Vorsätze umstürzten, die er vor Jahren gefasst hatte. Er hatte sich fest vorgenommen, niemals zu heiraten, niemals Kinder zu haben. Er erinnerte sich gut an dieses eigene Versprechen. Es gab noch zu viele Ängste in ihm. Was würde er tun, wenn er und Lina ein Kind verlören?

„Drew, habe ich etwas falsch gemacht?", flüsterte sie, denn sie spürte seinen Stimmungswandel deutlich.

„Was? Nay. Ich bin es, der etwas falsch gemacht hat. Ich hätte nie zulassen dürfen, dass es so weit kommt."

„Aber warum?" Sie sah ihn über ihre Schulter hinweg an. „Ich mochte es. Ich mag dich. Ich möchte, dass wir einander näherkommen."

„Ich kann das nicht tun, Lina. Ich kann einfach nicht… egal wie ich fühle." Er hatte vorgehabt zu warten, aber da sie das Thema nun anschnitt, konnte er ihr auch gleich die Wahrheit sagen. Sie verdiente es zu wissen, wie er sich fühlte.

„Ich verstehe nicht. Magst du mich nicht? Ist es die Art, wie ich küsse? Du kannst es mir beibringen. Ich bin nicht sehr erfahren." Sie ließ den Kopf sinken, und ihre hängenden Schultern zeigten, wie niedergeschlagen sie war.

„Nay, es hat nichts damit zu tun. Deine Küsse sind wunderbar.

Sie bringen mich dazu, dich sofort in mein Bett holen zu wollen." Er bemerkte, dass sie rot wurde. „Entschuldigung, das hätte ich nicht sagen sollen."

„Ich bin froh zu wissen, dass ich nichts falsch gemacht habe." Sie sah starr geradeaus, anscheinend wollte sie nicht, dass er ihr Gesicht sah.

„Es liegt nicht an dir. Es…" Er hielt inne, um darüber nachzudenken, wie er das sagen sollte. „Ich habe mir geschworen, nie zu heiraten."

„Was?" Lina drehte sich zu ihm um, so gut sie es bei ihrem strammen Ritt konnte. Sie musste sich verhört haben.

„Ich habe mir vor langer Zeit geschworen, nie zu heiraten."

„Aber warum?" Sie fühlte sich, als würden bei seinen Worte ihre ganze Welt zusammenstürzen, aber sie tat ihr Bestes, ihre Fassung zu bewahren. „Warum willst du nicht heiraten? Du bist der Erbe deines Landes. Willst du nicht, dass ein Sohn deinen Namen trägt?" Welchen Grund könnte er haben, einen so unsinnigen Vorsatz zu fassen?

„Meine Eltern haben vor mir drei Söhne verloren, und sie leiden auch heute noch jeden Tag darunter. Ich könnte es nicht ertragen, wie sie zu leben. Ich will keinen Erben."

Ein Gefühl der Hoffnungslosigkeit überkam sie, also wandte sie sich von ihm ab, da sie nicht wollte, dass er ihren Gesichtsausdruck sah.

Drew sah ihr trotzdem ins Gesicht. „Ich weiß, dass ich Unrecht getan habe, aber ich habe dich doch nicht glauben lassen, dass wir heiraten würden, oder? Glaube mir, Lina, wenn ich heiraten würde, dann würde ich dich wählen und keine andere."

„Nay, es ist nur…" Sie wischte hastig eine Träne fort, die drohte, über ihre Wangen zu laufen.

„Was?"

„Die Königin der Harmonie sagte, dass ich innerhalb von zwei Monden heiraten muss, da ich im Besitz des Schwertes bin, sonst wird meine Familie ein Unglück treffen. Wir verstehen uns gut, deshalb hatte ich gehofft, dass du erwägen könntest, mich zu heiraten. Es sind bereits mehr als zwei Wochen vergangen. Mir bleibt nicht mehr viel Zeit."

Drew hielt sein Pferd abrupt an. „Weiß noch jemand davon? Deine Brüder, Jennie oder Aedan?"

„Nur Jennie. Sie ist die Einzige, der ich davon erzählt habe." Sie seufzte und bedauerte, dass sie überhaupt etwas gesagt hatte. Sie hatte nun ihre Antwort von Drew Menzie. Er würde nie heiraten. Was sollte sie nur tun? Ob es ihr gefiel oder nicht, sie würde einen anderen Mann heiraten müssen. Nachdem sie den armen Gregor so nahe dem Tode erlebt hatte, konnte sie den Gedanken nicht ertragen, noch jemanden in ihrer Familie leiden zu sehen.

Den Rest des Nachmittags sprachen sie wenig miteinander, und als sie nur noch ein kurzes Stück von ihrem Ziel entfernt waren, zogen dunkle Wolken auf.

Drew bedeutete den Wachen anzuhalten. „Mädchen, ich werde dich nicht der Gefahr aussetzen, durch die Stürme zu reiten, die auf uns zukommen. Nicht weit von hier befindet sich eine Höhle. Wir können dort die Nacht verbringen und kommen morgen Mittag in der Burg an. Ich möchte nicht bei starkem Regen im Dunkeln reiten."

Lina nickte zustimmend. Es war ihr egal, was sie taten. Sie erwartete nichts mehr von Drew Menzie. Er hatte all ihre Hoffnungen mit einem einzigen Satz zunichte gemacht.

Jetzt würde sie einen Mann heiraten müssen, der sie nicht interessierte. Welche Rolle spielte es da, wen sie wählte? Ihre Ehe wäre lieblos – ein trauriges Schicksal, das sie akzeptieren musste. Sobald sie abgestiegen war, trat sie hinter die nahen Büsche, verrichtete ihre Notdurft und ging in die Höhle, ohne mit jemandem zu sprechen.

In ihrem Kopf herrschte der Wunsch, dass dies alles nur ein schrecklicher Traum wäre. Wenn sie nur erwachen und zu ihrem alten Leben zurückkehren könnte, dann würde sie sich nie wieder beschweren oder sich mehr Gefühle oder gar Liebe wünschen. Alles, was sie wollte, war, vom Schwert, den Schmetterlingen, Erena und Drew Menzie frei zu sein.

Drew hatte ihr sein Plaid auf den harten Stein gelegt, also dankte sie ihm kurz, nahm dann ihre Tasche, um ihren Kopf darauf zu betten, und legte sich zum Schlafen hin. Sie schaute nach draußen und beobachtete den Regen.

Drew rückte hinter ihr näher an sie heran, sie erstarrte, drehte den Kopf zu ihm und sagte: „Bitte nicht."

„Was?"

„Fass mich nicht an", hauchte sie.

„Lina, es tut mir leid…"

„Und hör auf zu sagen, dass es dir leid tut. Du tust, was du tun musst. Ich war einfach töricht zu glauben, dass wir einander mehr bedeuten könnten."

„Ich will dich wärmen, und ob du in meiner Nähe sein möchtest oder nicht, ich werde dich weiterhin beschützen."

Sie wandte ihren Kopf wieder von ihm ab und konzentrierte sich stattdessen auf den Sturm draußen und die Donnerschläge, die durch die Höhle hallten. Die Blitze, die den Himmel teilten, verliehen der Nacht etwas Unheimliches.

„Wusstest du, dass Aedan es liebt, nachts draußen zu sitzen und Gewitter zu beobachten?"

Lina nahm sich fest vor, nicht darauf einzugehen.

„Wusstest du, dass Aedan dir die von den Sternen geformten Bilder zeigen und erkennen kann, welche immer da sind und welche vergänglicher sind?" Sein Atem wärmte ihren Nacken und beruhigte sie wider Willen.

„Nay." Es kam nur als Flüstern heraus, aber er hörte sie.

„Jennie und Aedan schlafen in warmen Sommernächten gern unter dem Sternenhimmel. Sie liegen flach auf dem Rücken und blicken auf die funkelnden Körper und versuchen, Muster am Himmel zu erkennen."

„Das überrascht mich nicht."

„Warum nicht? Mich hat es überrascht", antwortete Drew. „Ich hatte vorher noch nie von so etwas gehört."

„Es überrascht mich nicht, weil Jennie und Aedan verliebt sind. Sie genießen es, Dinge zusammen zu erleben. Die Sterne sind seine Leidenschaft, nicht wahr? Also teilt sie sie mit ihm. Und im Gegenzug macht cr Dinge mit ihr zusammen, die sie interessieren. Wusstest du, dass er ihr ein berühmtes Buch aus dem Osten über Heilkunde gekauft hat?"

„Aye, das hat er mir erzählt." Seine Hand ließ sich auf ihrer Hüfte nieder.

Die Wärme seiner Hand strömte durch sie hindurch, aber sie

wollte nicht, dass er sie folterte und quälte. Sie konnte mit Männern abgesehen von Drew und denen in ihrer Familie kaum
sprechen. Wie konnte sie einen anderen zum Heiraten finden,
wenn sie nicht einmal miteinander reden konnten?

Schließlich schlief sie ein, mit Drews Hand auf ihrer Hüfte und
Tränen in den Augen.

KAPITEL FÜNFZEHN

IN DIESER NACHT hatte Lina einen weiteren Traum, aber dieser war noch schlimmer.

Der Traum handelte von einem kleinen Jungen, der etwas älter war als Gregor und Gavin. Er rief immer wieder ihren Namen und flehte um ihre Hilfe, aber egal in welche Richtung sie sich wandte, sie konnte ihn nicht finden. Allem Anschein nach war er in einer Burg, aber sie kannte diesen Ort nicht und kam nie weiter als bis zum großen Saal.

Sie rief ihm immer wieder zu, er solle zu ihr kommen, aber er sagte, das sei unmöglich. Er erklärte ihr, er könne sich nicht bewegen, weil ihn jemand hasste und ihn nicht gehen lassen würde.

Er schrie und flehte, und sie folgte seiner Stimme, jagte durch einen Gang nach dem anderen und versuchte, ihn zu erreichen, aber ohne Erfolg. Nach einer gefühlten Ewigkeit schaffte sie es, den Lauten näher zu kommen.

Sie erreichte eine schwere Holztür, und am Klang der Stimme des Jungen konnte sie erkennen, dass er sich in dem Raum dahinter befand. Sie packte den Türgriff und zog daran mit aller Kraft. Sie konnte die Tür nur einen Spalt weit öffnen, aber es reichte, um ins Zimmer zu spähen.

Der Junge war an ein Bett gebunden. Er schrie und zerrte vergeblich an seinen Fesseln. Blut rann über die Bettkante, wo das Hanfseil seine zarte Haut wund gerieben hatte.

Drew schüttelte ihre Schulter. „Lina, Lina, wach auf. Was ist?"

Sie schrie auf. Drews Stimme brach durch ihren Traumzustand, und sie klammerte sich mit klopfendem Herzen an ihn und hielt ihn fest, als wäre er das Einzige, was sie davon abhielt, im Meer zu ertrinken.

„Lina", sagte er leise, zog sie in seine Arme und winkte die Wachen fort, die gekommen waren, um nach ihr zu sehen.

Sie vergrub ihren Kopf an seiner Brust und wartete darauf, zu Atem zu kommen. Sie war in Sicherheit, und es gab keinen Jungen, der um ihre Hilfe flehte… Aber das bedeutete nicht, dass es keinen Jungen gab, der sie brauchte. Etwas sagte ihr, dass dieser Traum so real war wie ihr letzter.

Drew strich mit seinen Händen durch ihr Haar und knetete ihren Nacken. „Was ist los, Lina? Es war nur ein Traum. Du brauchst keine Angst zu haben. Ich bin hier, um dich zu beschützen."

„Ein Junge braucht mich", flüsterte sie, ohne sich von ihm lösen zu wollen.

„Wer?", fragte er mit gerunzelter Stirn. „Hier sind keine Jungs. War es ein Junge aus deiner Familie?"

„In meinem Traum schrie ein Junge nach mir. Er rief mich beim Namen und flehte um meine Hilfe."

„Wie solltest du ihm helfen?"

Sie lehnte sich zurück und sah in Drews grüne Augen. „Erst bat er mich, ihn zu finden. Ich suchte und suchte…" Sie hielt einen Moment inne, um zu Atem zu kommen. „Es schien ewig zu dauern, aber dann habe ich ihn endlich gefunden."

„Wo war er?" Seine Hände hielten ihre, und allein schon deren Wärme spendete ihr Trost. „Hat er dir gesagt, wo er sich aufhält oder auf wessen Land er sich befindet?"

„Nay, er war allein in einer Kammer, die mir völlig unbekannt war."

„Kennst du den Jungen? Ist es jemand vom Land der Camerons?"

Sie schüttelte den Kopf.

„Jemand vom Land der Ramsays? Ich bringe dich dorthin, wenn es sein muss."

Sie schüttelte wieder den Kopf. „Nay, Nay, ich konnte nicht einmal sein Gesicht sehen. Es war zu dunkel. Aber Drew, ich muss ihn finden. Ich muss einfach. Wirst du mir helfen?"

„Natürlich. Sobald wir bei den Camerons sind, werden wir

einen Weg finden, die Identität des Jungen zu ermitteln."

„Aye, das müssen wir tun. Es ist dringend."

Drews Stirn legte sich in Falten. „Aber warum? Du hast nicht gesagt, dass er in Gefahr ist."

„Er…" Lina drückte seine Hand an ihr Herz. „Du verstehst es nicht."

Drew zog eine Braue hoch.

„Der Junge war an sein Bett gefesselt und seine Handgelenke waren wund von seinen Versuchen, sich zu befreien."

Drews Kinnlade fiel nach unten.

Drew saß in Aedans Arbeitszimmer und wartete auf Jennie und Avelina. Nachdem er von Linas Traum gehört hatte, zweifelte er daran, je wieder schlafen zu können. Er war sich nicht sicher, wie sie mit diesem Traum umgehen sollten. Sie hatten keine Ahnung, wo sie mit der Suche beginnen sollten, aber dass da draußen ein Junge dringend ihre Hilfe brauchte, brachte Lina beinahe zur Verzweiflung. Drew hatte keine Ahnung, wie er ihr helfen sollte. Er ging im Zimmer auf und ab, fand ein Leinentuch auf dem Beistelltisch und wischte sich den Schweiß vom Gesicht. Was sollte er tun?

Er hatte Aedan bereits von ihrem Treffen mit Logan und seiner Familie erzählt und davon, wie sie die Krankheit des Jungen geheilt hatte. Aedan war danach zum Schluss gekommen, dass Brenna Gregor geheilt hatte, nicht Lina, da er anscheinend Drews Geschichte über die Feen keinen Glauben schenken wollte. Er hatte Drew einen argwöhnischen Blick zugeworfen, sobald dieser die Annahme geäußert hatte, Lina könnte eine Auserwählte der Feen sein.

Aedan hatte ihn unterbrochen noch bevor er fertig gesprochen hatte und ihn gefragt: „Du erwartest von mir zu glauben, dass diese Fee wegen Linas Notlage erschienen ist, sich aber nicht hat blicken lassen, als meine Frau und die Abtei vor nicht allzu langer Zeit in Gefahr waren?"

Drew hatte keine Antwort darauf, also hatte er beschlossen, auf die Ankunft von Lina und Jennie zu warten, bevor er Aedan den Rest der Geschichte erzählte. Lina sollte es selbst erzählen. Er konnte den Standpunkt seines Freundes sogar nachvollziehen, aber wer verstand schon die Gedankengänge der Feen?

Neil und Boyd waren ebenfalls ins Arbeitszimmer gekommen, um die täglichen Anweisungen an die Wachen abzuholen, und sie waren immer noch da, als Jennie und Lina den Raum betraten.

„Guten Morgen, alle zusammen", sagte Jennie.

Lina nickte Boyd und Neil kurz zu, bevor sie sich sofort so weit wie möglich von ihnen entfernte. Drew erinnerte sich daran, was sie über ihre Hemmungen in Gegenwart von Männern ihres Alters gesagt hatte und beschloss, ihr so gut wie möglich zu helfen. Er führte Boyd zur Wand, an der Lina stand. Dann wandte er sich an seinen Freund und fragte: „Boyd, kennst du Linas Welpen? Sie hatte eine süße kleine Hündin namens Annie."

„Abby", berichtigte Lina ihn und schlug sich sofort die Hand vor den Mund.

Drew sah sie an und hoffte, dass sie weitersprechen würde.

Boyd sagte: „Aye, was für ein hübsches Hündchen. Ich habe gehört, Ihr habt es verschenkt. An wen?"

Linas Blick fiel zu Boden, und es verging ein langer Moment, aber schließlich hob sie ihren Blick zu Boyd und sagte: „An Gregor". Ein überraschtes Lächeln huschte über ihr Gesicht, und sie fuhr mit selbstbewussterer Stimme fort. „Mein Neffe brauchte Abby mehr als ich."

„Aye, ich dachte mir schon, dass Ihr das Hündchen Eurer Familie gegeben hattet, da es auf dem Heimweg nicht mehr bei Euch war. Euer Neffe wird seine Freude an ihm haben."

Lina warf Drew einen dankbaren Blick zu und sagte: „Aye, das wird er bestimmt."

Neil hatte mit Aedan gesprochen, aber nun kam er zu ihnen. „Komm", sagte er zu Boyd, „wir haben unsere Anweisungen für den Tag." Die beiden Männer nickten Lina zu und gingen.

Drew ergriff ihre Hand und drückte sie sanft. Auf ihrem Gesicht lag ein zufriedener Ausdruck. Obwohl er nichts sehnlicher wünschte, als sie zu küssen, mussten sie mit Aedan sprechen.

Aedan stand auf, um seine Frau zu begrüßen, sobald Boyd und Neil sich verabschiedet hatten, und küsste sie so leidenschaftlich, dass beide Damen erröteten.

„Aedan, bitte, wir haben Gesellschaft", sagte Jennie.

Aedan kicherte. „Ich kann mir nicht helfen, ich kann einfach nicht genug von dir bekommen, meine Süße." Er bedeutete Lina, sich neben Jennie zu setzen, dann richtete er sich direkt an sie. „Meine Frau hat mir während deiner Abwesenheit erzählt, dass das Saphirschwert in deinem Besitz ist. Bitte ärgere dich nicht darüber, dass sie es mir erzählt hat, sie sorgte sich um deine Sicherheit, Lina. Ich habe gespürt, dass etwas mit ihr nicht stimmte. Aber es scheint, auf eurer Reise ist mehr passiert, als mir bewusst ist. Kannst du mir den Rest deiner Geschichte erzählen, Lina?"

Lina seufzte und sah auf ihre Hände. „Aye, ich erzähle dir alles, denn ich möchte dich um deine Hilfe bitten."

Teufel nochmal, das Mädchen sah heute Morgen so schön aus. Ihr Haar war fast bronzefarben und alle Frisuren, die sie trug, gefielen Drew. Heute war es locker gebunden, aber lange Locken fielen ihr über den Rücken und rahmten ihr Gesicht ein. Sie hatte sich eine Blume an einer Seite angesteckt. Er fragte sich, wann sie die Zeit gefunden hatte, sich zu frisieren. Aber noch etwas hatte sich ihr verändert… Ihre Aura war heute stärker als je zuvor. Wenn er raten sollte, würde er sagen, dass das Ereignis mit ihrem Neffen ihr Selbstvertrauen gestärkt hatte. Er bemerkte, dass sie mit erhobenem Kinn aufrecht in ihrem Stuhl saß und Aedans Blick nicht auswich.

Aedan hustete, also drehte sich Drew zu ihm um. Er sah, wie sein Freund ihn finster anstarrte, runzelte die Stirn und wandte seine Aufmerksamkeit wieder Lina zu, aber diesmal hörte er ihr auch zu, statt sie nur anzustarren. Verdammt, er konnte einfach nicht anders, er wurde von ihrer Schönheit zu sehr abgelenkt.

„So kämpfte Gregor um sein Leben, bis seine Mutter mitten in der Nacht eintraf."

Aedan unterbrach sie. „Und Brenna hat ihm etwas gegeben, um ihm zu helfen, sich zu erholen? Deine Schwester ist eine bekannte Heilerin."

Lina warf ihm einen verwirrten Blick zu und schüttelte den Kopf. „Nay, Gregor ging es schlechter, nachdem sie ihm den Trank gegeben hatte. Später bat mich Brenna, Gregor festzuhalten, weil sie glaubte, ich sei eine der Auserwählten der Feen. Sie sagte, wenn ich meine ganze Energie auf Gregor richte, hätte ich die Kraft, ihn zu heilen."

Jennie hatte Tränen in den Augen, als sie ihrer Freundin zuhörte, wie sie ihre Geschichte erzählte. Drew entschied, dass es an der Zeit war, einzugreifen, um Linas Worte zu unterstreichen. „Wenn du dort gewesen wärst, und es gesehen hättest, würdest du nicht daran zweifeln, dass Lina eine Auserwählte, eine Beschenkte oder wie auch immer du es nennen willst, ist."

Er hatte Aedans und Jennies volle Aufmerksamkeit, also fuhr er fort, ohne Lina aus den Augen zu lassen. „Sobald sie ihre Lippen auf Gregors Stirn legte, wurde sie von einer goldenen Aura umgeben, und Gregors Farbe wechselte innerhalb weniger Augenblicke von grau zu rosa. Etwas später wachte er auf und sagte seiner Mutter, dass er Hunger habe. Ich habe so etwas noch nie erlebt. Es war, als ob der Junge vor unseren Augen wieder zum Leben erwachte. Ein goldener Schmetterling landete auf Gregors Brust und flatterte dann auf Linas Schulter, bevor er in die Nacht davonflog."

Aedan sah Lina an und verarbeitete alles für einen Moment.

„Aedan, du magst Zweifel haben, aber hör dir bitte die ganze Geschichte an, bevor du dir eine Meinung bildest", flüsterte Jennie. „Ich glaube meiner Freundin, und meine Mutter glaubte fest an die Feen."

Aedan ging zu seiner Frau und küsste sie auf die Wange, bevor er zu seinem Stuhl zurückkehrte. „Für dich werde ich es tun."

Drew wollte seinen Freund nicht fragen, ob er ihm glaubte, bemerkte aber, dass Jennie einen großen Einfluss auf ihren Mann hatte.

Aedan spitzte die Lippen und holte tief Luft. „Angenommen, ich glaube daran, dass du eine Auserwählte bist. Jennie hat mir bereits vom unerschütterlichen Glauben ihrer Mutter an die Feen erzählt und ich weiß, dass viele unserer älteren Clanmitglieder das ebenfalls tun. Bitte sag mir genau, welche Anweisungen du von der Königin erhalten hast und wie wir dir behilflich sein können."

Lina nickte und straffte die Schultern. „Sie hat mir erzählt, dass es in unserem Land eine starke böse Macht gibt. Sie war erfreut, als sie erfuhr, dass ich das Saphirschwert in meinem Besitz hatte, aber sie hat mir noch nicht gesagt, was ich damit machen soll."

Lina hielt inne und Jennie griff zu ihr hinüber und drückte

ihre Hand, um sie zu ermutigen, dann nickte sie mit dem Kopf.

„Die Königin hat mir gesagt, dass jeder, der das Saphirschwert besitzt, innerhalb von zwei Monaten heiraten muss oder das Schwert verliert."

„Und was noch?", drängte Jennie sie.

„Und wenn ich nicht heirate, wird mein Clan von einem Unglück heimgesucht."

„Lachlan hat uns gegenüber nie so etwas erwähnt." Aedan warf Drew einen Blick zu und hielt inne. „Oder?"

Drew nickte. „Aye, er hat erwähnt, dass seine Mutter sagte, er müsse eine Frau finden. Er ist nicht näher darauf eingegangen, aber er hat es angesprochen. Und seine Mutter kannte die Legende."

„Woher hat Lachlan das Schwert?", fragte Lina.

„Er hat es gefunden. Das ist alles, was wir wissen", antwortete Aedan. „Wie viel Zeit bleibt dir?"

Lina stieß einen tiefen Seufzer aus. „Ein Monat. Ich habe noch einen Monat, um zu heiraten."

Aedan sprang von seinem Stuhl auf und begann auf und ab zu gehen. „Also müssen wir dir sofort einen Ehemann suchen. Gibt es jemanden, den du in Betracht ziehen möchtest? Und Jennie hat auch etwas von einem Jungen erwähnt, der an ein Bett gefesselt ist?"

„Eine Frage nach der anderen, Cameron", sagte Drew. „Sie braucht einen Ehemann. Das ist derzeit die wichtigste Angelegenheit. Du hast sicher jemanden für sie. Sie ist eine schöne Frau und ich bin sicher, dass viele sie gern heiraten würden."

Aedan blieb vor seinem Freund stehen. „Aye. Und der Erste, den ich fragen würde, wärst du, Menzie. Was sagst du?"

„Cameron, du weißt, dass ich mir geschworen habe, nie zu heiraten. Ich habe es Avelina bereits erklärt und sie versteht es. Finde einen anderen." Er warf Lina einen Blick zu, beschämt, dass er in ihrer Anwesenheit gefragt worden war. Sie weigerte sich, ihn anzusehen, und war vor Scham rot angelaufen. Bei Gott, er fühlte sich wie ein Rüpel.

Aedan versuchte ohne Erfolg, sein Grinsen zu verbergen. Drew runzelte die Stirn und fragte sich, was sein Freund vorhatte. Was auch immer es war, er würde sich nicht umstimmen lassen. Er würde nicht heiraten.

Aedan kehrte zu seinem Stuhl zurück. „Was ist mit Boyd? Er ist ein feiner Kerl."

„Auf keinen Fall", sagte Drew und sprang von seinem Sitz auf. „Er ist völlig ungeeignet für sie."

Aedan runzelte die Stirn, als er seinen Freund anblickte. „Ist er das? Wieso denn? Ich dachte, er wäre dein engster Freund."

Drew stotterte: „Ähm… nun… Ich brauche ihn an meiner Seite. Er kommandiert die Wachen, wenn ich es nicht kann. Ich kann ihn nicht entbehren."

Aedan warf ihm einen verschlagenen Blick zu, aber er lenkte schließlich ein. „Gut. Ich werde einen anderen finden." Nachdenklich rieb er sich das Kinn. „Ervin ist ebenfalls ein feiner Bursche. Was ist mit ihm? Ich weiß, dass er bereit ist zu heiraten."

„Dieser pickelige Junge?", entfuhr es Drew. „Wohl kaum. Er ist zu jung für sie. Hast du Lina schon einmal angeschaut? Sie verdient einen viel schöneren Mann."

Drew setzte sich wieder hin, um auf Aedans nächsten Vorschlag zu warten, und tat sein Bestes, Lina nicht anzusehen, der es bestimmt sehr unangenehm war, dieser Diskussion beizuwohnen. Wenn er sie anblickte, wäre er zu versucht, sie in seine Arme zu nehmen.

„Craig ist ein gutaussehender Junge. Findest du nicht, Jennie?"

Jennie nickte und wollte etwas dazu sagen, aber Drew unterbrach ihn.

„Bitte, der Junge kann doch nicht einmal ein Schwert hochhalten. Wie soll er sie beschützen? Sie ist eine Auserwählte, also muss sie einen starken Krieger heiraten, der bereit ist, für sie zu kämpfen. Craig schafft das nicht." Er warf Aedan einen finsteren Blick zu, um seinen Standpunkt zu verteidigen, wirklich verärgert über die lächerlichen Vorschläge seines Freundes. Keiner der Spitzbuben, die Aedan vorgeschlagen hatte, war für Lina geeignet. Und er bemerkte, dass die arme Lina den Tränen nahe zu sein schien.

Aedan blickte seiner Frau in die Augen, dann warf er einen verstohlenen Blick auf Lina. Jennie verstand den Wink, erhob sich und streckte ihrer Freundin die Hand hin. „Komm, wir vertreten uns ein wenig die Beine. Es ist so stickig hier drinnen."

Sie strich mit der Hand über ihren wachsenden Bauch. „Das Baby möchte sich bewegen."

Lina nickte Aedan und Drew kurz zu, bevor sie sich Jennie anschloss.

Sobald die Frauen die Tür hinter sich zugezogen hatten, wandte sich Aedan an Drew: „Was zum Teufel ist mit dir los?"

„Mit mir? Gar nichts. Was ist mit dir los?", fragte Drew aufgebracht.

„Jeder Name, den ich vorschlage, gefällt dir nicht. Warum bist du so kritisch?"

„Weil alle ungeeignet für sie sind. Siehst du das denn nicht?" Er schwang seine Hand zu dem Stuhl, den Lina geräumt hatte. „Du hast sie mit all deinen dummen Vorschlägen zum Weinen gebracht."

„Du dummer Narr", brüllte Aedan. „Sie weint, weil sie dich heiraten möchte und du sie abgelehnt hast. Warum bist du nur so blind? Ich weiß, dass deine Eltern dich verbittert haben und du deshalb nicht heiraten willst, aber du musst darüber hinwegkommen."

„Ich kann meinen Entschluss nicht rückgängig machen. Meine Eltern haben ihr Leben und mein eigenes in ein einziges Elend verwandelt. Ich werde das keinem Kind antun."

„Was lässt dich glauben, dass deine Ehe mit Lina wie die Beziehung deiner Eltern enden wird? Oder dass du ein Baby verlieren wirst? Sie ist eine starke Frau, und außerdem hat sie die Feen auf ihrer Seite. Du könntest dir niemand Besseren wünschen. Hast du darüber nachgedacht, dass dir alle meine Vorschläge nicht gefallen, weil du eifersüchtig bist?"

„Eifersüchtig?" Drew starrte seinen Freund an, völlig fassungslos über diesen Vorwurf. „Was für eine alberne Idee. Ich bin nicht eifersüchtig auf diese unreifen Burschen."

„Aye, das bist du, und es ist an der Zeit, dass du es dir eingestehst. Du musst deine Vorurteile überwinden und das Mädchen heiraten. Ihr seid füreinander bestimmt. Andernfalls, und wenn du willst, dass ich dieser Geschichte Glauben schenke, bin ich gezwungen, einen anderen Mann für sie zu finden. Bist du bereit, sie mit einem anderen zusammen zu sehen? Deine Reaktion darauf sagt mir etwas anderes. Ich wage sogar vorauszusagen, dass du dich elend fühlen wirst, ganz egal, wen sie auswählt."

Drew starrte Aedan finster an und stürmte aus der Kammer. „Ich werde nicht heiraten!", brüllte er seinem Freund über die Schulter zu und stapfte davon.

Er hasste es zuzugeben, dass sein Freund recht hatte. Er war nicht nur eifersüchtig.

Er war verliebt in Avelina Ramsay.

KAPITEL SECHZEHN

SOBALD LINA DEN Hof erreicht hatte, rannte sie los. Tränen blendeten ihre Sicht, aber sie musste einfach fort. Sie hatte noch nie in ihrem Leben etwas so Kaltherziges und Berechnendes gehört. Die beiden Männer hatten über sie gesprochen, als wäre sie Pferdefleisch, das sie verkaufen wollten.

„Lina, bitte bleib stehen!" Jennies Stimme ertönte hinter ihr.

Lina fuhr herum und presste unter Tränen heraus: „Jennie, geh bitte zurück. Ich brauche nur etwas Zeit für mich allein." Als Jennies Schritte langsamer wurden, lief sie durch das Tor hinaus.

Sie brauchte nur ein Weilchen, um allein zu weinen, ohne Zeugen ihres Zusammenbruchs. Obwohl sie vermutete, dass ihr ein paar Wachen folgen würden, hielten sie normalerweise genügend Abstand. Sobald sie das Tor hinter sich gelassen hatte, lief sie auf den Wald zu und hielt erst an, als sie einen schmalen Pfad zwischen den Bäumen erreichte, an dessen Rand lavendelfarbene Blumen blühten und die Baumäste einen Baldachin bildeten. Es war zwar kein duftender Lavendel, aber das schöne Fleckchen erinnerte sie an Erena, und sie wollte jetzt unbedingt mit ihr sprechen.

Verzweifelte Schluchzer schüttelten ihren Körper, sie sank zu Boden und legte ihren Kopf auf einen Haufen Laub. Sie bedeutete Drew so wenig, dass er eher bereit war, sie mit einem fremden Mann fortzuschicken, als sie selbst zu heiraten. Aye, er hatte alle Vorschläge abgelehnt, aber er hatte sie dabei nicht einmal angesehen oder ihre Anwesenheit zur Kenntnis genommen, während er über ihre Zukunft sprach.

Aedan war nicht viel besser gewesen, aber sie konnte es Jennies

Ehemann nicht verübeln, dass er versucht hatte, ihr zu helfen. Als sich ihr Schluchzen beruhigte und sie ihre Atmung so weit unter Kontrolle hatte, dass sie wieder sprechen konnte, setzte sie sich auf und blickte in die Zweige über sich. Still wünschte sie sich, dass Erena auftauchte, aber nichts geschah.

„Bitte, Erena. Ich weiß nicht, an wen ich mich um Hilfe wenden soll. Meine Familie weiß nichts von den Feen und Jennie versteht auch nicht viel davon."

Sie wartete noch ein paar Sekunden, während sie Laub von ihrem Kleid zupfte. Plötzlich raschelte es am Ende des Weges, und sie hob gerade rechtzeitig den Kopf, um einen Schwarm Schmetterlinge über sich zu sehen. Ein seltsamer Schmetterling mit lilafarbenen Flügeln setzte sich auf ihr Knie. Früher wäre sie fasziniert gewesen, aber nicht in ihrer jetzigen Notlage. Sie blieb ungerührt.

Da rief eine sanfte Stimme nach ihr. „Avelina, meine Liebe, was beunruhigt dich so?"

Lina hob ihren Blick und sah, wie die Königin der Harmonie mit einem Lächeln auf dem Gesicht in einem blassblauen Kleid durch die dichten Bäume auf sie zuglitt.

„Du bist gekommen", sagte sie leise. „Ich dachte schon, dass ich niemanden interessiere."

„Ah, meine Kleine, du erkennst deinen wahren Wert immer noch nicht, wie ich sehe. Aber das wird sich ändern. Du musst geduldig sein. Manche Dinge brauchen Zeit."

Frische Tränen stiegen ihr in die Augen, als sie dem Klang von Erenas Stimme lauschte. „Nimm es bitte."

„Was hast du gesagt?"

Lina hob ihr Kinn, um die schöne Königin entschlossen anzusehen. „Ich werde dir das Saphirschwert überlassen. Ich möchte es nicht mehr in meinem Besitz haben."

„Meine Liebe, ich kann es nicht an mich nehmen. Das Schwert muss in Menschenhand bleiben, weil es alles Gute eures Volkes darstellt. In den falschen Händen kann es verheerendes Unheil anrichten. Es ist dein Volk, das über das Schwert herrscht, nicht unseres. Willst du mir nicht sagen, warum du es nicht mehr willst?"

Lina nickte und kämpfte mit den Tränen, die ihr weiterhin

über die Wangen liefen. „Ich kann niemanden finden, der mich heiraten will. Du musst es einfach an dich nehmen. Bitte? Ich kann nicht zulassen, dass meine Familie von einem Unglück ereilt wird. Ich liebe sie zu sehr."

„Es ist noch zu früh. Du hast dir nicht genug Zeit gegeben. Glaubst du nicht an das Schicksal?"

Lina schüttelte ihren Kopf. „Nay, das tue ich nicht."

„Nun, du musst mir vertrauen. Ich werde nicht zulassen, dass du ein Leben voller Schmerz und Leid führst. Ich verspreche dir viel Glück, zumindest zum größten Teil. Aber du musst diese Prophezeiung erfüllen, indem du deinem Herzen folgst."

Lina zupfte an ihren Rockfalten. „Das ist unmöglich. Kein Mann will mich."

Erena legte den Kopf zur Seite. „Ist es vielleicht so, dass der Mann, den du willst, nicht um deine Hand angehalten hat?"

Sie wischte sich die Tränen von den Wangen und sagte: „Er will mich nicht. Er hat geschworen, nie zu heiraten."

„Dann musst du ihm einen guten Grund geben zu heiraten."

Avelina neigte den Kopf in Richtung der Fee. „Was?"

„Manche Männer sind dumm, aber wenn sie der Liebe ihres Lebens begegnen, werden sie diese Dummheit ihr zuliebe ablegen. Du wirst schon sehen. Aber er muss in die richtige Richtung geführt werden. Manchmal erkennen die Männer nicht, was direkt vor ihren Augen ist. Du musst ihn dazu bringen, dich zu begehren und dich als sein eigen zu fordern. Er hat guten Grund, die Ehe zu fürchten. Du musst ihm dabei helfen, das zu überwinden, und du hast alles, was du brauchst, um dabei erfolgreich zu sein. Er kann seinen Widerwillen ablegen, aber er wird es nicht allein tun."

Er sollte sie begehren? Lina war sich nicht ganz sicher, was sie damit meinte, beschloss aber, darüber nachzudenken. „Ich habe Angst um meine Familie. Was ist, wenn ich scheitere? Was ist, wenn ich einen Fehler mache? Dann werden sie meinetwegen leiden. Das ist nicht gerecht."

„Wenn ich deine Familie wäre, würde ich darauf vertrauen, dass du verantwortungsbewusst handelst. Du hast bestimmte Eigenschaften, sonst wärst du nicht eine Auserwählte. Meine Liebe, mir das Schwert zu geben, wird dir nicht helfen. Du musst diese Aufgabe selbst erfüllen. Dein Geist wird sich erheben, und ich bin hier, um dir zu helfen, diese Wahrheit zu erkennen, aber es wird etwas Zeit brauchen."

„Wirst du versprechen, meiner Familie nicht wehzutun, bis ich meine Bestimmung erkannt habe?"

„Manche Dinge gehören einfach zum Leben dazu. So wie dein Vater gestorben ist, muss auch deine Mutter eines Tages sterben, aber es gibt Gründe, warum etwas auf eine bestimmte Weise geschieht. Ich kann dir nicht versichern, dass du nie in deinem Leben Schmerzen haben wirst. Das ist unmöglich. Verstehst du das?"

Lina nickte.

Erena drehte sich um und schickte die Schmetterlinge in die Höhe.

„Warte bitte."

„Wie kann ich dir sonst helfen?"

Lina hörte ein Keuchen hinter sich und warf einen Blick über ihre Schulter. Jennie stand hinter ihr.

Erena begrüßte sie sofort. „Sei gegrüßt, Jennie. Danke, dass du unserer Auserwählten eine so gute Freundin bist. Sie ringt mit ihrem Schicksal, aber sie wird ihre Bestimmung erfüllen."

Jennie konnte Erena nur staunend ansehen, als sie stolpernd an Linas Seite trat.

„Erena", sagte Lina besorgt, „ein Junge ist in meinen Träumen aufgetaucht. Er ist in Gefahr, aber ich kann nicht erkennen, wer er ist oder wo er ist. Ich weiß nur, dass er an sein Bett gefesselt ist. Wie kann ich ihm helfen? Wann weiß ich, dass ich etwas unternehmen soll? Werde ich diese Gabe des Sehens immer in mir tragen?" Lina stand auf, strich die Blätter von ihrem Kleid und stellte sich vor Erena. „Hilf mir, ihn zu retten. Er ist noch ein Kind."

„Ihr werdet seine Identität bald erfahren. Vertraue auf die Feen."

„Aber ich finde keine Ruhe, solange ich weiß, dass dies irgendwo in der Nähe geschieht und nur ich etwas dagegen tun kann. Du hast mir die Vision geschenkt, um dieses Kind zu sehen, also muss ich sie nutzen, um es zu retten."

„Was du nicht verstehst, ist, dass diese Visionen, die du siehst, manchmal weder in der Gegenwart noch in der Zukunft stattfinden. Wir senden dir das, was du brauchst, um zu handeln. Dazu sind diese Träume bestimmt. Um dir bei deinen Aufgaben zu helfen."

Lina rieb sich die Stirn und versuchte, das alles zu verstehen, und warf Jennie einen hilflosen Blick zu, aber ihre Freundin schien genauso verwirrt zu sein wie sie.

„Manchmal", sagte Erena und nahm Linas Hand in ihre, „liegt das, was du siehst, nicht in der Gegenwart oder in der Zukunft, sondern in der Vergangenheit. Der Junge, den du in deinen Träumen siehst, wird zu dir kommen, und du wirst ihm helfen. Du musst jetzt nur wissen, dass er im Moment nicht in Gefahr ist. Gib ihn einfach nicht auf, wenn du ihn erkennst. Er braucht dich."

Erena ließ Linas Hand los, winkte kurz und streckte ihre Arme aus, um die Schmetterlinge zu sich zu rufen. Als sie sich alle auf ihr niedergelassen hatten, hob sie ihre Arme gen Himmel und schickte sie hinauf. Ein goldener Schmetterling blieb in Linas Nähe und flatterte vor ihr herum.

Erena sagte: „Streck deine Hand aus, Lina. Sie möchte dich besuchen."

Sie tat, was Erena sagte, und der goldene Schmetterling landete auf ihrer Hand. Von den Stellen, an denen die dünnen Beine ihre Hand berührten, schienen beruhigende Wellen in ihren Körper zu fließen. Lina lächelte und wandte sich dann an Erena, um weitere Anweisungen zu erhalten.

„Jetzt schick deine Freundin in die Lüfte." Sie zeigte ihr, wie es ging, und Lina machte es ihr nach. Lina beobachtete, wie der Schmetterling so hoch flog, dass sie ihn kaum noch über ihr erkennen konnte.

„Bald wirst du dasselbe tun." Erena hob erneut ihre Arme und verschwand.

„Oh, Lina. Du bist etwas ganz Besonderes."

Lina umarmte Jennie. „Ich bin so dankbar, dass du hier warst, um sie zu sehen. Manchmal, wenn ich aufwache, glaube ich, dass alles nur ein Traum war. Aber sie ist echt, nicht wahr? Glaubst du an sie?"

Jennie trat zurück und legte den Kopf in den Nacken, um in

den Himmel zu sehen. „Aye, das tue ich. Sie ist genauso, wie meine Mutter sie beschrieben hat. Was meinte sie wohl mit dem Jungen, der ans Bett gefesselt ist und nach dir weint?"

„Ich glaube, sie meinte, er ist nicht mehr ans Bett gefesselt. Aber wenn das stimmt, warum sollte er dann meine Hilfe brauchen? Ich kann ihre Worte nicht deuten."

„Hast du sie gefragt, wen du heiraten sollst?"

„Nay… aber wie ich wünschte, ich hätte es getan." Lina sah zu den Wolken hinauf und rief: „Wen soll ich heiraten, Erena? Bitte sag es mir."

Als Antwort kam nur Schweigen.

Plötzlich frischte ein kalter Wind auf, und Lina griff nach Jennies Hand. Er war wie aus dem Nichts gekommen, da weit und breit keine Gewitterwolken zu sehen waren. Als sich die beiden wieder der Burg zuwandten, säuselte der Wind durch die Bäume, und es klang fast, als sagte er:

„Deine Bestimmung."

Drew tat etwas, das ihm so gar nicht ähnlich sah, und er entschuldigte sich auch gleich darauf. Er hatte den Stallburschen angeschrien.

„Sattle schon mein Pferd, du Dummkopf", hatte er gerufen, als er sich dem Stall näherte. Der Junge war in den Stall gerannt, hatte sein Pferd geschnappt und das Tier so schnell wie möglich herausgebracht. Aber der Junge sah so niedergeschlagen aus, dass Drew sich schrecklich schämte. „Entschuldige, Junge. Ich wollte nicht so schroff sein." Er warf ihm einen Apfel zu und ritt los, ohne auf Boyd und den Rest seiner Wachen zu warten. Sie würden ihn schon einholen, wenn sie wollten.

Er hatte alles so satt. Als er durch die Landschaft in Richtung seiner Burg galoppierte, konnte er nur daran denken, wie ungerecht es war, dass seine Eltern jeden Gesichtspunkt seines Lebens derart beeinflusst hatten. Aye, er wusste, dass es schwer für sie gewesen war, seine Brüder zu verlieren. Er war bei James gewesen, als er von seinem Pferd stürzte und sich das Genick brach. Er war ungefähr fünf Jahre alt gewesen, als sein älterer Bruder gestorben war. Noch jetzt hallten die verzweifelten Schreie seines Vaters in seinen Ohren wider. Wie schrecklich es gewesen war, zu merken, dass sein geliebter Bruder sich nicht mehr bewegte!

Aye, seine Eltern hatten dreimal guten Grund gehabt zu trauern. Aber sie hätten es nicht an ihm auslassen dürfen. Sein Leben zu Hause war so elend geworden, dass er im Suff und bei lockeren Mädchen Zuflucht gesucht hatte.

Er konnte es nicht mehr ertragen. Sein Entschluss war gefasst. Endlich gab es jemanden in seinem Leben, der ihn dazu gebracht hatte, mehr für sich zu wollen: Lina. Er hegte starke Gefühle für sie, und sie erwiderte diese Gefühle. Unter keinen Umständen würde er zulassen, dass seine Eltern das zerstörten. Diese Reise würde ihrer Einmischung und Unterdrückung für immer ein Ende setzen. Er wusste, was er zu tun hatte, und wenn sein Vater von ihm deshalb verlangen würde, seinen Anspruch auf den Titel als Laird aufzugeben, würde er es tun. Nur so konnte er mit seiner Vergangenheit brechen und nach vorn schauen, wohin ihn die Zukunft auch führen würde. Es blieb abzuwarten, ob er seine Angst vor einer Heirat auf diese Weise überwinden konnte, aber zumindest würde er nicht mehr gefangen sein.

Als er in seiner Burg ankam, begrüßten ihn die Wachen und öffneten die Tore. Er ritt an den Ställen vorbei und durch den Hof, direkt bis vor den großen Saal. Es war so weit. Doch in letzter Minute machte er kehrt und lief zur Schmiede hinüber. „Gus, hast du Whisky für mich? Gib mir nur einen Schluck, nur gerade genug, um mir zu helfen, das zu tun, was ich tun muss."

Er kippte hastig einen Schluck hinunter, der nicht reichte, um ihn benommen zu machen.

Sobald er den großen Saal betrat, sprang seine Mutter von ihrem Stuhl auf. „Drew, ich freue mich so, dich zu sehen."

„Mutter. Du wirst wahrscheinlich nicht mehr so froh sein, mich zu sehen, wenn ich gesagt habe, was ich sagen muss. Wo ist Vater?"

„Er ist irgendwo draußen. Was bedrückt dich? Warum bist du so aufgeregt, mein Sohn?"

Drew vermied es, seiner Mutter in die Augen zu sehen, weil er wusste, dass der Schmerz, den er dort vorfinden würde, ihn von seinem Vorhaben abbringen würde. Also ließ er sie stehen und ging weiter. Es war an der Zeit, sein Leben selbst in die Hand zu nehmen. Er stürmte die Treppen hinauf, wobei er zwei Stufen auf einmal nahm, und rannte dann den Gang hinunter, bis er das Turmzimmer erreichte.

Sein Zimmer. Zumindest war es das in den letzten Jahren gewesen. Der Anblick des Vorhängeschlosses an der Tür ließ ihn erstarren. Dieses Schloss hatte qualvolle Tage der Einsamkeit bedeutet, der erzwungenen Gefangenschaft, und warum? Aus Furcht. Seine Eltern hatten solche Angst gehabt, dass ihm dasselbe schreckliche Schicksal seiner Brüder ereilen könnte, dass sie grausame Taten begangen hatten.

Doch damit war es vorbei. Es war an der Zeit, die Vergangenheit hinter sich zu lassen. Er wirbelte herum und lief den Korridor entlang zurück, die Treppe hinunter und zur Tür hinaus, ohne die Rufe seiner Mutter zu beachten. Er ging direkt wieder zur Schmiede.

„Gus?", keuchte er und wischte sich mit dem Ärmel den Schweiß von der Stirn.

„Aye, mein Sohn? Womit kann ich Euch behilflich sein? Ihr helft mir immer. Braucht Ihr noch einen Schluck Whisky?" Gus stand mit den Händen in den Hüften da und wartete auf eine Antwort.

„Nein, keinen Whisky mehr. Deine Axt. Ich muss mir deine Axt leihen."

Gus' Lächeln verschwand, aber er griff ohne zu zögern nach der Axt, die an seiner Wand hing.

Sein Gesichtsausdruck ließ Drew vermuten, dass der ältere Mann wusste, worum es ging. Konnte er seine Absichten erahnt haben?

„Das war schon lange überfällig, mein Junge. Tut, was Ihr tun müsst. Wir alle werden hinter Euch stehen."

Drew war sprachlos, obwohl ihm die Unterstützung des Mannes sehr viel bedeutete. Hatten sie alle gewusst, was in der Burg vor sich ging?

Er packte die Axt und machte auf dem Absatz kehrt. Er hielt einen Moment inne, bevor er zur Tür zurückging, blieb nochmals kurz stehen und rief über seine Schulter. „Vielen Dank."

Der Zeitpunkt war gekommen.

Er warf seine Schulter gegen die Haustür, die mit einem lauten

Knall aufflog, dann stürmte er an seiner Mutter vorbei die Treppe hinauf. Er eilte durch den Gang, hielt dann aber kurz vor seinem Ziel inne, um einen tiefen Atemzug zu holen, der ihm die Kraft geben würde, sein Vorhaben zu Ende zu bringen. Er schwang die Axt über seinem Kopf und schlug sie dann kräftig auf die Klinke und das Schloss, welches mit einem so lauten Klirren aufsprang, dass es Tote hätte wecken können.

Er griff nach der Tür, entschied dann aber, dass sie noch nicht stark genug zerstört war. Er nutzte seinen Schwung, um die Axt in der Holztür zu versenken. Dann hielt er inne, um sein Werk zu begutachten und stützte dabei seine Hände auf seine Beine. Anschließend wischte er sich den Schweiß von der Stirn und blickte auf das, was er getan hatte.

Er lächelte, als sein Vater durch den Gang auf ihn zugestürzt kam.

„Was zum Teufel machst du da, Drew? Hast du den Verstand verloren? Du hast meine Tür zerstört." Doch der entrüstete Gesichtsausdruck seines Vaters erschreckte ihn nicht mehr.

Vielmehr schürte er erst recht seinen Zorn. Drew riss die Axt aus dem Holz und holte erneut aus. „Ich tue, was ich schon vor vielen, vielen Monden hätte tun sollen. Nie wieder, hörst du mich, Vater? Nie wieder!" Er schlug die Axt erneut in die Tür, „nie wieder!".

„Junge, was wir getan haben, haben wir nur aus Liebe getan. Du hast uns immer verstanden. Deine Mutter konnte die Angst, dich zu verlieren, nicht ertragen. Innerhalb dieser Mauern warst du immer sicher. Hör auf damit."

„Nay, ich werde nicht aufhören, bis die Tür zerstört ist." Er würde dies zu Ende bringen, egal wie lange es dauerte. Er musste es tun.

Die Schritte seiner Mutter hallten durch den Gang. „Drew, bist du verrückt geworden? Bitte hör damit auf, bevor es zu spät ist." Sie schlug die Hände vors Gesicht. „Aye, du hast den Verstand verloren, ganz bestimmt. Arthur, halte ihn auf. Er ist verwirrt."

„Tretet zurück." Als die Tür so zersplittert war, dass er hindurchgehen konnte, trat er in den großen Raum und schritt direkt auf das Bett zu.

Er kniff die Augen zusammen, um die Tränen, die ihm beim

Anblick des verfluchten Bettgestells zu kommen drohten, aufzuhalten. Wie oft, wie viele Tage… Bilder benebelten seinen Verstand und zwangen ihn, das einzig Mögliche zu tun. Er schwang die Axt erneut über seinem Kopf und versuchte, das Bett in zwei Teile zu spalten.

„Drew, an diesem Bett ist nichts verkehrt. Lass es gut sein, Sohn."

„Aye, es ist sehr viel verkehrt daran." Er holte wieder mit der Axt aus. „Es darf nie wieder benutzt werden."

„Junge, wir haben es eigens anfertigen lassen", flüsterte seine Mutter. „Allein für dich. Du warst so ein unruhiger Junge, und wir konnten dich nirgendwo ruhig halten. Du warst immer überall unterwegs. Wir waren gezwungen, etwas dagegen zu tun. Nur so konnten wir sicherstellen, dass du in Sicherheit bist."

„Aye, ich weiß, und genau deshalb zerstöre ich es nun." Er schwang erneut die Axt, und Holzsplitter flogen im ganzen Raum umher. „Ich weiß, dass eure Absichten gut waren", keuchte er. „Aber es darf nicht noch einmal passieren. Niemandem."

Seine Eltern standen in der Tür und sahen schweigend zu. Seine Mutter presste sich die Hände auf die Ohren.

Er tobte weiter, bis das Bett in kleine Stücke zerbrochen war, dann zog er das Fell an der Fensteröffnung zurück und warf die Latten heraus.

„Warum, Drew, warum?" Sein Vater starrte ihn an.

„Warum?" Drew dachte, sein Kopf würde explodieren. Er ließ die Axt sinken und schleuderte sie von sich. „Weil ich nicht mit dem Gedanken leben kann, dass es jemals wieder benutzt werden könnte. Dass noch ein kleiner Junge gefesselt und in diesem Raum gefangen gehalten wird."

Seine Mutter jammerte. „Drew, nur so konnten wir sicher sein, keinen weiteren Sohn zu verlieren. Ich habe deinen Vater dazu veranlasst. Ich konnte es nicht ertragen, dich auch noch zu verlieren. Bitte sei uns nicht böse. Es war der einzige Weg für mich, nicht den Verstand zu verlieren. Ich hatte vier schöne Kinder und drei sind gestorben. Oh, meine süßen Kinder." Sie setzte sich auf einen Hocker und ließ schluchzend den Kopf in die Hände sinken.

Sein Vater schritt auf ihn zu, die Hände in die Hüften gestemmt.

„Sieh nur, was du deiner Mutter angetan hast. Sie hat genug gelitten. Siehst du nicht, dass wir nur getan haben, was wir tun mussten?"

„Vater, du hast versucht, mich hier einzusperren, als ich längst erwachsen war. Schau mir in die Augen und sag mir, dass das richtig war." Sein Atem ging heftig, während er sprach. „Ich habe es satt. Eure Verluste tun mir leid, aber es waren auch meine Verluste. Sie waren meine Brüder." Er wischte sich mit dem Ärmel übers Gesicht, um den Schweiß wegzuwischen. „Meine Zeit der Trauer ist vorbei. Es ist Zeit für mich, mein Leben zu leben, und wenn ihr wollt, dass ich das anderswo tue, dann werde ich es tun. Ich werde mich nicht wieder einsperren lassen, und bevor ich gehe, wollte ich sicherstellen, dass ihr auch nie jemand anderen einsperren könnt."

Er ging zur Tür, machte aber kurz neben seiner schluchzenden Mutter Halt. „Mama, es tut mir leid, aber es ist vorbei. Ich kann es nicht länger ertragen, diese Erinnerungen mitzuschleppen."

Boyd kam in Sichtweite und stand mit großen Augen und schwer atmend im Gang, aber in seinem Gesichtsausdruck lag Zufriedenheit, als ihm bewusst wurde, was gerade geschah. Er wusste besser als die meisten, wie sehr Drew in diesem Raum gelitten hatte.

„Wohin gehst du jetzt?", fragte Arthur Menzie. „Wann kommst du diesmal zurück?"

Drew drehte sich um und wandte sich an seinen Vater. „Ich kann deine Fragen nicht beantworten, weil ich es nicht weiß. Vielleicht komme ich nie wieder."

Seine Mutter erhob sich vom Hocker und streckte die Arme nach ihm aus, also beugte er sich zu ihr, um ihre Wange zu küssen. „Es tut mir leid, Mama. Ich liebe euch beide, aber ich muss von hier fort."

Er schritt den Gang entlang, blieb dann aber stehen und drehte sich noch einmal um, um seinen Vater anzusehen. „Ich weiß, dass ihr Zeit zum Trauern brauchtet. Ich wünschte nur, ihr hättet auch etwas Zeit für den Sohn gefunden, der überlebt hat."

Eine Last fiel von Drews Schultern, als er die Treppe hinunter und aus der Burgtür trat. Er hob sein Gesicht zu den Wolken und wünschte, die Sonne würde durchbrechen.

Boyd legte seinen Arm um die Schulter seines Freundes. „Es musste getan werden, Drew. Sie werden darüber hinwegkommen."

Drew nickte und war seinem Freund dankbar für die Unterstützung in dieser schwierigen Zeit. Als er seinen Blick wieder senkte, hielt er inne, überrascht, dass der Weg zum Stall von seinen Clanmitgliedern gesäumt war.

„Drew, es war richtig, was Ihr getan habt."

„Kommt bald zurück, Drew. Wir brauchen Euch."

„Drew, wir unterstützen Euch bei allem, was Ihr tut. Ihr seid das Rückgrat unseres Clans."

Drew runzelte die Stirn, als er an seinen Freunden vorbeiging. Was geschah hier? Sein Vater war immer der Anführer des Clans gewesen – außer als er einmal krank gewesen war. Die Leute hatten nie zu ihm aufgeschaut. Er war der, der immer betrunken war, der nicht anders konnte, als einen Fehler nach dem anderen zu machen. Oder etwa nicht?

Seine Schritte wurden langsamer, als er einen weiteren Ruf hörte.

„Drew, verlasst uns nicht für immer. Tut, was Ihr tun müsst und kommt zurück. Wir verstehen Euch. Ihr wart ein großartiger Laird, als Ihr Euren Vater vertreten habt."

„Wie gut, dass Ihr dem ein Ende bereitet habt."

„Wir werden Euch vermissen, Drew."

Als er endlich den Stall erreichte, eilte der Junge zu ihm. „Ihr werdet uns nicht für immer verlassen, nicht wahr, Mylord?"

„Mylord? Du hast mich immer Drew genannt." Er zerzauste dem Burschen das rote Haar.

„Aye, aber heute wirkt Ihr anders. Ihr seht aus wie ein Lord."

Drew lächelte und kletterte auf sein Pferd.

Boyd stieg ebenfalls auf, stellte sich neben ihn und sagte: „Vielleicht ist Avelina Ramsay für dich bestimmt. Hast du deine Meinung geändert?"

„Ich bin mir noch nicht sicher. Ich werde darüber nachdenken und vielleicht erproben, wie ich mich in Linas Gegenwart fühle, nachdem ich das Unrecht korrigiert habe." Er überlegte, ob er Lina die Wahrheit über den am Bett gefesselten Jungen gestehen konnte oder nicht. Zweifellos war er es gewesen, den sie im Traum gesehen hatte, aber das beantwortete seine quälende Frage nicht. Warum sollte Lina von etwas träumen, das schon vor Jahren geschehen war?

KAPITEL SIEBZEHN

L INA LAG AUF der Seite im riesigen Bett und wartete darauf, dass der Schlaf sie übermannte, aber es wollte ihr einfach nicht gelingen. Sie drehte sich auf den Rücken und starrte an die Decke. Drew war vor zwei Tagen nach seinem Streit mit Aedan verschwunden, und sie war sich sicher, dass er nicht zurückkehren würde. Sie hatte Erena seit ihrem Besuch bei den lavendelfarbenen Blüten, als die Königin ihr geraten hatte, geduldig zu sein, nicht mehr gesehen.

Sie war jedoch nicht geduldig.

Sie begutachtete jeden Mann, den sie sah oder von dem sie hörte, fand aber an keinem etwas, das sie bewundern konnte. Sie musste zugeben, dass Erena wahrscheinlich recht hatte. Drew war der einzige Mann für sie.

Ihre Augen wurden schwer, also drehte sie sich auf die andere Seite und beschloss, an das letzte Mal zu denken, als Drew sie geküsst hatte, in der Hoffnung, dass es ihr angenehme Träume bescheren würde.

Viele Stunden später wurde sie vom Klang ihres eigenen Schreis geweckt. Jemand schüttelte ihre Schulter. Sie war immer noch verwirrt, als sie in Drews grüne Augen sah. Sie hatte einen weiteren Albtraum gehabt, erkannte sie. Sie hatte von dem armen kleinen Jungen im Bett geträumt.

„Lina, Lina, wach auf!", sagte Drew. „Was ist? Warum schreist du so?"

Ihr erster zusammenhängender Gedanke war, dass sie sich Dinge einbilden musste, aber dann sah sie Drew in die Augen und erkannte, dass sie sich ihn nicht einbildete. Drew Menzie stand tatsächlich und leibhaftig in ihrer Kammer und beugte sich in ihrem Bett über sie. Sein Haar war zerzaust und seine Kleidung staubig.

Plötzlich traf sie die Erkenntnis mit voller Wucht… eine Erkenntnis, die alles veränderte. Sie schob ihn von sich, sprang aus dem Bett und trat mit großen Augen rückwärts an die Wand.

„Bei allen Heiligen, das warst du, Drew Menzie." Das waren die einzigen Worte, die sie in diesem Moment hervorbringen konnte.

„Wovon sprichst du?" Er trat zurück und lehnte sich an den Tisch bei der gegenüberliegenden Wand.

„In meinem Traum." Tränen liefen ihr über die Wangen und sie wischte mit dem Handrücken darüber. „Der Junge, der am Bett gefesselt ist. Alles ergibt jetzt Sinn. Du. Du warst an ein Bett gefesselt. Du bist in meinem Traum zu mir gekommen und hast mich um Hilfe gebeten."

Er ließ seine Schultern fallen und setzte sich auf die Bettkante. „Aye. Das war ich."

Lina eilte an seine Seite. „Das tut mir so leid. Wie schrecklich. Wie kann jemand seinen eigenen Sohn nur so behandeln?" Sie setzte sich neben ihn und ergriff seine Hand, ohne daran zu denken, was vor dieser Nacht zwischen ihnen vorgefallen war. „Aber warum? Was hattest du getan?"

Drew küsste ihre Hand, dann stand er auf und ging im Zimmer auf und ab und hielt nur inne, um seine verschwitzten Handflächen an seinem Plaid abzuwischen. Sie setzte sich auf das Bett und wartete, denn sie wollte ihm die Zeit geben, die er brauchte. Jetzt sah sie ihn in einem ganz anderen Licht. Wie konnte er eine solche Tortur überstehen? War es nur einmal passiert? Oder mehrmals?

„Ich hatte drei Brüder. Tomas war der Älteste, dann James, und Robert war mein jüngster Bruder. Tomas starb mit zwei Jahren an Fieber, James war ungefähr sieben, als er vom Pferd fiel und sich das Genick brach, und Robert starb bei der Geburt. Es fing an, als ich ungefähr fünf war. James starb bei dem Unfall auf der Stelle. Laut meinen Eltern und anderen, die es mir im Laufe der Jahre erzählt haben, konnte ich als Kind nie still sitzen. Ich war sehr neugierig und dachte nie über die möglichen Folgen meiner Handlungen nach, also rannte ich ständig los, um etwas zu tun, sobald es mir in den Sinn kam.

Ich erinnere mich daran, dass meine Mutter mir oft sagte, ich solle still sitzen, aber ich konnte es einfach nicht. Als James noch am Leben war, beauftragte mein Vater ihn und eine der Wachen, mich zu beschützen. James konnte mit mir mithalten, aber keiner der Wächter konnte es. Ich fand immer einen Weg, sie abzuschütteln. Ich weiß nicht warum, aber nachdem James gestorben war, wurde es schlimmer mit mir. Ich konnte nicht still sitzen. Einmal fand mich meine Mutter im Stall mit dem wildesten Pferd, ein anderes Mal fand sie mich auf dem zugefrorenen See dabei, wie ich über das Eis lief, das noch nicht fest war. Einmal habe ich mich unter dem Fallgitter hindurchgeschlichen, um meinem Vater zu folgen, als er und seine Männer auf die Jagd gingen. Ein anderes Mal wurde ich erwischt, wie ich versuchte, Eintopf aus einem riesigen Topf zu löffeln, der über dem Feuer hing." Er stockte und setzte sich neben sie. „Ich erinnere mich nicht an diese Dinge, aber meine Clanmitglieder werden dir sagen, dass ich als Drew, der kleine Dämon bekannt war."

„Oh, Drew. Das tut mir so leid für dich." Sie griff erneut nach seiner Hand.

„Als mein Bruder gestorben war und meine Eltern erkannten, dass sie mich nicht zurückhalten konnten, dachten sie, es wäre das Sicherste, mich in meinem Zimmer einzusperren. Ich glaube, sie waren zu traurig, sodass sie sich nicht richtig um mich kümmern mochten. Sie haben andere damit beauftragt, auf mich aufzupassen, aber ich entwischte selbst den Besten. Als ich älter wurde, fand ich Wege, um mein Zimmer zu verlassen, also fingen sie an, mich ans Bett zu fesseln.

Sie sagten mir, es wäre nur für die Nacht oder für einige Stunden eines Tages, aber für einen Kind ist das eine Ewigkeit. Ich hasste sie dafür, und meine Mutter war oft so traurig, dass sie mich fest umarmte und nicht mehr losließ. Es war eine Qual für mich, weil ich es vorzog, immer in Bewegung zu sein.

Je älter ich wurde, desto häufiger griffen sie auf diesen Ausweg zurück. Meine Mutter war so verängstigt, ihren letzten Sohn zu verlieren, dass sie versuchte, meinen Vater zu überreden, mich den ganzen Tag in diesem Zimmer eingesperrt zu lassen."

„Drew." Sie schüttelte mitfühlend den Kopf, und eine Träne rollte über ihre Wange und in ihren Schoß. „Ich weiß nicht, was ich sagen soll."

Er drückte ihre Hand. „Es hilft mir, wenn du einfach zuhörst. Du brauchst nichts zu sagen. Du hattest nichts damit zu tun. Es war die alleinige Schuld meiner Eltern. Meine Clanmitglieder wussten davon und viele versuchten, es ihnen auszureden."

„Sie haben nicht versucht, es geheim zu halten?"

„Doch, das haben sie, aber anscheinend war ich ein ziemlicher Schreihals. Gus, der Schmied, sagte mir, dass ich stundenlang geschrien hätte. Einmal ging jemand zu meinem Vater, um sich darüber zu beschweren, wie meine Eltern mich behandelten. Mein Vater hat den Mann auspeitschen lassen, und danach hat sich keiner mehr getraut zu versuchen, mir zu helfen."

„Und wie lange ging das so?"

„Eine lange Zeit. Selbst als ich zwölf Sommer wurde, ließ mein Vater mich jedes Mal, wenn er in den Kampf zog, von seinen Wachen im Zimmer einsperren, weil ich einmal versucht hatte, ihm zu folgen, und beinahe von Räubern gefangen genommen worden wäre. Der Grund für das letzte Mal, als er mich einsperren wollte, war, dass ich den Hendersons helfen wollte. Ich weigerte mich aber, hielt ihm mein Schwert an die Kehle und ging trotzdem. Glücklicherweise verstand er, dass ich meinem Nachbarn helfen musste, um ehrenhaft zu handeln, aber meine Mutter war während der gesamten Feldzugs außer sich vor Sorge."

Er umklammerte ihre Hand fester, und sie bemerkte, dass seine Hände aufgeschürft und fleckig waren.

„Drew, was ist passiert?", fragte sie und strich sanft mit ihren Fingern über seine Verletzungen.

Er seufzte zufrieden. „Ich habe das getan, was ich schon längst hätte tun sollen."

Sie zog fragend ihre Augenbrauen hoch und hatte beinahe Angst, seine Antwort zu hören.

„Ich habe das Schloss an der Tür zu meinem Zimmer mit einer Axt zerschlagen und dann das Bett zertrümmert. Sie hatten es eigens für mich angefertigt, mit Brettern, um meine Arme daran festzubinden. Sie wollten meine Arme von meinem Körper weghalten, für den Fall, dass ich einen Dolch bei mir trüge. Also waren sie zur Seite ausgestreckt."

„Und du hast das Bett zerstört?"

Er lachte und seine Augen leuchteten. „Aye. Jede einzelne Latte." Er griff nach ihr und zog sie auf seinen Schoß. „Ich habe die Tür aufgebrochen und das Bett in so kleine Stücke zertrümmert, dass ich sie aus dem Fenster werfen konnte. Es existiert nicht länger."

Lina blickte in seine funkelnden Augen und merkte erneut, wie sehr sie ihn liebte. „Verbringst du deshalb so viel Zeit hier bei Aedan?"

„Aye. Ich muss fort von ihnen. Dort fühle ich mich, als würde ich ersticken, als würden die Wände über mir einstürzen, also gehe ich lieber weg. Immer wenn meine Mutter auf mich zukommt, steigt wieder die alte Angst in mir hoch, dass ich gleich eingesperrt werde. Ich laufe vor meiner eigenen Mutter davon."

Ihre Stimme wurde zu einem leisen Flüstern. „Hat den Entschluss, nicht zu heiraten, etwas damit zu tun?"

„Ja, sogar aus zwei Gründen. Zum einen könnte ich nie tun, was meine Eltern mir angetan haben und was sie einander angetan haben. Außerdem fürchte ich, wenn ich alle meine Kinder verliere, dass ich auch um den Verstand kommen könnte."

Sie starrte auf seine Lippen und wollte ihn so gern berühren, mit ihren Fingern über sein Kinn streichen, die Muskeln an seinen Oberarmen spüren. Sein Haar war zerzaust und sie liebte es. Sie streckte ihre Hand aus und fuhr mit ihren Fingern durch seine Locken. „Und der andere Grund, warum du nicht heiraten möchtest?"

„Was ist, wenn mein Sohn so ist wie ich? Ich habe Mühe, still zu bleiben, und ich kann es nicht kontrollieren. Außerdem habe ich die Befürchtung, dass meine Mutter versuchen würde, meinem Sohn dasselbe anzutun."

Sein Blick verfinsterte sich, aber alles, woran sie denken konnte, war in seinen Armen zu liegen. „Ich kann verstehen, wie schwer das für dich ist." Sie fuhr mit einem Finger über seine Unterlippe, dort, wo sie ihn schmecken würde, wenn sie es wagte. Die Lippen dieses Mannes waren so verlockend...

Sein Mund senkte sich auf ihren, und sie seufzte zufrieden auf.

Sie ließ ihn wissen, wie sehr sie ihn begehrte. Er eroberte ihre Lippen, kostete sie und beanspruchte sie auf eine Weise, die sie noch nie erlebt hatte. Seine Zunge öffnete ihren Mund und fand ihre, und er neckte sie, bis Lina aufstöhnte.

Drew unterbrach ihren Kuss und lehnte seine Stirn für einen Moment an ihre, bevor er seinen Kopf zur Seite neigte und sich seinen Weg entlang ihres Halses nach unten küsste. „Lina, willst du das genauso sehr wie ich?" Verdammt, sie war so anmutig. Jedes Stückchen ihrer süßen Haut war köstlicher als das vorherige.

„Aye." Sie hielt seine Unterarme in einem schraubstockähnlichen Griff, als würde sie ihn niemals loslassen wollen.

Er küsste sie noch einmal auf den Mund, saugte an ihrer Unterlippe und plötzlich wurde sie völlig still in seinen Armen. Er zog sich zurück, sah ihr in die Augen, und die Leidenschaft, die er dort sah, brachte ihn fast um den Verstand. Er hob sie von seinem Schoß und stand dann ebenfalls auf.

„Ich kann dir keine Versprechungen machen, aber ich habe nie ein anderes Mädchen so sehr begehrt wie dich. Vertraust du mir? Glaubst du, was ich dir sage?"

„Aye", flüsterte sie und fuhr mit ihren Fingern über seine nackte Brust. Sie provozierte ihn, indem sie sich seiner Brustwarze näherte, sich dann aber kurz davor wieder fortbewegte.

Seine Erektion drückte gegen ihren Bauch, also rückte er ein wenig von ihr ab, um nicht zu schnell zu kommen wie ein junger Bursche. Seine Hände spielten an den Bändern ihres Kleides herum. „Darf ich deine ganze Schönheit sehen, Lina? Ich möchte dich überall schmecken."

Sie legte sich aufs Bett und gewährte ihm Zugang zu den Bändern ihres Mieders. Er wollte ihr das Kleid über die Schultern streifen, aber sie überraschte ihn, indem sie seine Hände aufhielt, sich selbst das Kleid auszog und es auf den Boden warf. Dann griff sie nach seinem Plaid, und kurz darauf landete es neben ihrem Kleid auf dem Boden.

Sein Blick wanderte über ihren Körper, und seine Finger folgten. Sie war so unglaublich schön, dass es ihm die Sprache verschlug. Seine Fingerspitzen umrundeten ihre Brüste und streiften jede Brustwarze nahe genug, dass Lina erschauderte und sich an ihn schmiegte. Dann beugte er sich vor, und seine Zunge nahm denselben Weg, bis sie sich über eine Brustwarze legte. Er nahm die rosa Knospe in den Mund und neckte sie. Linas Finger fuhren in sein Haar und vergruben sich darin, als er die Knospe schließlich ganz in seinen Mund nahm, um an ihr zu saugen. Linas Körper wölbte sich ihm entgegen, und ein sehnsüchtiges Stöhnen entfuhr ihr.

Ihre Hand verließ sein Haar und fand ihren Weg seinen Bauch hinunter, bis sie seine Länge in ihrer Hand hielt. Während er sie dabei beobachtete, hielt er den Atem an, aus Angst, er würde sich nicht zügeln können. Ihre Fingerspitzen glitten in einer sanften Berührung über seine Spitze.

„Sag mir, was ich tun soll." Ihr unschuldiger Blick fand seinen.

Seine Stimme klang tief und heiser. „Mir gefällt, was du machst. Hör nicht auf."

Seine Lippen fanden ihre wieder, und sie gab sich ihm völlig hin. Sie ließ sein Glied los, um ihren Körper ganz an seinen zu schmiegen, und die weichen Knospen ihrer Brüste neckten seine eigenen Brustwarzen. Sie umklammerte seine Schultern und rieb ihr Becken neckend an seinem, als ob sie das schon ewig getan hätte.

Er wollte gerade in sie eindringen, wurde aber von etwas Unbestimmtem abgehalten. Er stockte. Das war falsch, so falsch. Er konnte das hier nicht zu Ende führen. Er umfasste ihr Gesicht mit beiden Händen und sah ihr in die Augen. „Es tut mir leid, aber ich kann das nicht tun."

Benommen und verwirrt starrte Lina ihn an. „Was? Bitte höre nicht auf. Ich will es. Ich will dich."

Drew konnte die Enttäuschung in ihren Augen nicht ertragen, aber seine Ehre erlaubte es ihm nicht weiterzumachen. „Lina, ich liebe dich, aber ich bin mir immer noch nicht sicher, was die Ehe angeht. Ich kann das nicht tun, ohne dir die Ehe zu versprechen. Es wäre falsch, und du weißt es." Verdammt, er hasste sein Gewissen. „Tu es! Du willst sie! Tu es einfach!", rief eine andere Stimme in seinem Kopf.

Aber er konnte es nicht. „Es tut mir leid, Lina." Er stieg vom Bett und nahm sein Plaid, bevor er ihr Zimmer verließ und in die Nacht entschwand.

Als er die Treppe hinunterrannte, konnte er nur daran denken, wie gut es sich angefühlt hatte, Lina in den Armen zu halten. Das Erstaunliche daran war, dass er ihr alles gestanden hatte, etwas, das er noch nie zuvor getan hatte, und sie hatte sich trotzdem zu ihm bekannt. Es schien ihr egal zu sein, dass er nicht stillhalten konnte, dass er immer noch oft gezwungen war, in Bewegung zu bleiben. Er hatte ihr außerdem eine weitere Wahrheit gestanden, der er sich selbst gerade erst bewusst geworden war.

Er liebte Avelina Ramsay – mehr als alles andere auf der Welt.

KAPITEL ACHTZEHN

L ACHLAN BURNES RÜHRTE keinen Muskel, als er in der
Mitte seines großen Saales stand. Seine Eltern, Hogan und
Effie, kanzelten ihn vor dem größten Teil des Clans ab, während
sie an ihrer Tafel auf und ab schritten. Aye, er wurde wieder einmal vor dem Fußvolk verspottet, das sich eigentlich vor ihm
niederwerfen sollte. Aye, er war derjenige von edlem Blut, nicht
sie. Er würde eines Tages ein Laird sein, nicht sie. Wie konnten
diese Leute es also wagen, ihn anzustarren, als wäre er wertlos?

Weil seine eigenen Eltern es gerade gesagt hatten.

„Du Narr!", rief seine Mutter. „Du bist ein fauler, dummer
Narr! Du hast das Saphirschwert verloren und hast es immer
noch nicht gefunden? Ohne deine Dummheit hätten wir ein
Leben lang in Sicherheit sein können. Ach, was soll ich nur mit
dir machen?"

Er murmelte: „Vergiss nicht, dass ich derjenige war, der das
Saphirschwert überhaupt erst entdeckt hat. Du wusstest nicht
einmal etwas davon. Meine Fähigkeiten haben es ans Tageslicht
gebracht." Leider waren seine Eltern so laut, dass niemand ein
Wort von ihm hörte. Sie hörten ihm nie zu. Niemals. Seine
Hände ballten sich an seinen Seiten zu Fäusten, so sehr wollte er
sich von ihren grausamen Worten befreien, doch er hatte keine
Ahnung, wie er das anstellen sollte.

Sein Vater füllte jede Lücke im Geschrei seiner Mutter mit seinem eigenen Gezeter. „Das ist alles deine Schuld, Frau. Du hast
den Jungen verhätschelt, als er klein war. Ich habe dich gewarnt,
dass ihn das schwach machen würde. Jetzt sieh ihn dir an!" Sein
Vater fuchtelte wild mit den Armen und stemmte dann die

Hände in die Hüften. „Er ist verblödet. Er hat sich seit Beginn des Mahls nicht geregt."

Lachlan *konnte* sich einfach nicht bewegen. Er wollte sie töten. Nein, das wäre zu gut für sie. Er wollte, dass sie litten, so wie sie ihn hatten leiden lassen.

„Verschwinde!", schrie seine Mutter laut genug, dass es in den Balken über ihnen widerhallte.

Aus irgendeinem Grund traf ihn diese Bemerkung besonders heftig und riss ihn aus seinen rachsüchtigen Gedanken.

Mütter sollten ihre Kinder doch lieben, nicht wahr? Nun, Lachlans Mutter hatte ihn nie geliebt.

Sie zeigte mit dem Finger auf ihn und trat näher. „Verschwinde, habe ich gesagt. Du hast das Schwert verloren und uns alle verflucht. Du hattest vierzehn Tage Zeit, es zu finden, und du hast es nicht geschafft."

„Effie, nimm Rücksicht auf ihn. Er ist unser einziger Sohn, und wenn du ihm Zeit gibst, wird er das Schwert finden und es zurückbringen. Wenn du ihn fortjagst, wird er sich nicht einmal die Mühe machen, danach zu suchen. Es ist unsere einzige Chance, gesegnet zu werden. Wenn er das Schwert doch noch findet, nutzt uns seine Zauberkraft nichts, wenn du ihn verstößt." Sein Vater drehte sich zu ihm um und fügte hinzu: „Deine Mutter hasst dich für das, was du uns angetan hast, Junge."

„Aye, Hogan. Du hast recht, aber ich hasse ihn nicht. Er hatte bereits die Gelegenheit, es wiedergutzumachen. Und was hat er getan? Nichts! Aus Angst vor den Feen dreht sich mir bei seinem Anblick der Magen um. Bring ihn fort, bevor der Fluch auf uns niederfällt. Er hat das Schwert gefunden und wieder verloren, also sollte der Fluch auf ihm zu liegen kommen, nicht auf dem gesamten Clan. Es ist alles seine Schuld, und die Feen wissen es. Fort mit dir, bevor du uns alle ins Verderben ziehst." Sie wedelte mit der Hand, als wäre es so einfach, ihren Sohn loszuwerden.

Lachlan ließ den Kopf hängen, unsicher, was er tun sollte. Wohin sollte er gehen? Nach den Cameron-Gefechten hatte er einige unangenehme Kerle kennengelernt, aber viele davon waren Engländer gewesen. Es gab unter ihnen jedoch auch einige Schotten, die geldgierig waren. Sie verbrachten ihre Zeit damit zu stehlen und zu vergewaltigen. Vielleicht würde er sich ihnen anschließen.

„Hol deine Sachen und verschwinde!", schrie seine Mutter und schreckte ihn aus seinen Tagträumen. „Geh, bevor du den Zorn der gesamten Feenwelt auf uns lenkst."

Da merkte er, dass zahlreiche Stimmen ihn anschrien und sich über die Rufe seiner Eltern hinweg Gehör verschaffen wollten. Dies war sein eigener Clan, doch alle keiften und erhoben die Fäuste gegen ihn. Was wollten sie nur? Ah, das Schwert, das wundervolle Saphirschwert. Er war beschützt gewesen, solange er es hielt, aber jetzt war es verschwunden.

„Geh, Lachlan", jammerte seine Mutter. „Tu das Richtige. Geh und kehre nie wieder zurück. Das ist unsere einzige Chance, die Erfüllung der Prophezeiung zu verhindern." Die laute Stimme seiner Mutter wühlte den Rest des Clans auf.

„Aye, das ist das Einzige, was uns retten wird", rief eine Person.

„Du musst gehen", fügte ein anderer hinzu. „Und bleib für immer weg!"

Nachdem sie sich von ihren Sitzen erhoben hatten, drehten sie sich alle zu ihm und johlten im Einklang: „Geh, Lachlan. Geh, Lachlan. Geh, Lachlan."

Er packte seinen Kopf mit seinen Händen. Das war alles, was er tun konnte, um das Hämmern in seinem Innern zu stoppen.

Lachlan wirbelte herum und sah seine Eltern direkt hinter sich stehen. Sein Vater verzog das Gesicht. „Ich hasse es, Junge, aber du musst uns jetzt verlassen, um uns alle zu retten. Verzeih mir, aber ich muss mich den anderen anschließen und dich bitten, von hier zu fortzugehen."

Seine Mutter schnaubte. „Ich habe dir immer gesagt, dass du ein Schwachkopf bist." Dann schloss sie sich den anderen in ihrem Spottgesang an. „Geh, Lachlan, geh."

Lachlan tat das Einzige, was ihm in diesem Augenblick richtig erschien.

Er zog sein Schwert von seinem Rücken und rammte es in das tiefschwarze Herz seiner eigenen Mutter.

Als ihr Blick seinen traf, grinste er höhnisch und belustigt über die Angst und Überraschung, die er in ihren Augen sah.

Sein Vater flüsterte: „Den Heiligen sei Dank. Gott sei mit dir, Sohn, aber geh jetzt, sonst werden dich die anderen Glied für

Glied zerreißen. Jetzt geh schon."

Lachlan starrte seinem Vater in die Augen, nickte kurz, drehte sich dann um und rannte aus der Tür.

Ein Plan nahm in seinem Herzen Gestalt an, als er zu seinem Versteck floh. Er hatte dort einen Sack mit dem Nötigsten vergraben, zusammen mit all den Münzen, die er seinem Vater im Laufe der Jahre gestohlen hatte. Ein Teil von ihm hatte immer befürchtet, dass dieser Tag kommen würde.

Nachdem er die Säcke ausgegraben hatte, schüttelte er lächelnd das schwere Gewicht der Taschen in seiner Hand. Das war genau das, was er brauchte. Er hatte genug Münzen, um alle Räuber zu bezahlen, die für die Umsetzung seines Planes nötig waren. Jetzt hatte er nur eine Aufgabe, eine einzige Aufgabe.

Er würde dieses Saphirschwert finden.

Und dann würde er die Person töten, die es ihm gestohlen hatte.

KAPITEL NEUNZEHN

ICH LIEBE DICH.
Diese drei Worte hallten in Linas Kopf wider, seit Drew sie ausgesprochen hatte. Obwohl sie befürchtete, ihn falsch verstanden zu haben, wusste sie in ihrem Herzen, dass sie sich nicht geirrt hatte.

Sie liebte Drew Menzie. Aber er war sich immer noch nicht sicher, ob er heiraten wollte, also war ihr Herz verloren, so schien es zumindest in diesem Moment.

Sie saß am Feuer im großen Saal und nähte ein Muster in das Kleidungsstück, das sie gerade für Jennies Kind fertigstellen wollte. „Du musst geduldig sein, meine Liebe." Hatte Erena ihr nicht genau das gesagt?

Aber wie lange musste sie noch warten? In diesem Augenblick wollte sie sich vor lauter Ungeduld jedes Haar aus dem Kopf reißen.

Jennie sah sie über ihre Handarbeit hinweg an. „Wenigstens weißt du, dass er in dich verliebt ist. Das ist ein großes Eingeständnis für Drew Menzie. Meiner Meinung nach ist das ein Schritt nach vorn, von dem er keinen Rückzieher machen wird. Wir müssen ihn nur noch überzeugen zu heiraten."

Lina seufzte. „Ich weiß nicht, wie man so etwas macht."

Jennie biss sich auf die Lippe, während sie sich auf ihre feinen Stiche konzentrierte. „Ich muss mit Aedan sprechen. Er steht Drew am nächsten. Vielleicht kann er ihn davon überzeugen, dass es an der Zeit ist, eine Familie zu gründen. Und zum Wohle aller muss es bald geschehen." Jennie hob ihren Blick, um Lina anzusehen, ließ ihn dann aber gleich wieder auf ihre Arbeit fallen.

„Ich wünschte, ich könnte etwas tun."

Die Tür sprang auf und Aedan trat, gefolgt von einem Boten, ein. Lina gefiel der Ausdruck auf Aedans Gesicht gar nicht. Er setzte sich an Jennies Seite, nahm ihr ihre Handarbeit ab und legte sie auf die nahegelegene Truhe.

Jennie sah ihren Mann an. „Was ist los?"

Aedan räusperte sich, sagte aber nichts. Lina hatte ein ungutes Gefühl im Bauch. Etwas war passiert. Etwas stimmte nicht.

Sie hielt den Atem an, während sie darauf wartete, dass der Bote seine Nachricht überbrachte. Aedan nickte dem Mann zu, der in seinen Sporran griff, einen Brief hervorzog und ihn Jennie reichte.

Jennies flinke Finger zitterten, als sie das Pergament nahm, und sie sah kurz zu Lina hinüber, während sie die Nachricht entfaltete.

Jennie,
Es tut uns leid, dir mitteilen zu müssen, dass deine Schwester Brenna das Baby, das sie erwartete, verloren hat.

Jennies Hand flog genau in dem Moment zu ihrem Mund, in dem Lina nach Luft schnappte und das Kleidungsstück, an dem sie sich abmühte, auf den Boden fallen ließ. Ihr Blick kehrte zum Pergament in Jennies Hand zurück.

Brenna geht es gut, ebenso allen Kindern, aber sie hat nach dir gefragt, daher möchten wir dich bitten, zur Beerdigung des Kindes durch Pater Rab nach Hause zurückzukehren. Wenn Aedan niemanden entbehren kann, der dich begleitet, werden wir dich abholen. Sie möchte auch, dass Avelina zurückkehrt, damit wir etwas Zeit mit der ganzen Familie verbringen können. Quade sendet dieselbe Nachricht an Micheil und Diana. Was den Rest des Grant-Clans betrifft, haben wir noch keine Entscheidung getroffen. Bitte teile dem Boten mit, ob du eine Eskorte benötigst.
Wir wünschen dir und Aedan sowie Avelina Gottes Segen.
Logan Ramsay

Aedan nahm ihr das Pergament aus der Hand und drückte es

an seine Brust, dann schlang er seine Arme um seine Frau. „Es tut mir so leid, Jennie. Natürlich begleite ich euch beide zurück ins Land der Ramsays. Wann möchtet ihr aufbrechen?"

Jennie kämpfte darum, ihre Tränen in Schach zu halten. „Morgen? Sind wir bis dahin reisefertig? Ich möchte bald an ihrer Seite sein."

„Aye, ich kümmere mich darum. Aber ich möchte jetzt nicht von deiner Seite weichen. Ich werde den Boten zum Essen in die Küche schicken, und er wird später Neil zu mir schicken."

„Es geht mir gut. Tu, was du tun musst, Aedan. Mir wäre es lieber, wenn du deine Angelegenheiten regelst, damit wir morgen bereit sind abzureisen. Bitte? Lina und ich werden einander trösten."

Aedan küsste ihre Stirn und fragte: „Bist du sicher? Dann werde ich euch jetzt verlassen und alle nötigen Vorkehrungen treffen. Ich muss die Wachen auswählen und…"

„Aye, geh, Aedan. Lina und ich werden unsere Sachen packen."

„Ich liebe dich. Wenn du mich brauchst, lass einfach nach mir rufen." Aedan verabschiedete sich und führte den Boten in die Küche, damit er dort etwas zu essen bekam.

Jennie stand auf, verwahrte ihre Handarbeit für ihr Kind, nahm dann Linas Hand und führte sie die Treppe hinauf. Lina versuchte etwas zu sagen, aber sie brachte kein Wort heraus. Den einzigen Gedanken, der ihr in den Sinn kam, behielt sie für sich.

Aber sobald sie in Jennies Kammer waren, konnte sie nicht länger schweigen.

„Es ist alles meine Schuld." Tränen traten ihr in die Augen, also schloss sie sie in der Hoffnung, sie aufhalten zu können.

Jennie sah sie entgeistert an. „Was sagst du da für einen Unsinn? Wie kann es deine Schuld sein?"

„Wegen des Saphirschwerts. Ich habe keine Zeit mehr, einen Ehemann zu finden, also nimmt das Unglück, das meine Familie treffen wird, bereits seinen Lauf."

Einen langen Moment standen die beiden mitten in der Kammer und sahen einander wortlos an. Dann schüttelte Jennie den Kopf. „Nein, Lina. Du irrst dich."

„Wie kannst du dir so sicher sein?"

„Weil die Fee dir gesagt hat, dass du zwei Monate Zeit hast.

Es sind noch keine zwei Monate vergangen, also kann es nicht deinetwegen passiert sein."

„Aber ich bin der Ehe keinen Schritt näher." Die Tränen, die sie verdrängt hatte, liefen nun doch über ihre Wangen. „Dies könnte die erste von vielen Tragödien sein, die meiner Familie widerfahren werden. Oh, bei allen Heiligen, was soll ich nur tun?"

„Lina, ich weigere mich, solch einen Unsinn zu glauben. Frauen verlieren häufig ihre Kinder. Meiner eigenen Mutter ist es sogar ein paar Mal passiert. Gibt es nicht einige Frauen in der Burg der Ramsays, die Kinder verloren haben?"

„Aye, aber…"

„Aber was? Das ist nichts Ungewöhnliches."

„Aber die Feen… manchmal hört man Geschichten über die Feen und Kinder. Ich habe gehört, dass Babys durch Wechselbälge ausgetauscht wurden."

„Meine Mutter hat nie an diese Geschichten geglaubt, Brenna auch nicht. Wir haben von alten Hutzelweibern über die Feen reden gehört, aber in unserer Burg ist noch nie etwas dergleichen passiert. Erinnerst du dich nicht, dass Erena dich gebeten hat, ihr dein Vertrauen zu schenken? Das klingt nicht nach etwas, das Erena oder die Feen tun würden. Nay, es ist falsch dir Vorwürfe zu machen, und ich will kein Wort mehr davon hören, Avelina Ramsay. Du hast nichts damit zu tun, dass meine Schwester ihr Baby verloren hat."

„Ich hoffe, du hast recht, Jennie. Aber du kannst es mir nicht beweisen."

„Genauso wenig wie du mir das Gegenteil beweisen kannst."

Lina musste zugeben, dass Jennie damit recht hatte. Sie hatte keine Beweise, und Erena hatte sie tatsächlich gebeten, an sich und die Feen zu glauben.

Aber was, wenn sich der Fluch doch zu entfalten begann? Lina musste eine wichtige Entscheidung treffen, und zwar schnell. Sie würde nicht zulassen, dass die Legende ihrer Familie noch mehr Schaden zufügte.

Sie würde alles Notwendige tun, um sie zu beschützen.

Drew ging auf und ab, während Aedan und Neil Vorbereitungen für die Reise zu den Ramsays trafen. Obwohl er früher hatte aufbrechen wollen, hatte Aedan ihn aufgehalten und darauf bestanden, mit ihm zu sprechen.

Sobald Neil gegangen war, führte Aedan Drew einen Weg hinunter in einen ungestörten Bereich der Burganlage. Drew wusste nicht, worum es ging, aber er schätzte seinen Freund und würde eine Weile nicht mehr nach Hause zurückkehren, also musste er sich vorübergehend hier niederlassen, bis er seine nächsten Schritte planen konnte. Er hatte Boyd mitgebracht und musste auch für ihn einen Platz finden. Nicht, dass es den beiden etwas ausmachte, zu dieser Jahreszeit unter den Sternen zu schlafen, aber bald würde der Winter einbrechen.

Nachdem er sich umgesehen hatte, vielleicht um sich zu vergewissern, dass sie tatsächlich allein waren, wirbelte Aedan herum und verpasste ihm mit solcher Wucht einen Kinnhaken, dass Drew zu Boden fiel.

„Bei allen Heiligen, Cameron. Was habe ich getan?"

„Ich habe gesehen, wie du letzte Nacht Linas Zimmer verlassen hast. Ich würde ja auf der Stelle einen Priester rufen, aber ich muss meine Frau zu ihrer Schwester bringen. Ich will dir dringend raten, Lina zu heiraten, wenn ich zurückkomme. Zum Glück für dich ist jetzt nicht die beste Zeit für eine Hochzeit, sonst würde ich dich gleich heute dazu zwingen."

„Aedan, es ist nicht so, wie du denkst."

„Leugnest du etwa, dass du es warst, der gestern Abend ihr Zimmer verlassen hat? Wenn du nicht gegangen wärst, hätte ich dir gestern Abend schon einen Tritt in den Hintern verpasst, aber ich wollte meine Frau nicht wecken. Sie hat schon genug Schlafprobleme."

Drew stand auf, rieb sich den Kiefer und lehnte sich gegen einen nahen Baum. „Aye, ich war es. Aber es ist nicht das, was du glaubst. Es hätte passieren können, aber ich habe nichts getan. Oder zumindest…"

„Verdammt, Menzie, ich will die Einzelheiten gar nicht hören! Hör auf, wirres Zeug zu reden und sag mir die Wahrheit. Hast du ihr die Unschuld geraubt? Muss es zu einer Hochzeit kommen?"

„Nein, das habe ich nicht getan." Er hob beschwichtigend die Hände und atmete dann durch gespitzte Lippen aus. „Ich hätte es fast getan, aber ich habe mich besonnen. Ich bin mir immer noch nicht sicher, ob ich heiraten will, also wusste ich, dass es falsch gewesen wäre."

„Die Heiligen seien gelobt für dieses kleine bisschen Erleuchtung in deinem Schädel. Ich dachte, ich hätte Schreie gehört, stell dir also meine Überraschung vor, als ich dich davonlaufen sah."

„Lina hat geschrien. Deshalb bin ich überhaupt erst in ihr Zimmer gegangen. Ich schlief auf einer Pritsche im Flur und konnte sie über den Balkon hören. Sie schrie und schrie und hörte nicht auf, bis ich sie weckte. Wir haben eine Weile geredet, aber dann führte eins zum anderen und... aye, ich habe rechtzeitig aufgehört." Frustriert fuhr er sich mit der Hand übers Gesicht.

„Warum hat sie geschrien?"

„Weil sie noch einen Traum von dem ans Bett gefesselten Jungen hatte."

„Hat sie herausgefunden, wer es ist? Hast du ihr geholfen, den Jungen zu finden?"

„Nay."

„Warum nicht?"

Drew sah in das Blätterdach über sich hinauf und ging im Kreis auf und ab. Es würde sich wahrscheinlich ohnehin herumsprechen, nach dem, was er in seiner Burg getan hatte. Und er brauchte Camerons Unterstützung, je nachdem, was er mit seinem Leben anfangen würde, aber es war ihm dennoch peinlich. Furchtbar peinlich. Er riss ein Stück Rinde vom Baum und drehte sich dann zu seinem Freund um. „Der Junge im Bett war ich."

„Was? Du? Aber wie kannst du es gewesen sein? Du bist doch kein Junge mehr."

„Nay, aber es ist passiert, als ich ein Junge war. Das war ich, vertrau mir. Sie hat mich erkannt."

Aedan verschränkte die Arme vor seiner Brust. „Dein Vater hat dich an ein Bett gefesselt?" Er kratzte sich am Kopf, während er darüber nachdachte. „Aber warum?"

Drew weigerte sich, seinem Freund in die Augen zu sehen, weil es ihm einfach zu peinlich war. „Weil meine Mutter Angst hatte, mich zu verlieren. Der Verlust meiner drei Brüder hat sie in den Wahnsinn getrieben, und sie hat meinen Vater gebeten, mich ans Bett zu fesseln, damit ich nichts Gefährliches tue."

„Herrgott, Menzie. Wie hast du das überstanden? Das würde jeden Menschen in den Wahnsinn treiben."

„Ich war sehr, sehr wütend." Er atmete tief ein und ließ die Luft langsam durch gespitzte Lippen wieder aus.

„Ist es mehr als einmal passiert?"

Drew war überrascht über das Entsetzen im Gesicht seines Freundes, aber irgendwie fühlte er sich dadurch auch ein bisschen besser. „Aye, es fing an, als ich ungefähr fünf war. Ich war zu zappelig, und meine Eltern verließen sich darauf, dass James auf mich aufpasste, aber als er tot war, konnten sie niemanden mehr finden, der mit mir mithalten konnte. Nachdem ich einige Male in Schwierigkeiten geraten war, ließ mein Vater ein besonderes Bett anfertigen." Er wandte seinen Blick von seinem Freund ab.

„Ein besonderes Bett?"

„Aye, um meine Hände von meinem Körper wegzubinden. Sie hatten solche Angst, dass ich sonst einen Weg finden würde, mich zu befreien."

„Und Lina hat das alles in ihrem Traum gesehen?"

„Aye, sie hat genug gesehen, um zu wissen, dass ich es war. Nicht anfangs, aber sie hat mich letzte Nacht erkannt."

„Wie zum Teufel erträgst du es, nach Hause zu gehen, Menzie?"

„Ich werde eine Weile fortbleiben. Ich brauche Abstand. Darüber wollte ich mit dir sprechen."

„Gut. Ich höre."

„Ich würde gern hierbleiben, wenn wir uns einig werden. Ich bin gegangen, nachdem ich das Bett und das Schloss an der Kammertür zerhackt habe. Ich habe meinen Eltern gesagt, dass ich für eine Weile nicht zurückkehren würde, aber ich kann nirgendwo hingehen und habe gehofft, dass du Boyd und mir erlaubst, als Wachen hierzubleiben."

Aedan rieb sich das Kinn. „Menzie, ich weiß nicht, was ich sagen soll. Natürlich kannst du bleiben. Boyd kann sich meiner Wache anschließen, aber du nicht. Vielleicht könntest du Neil beraten und mir helfen, meine Wachen zu trainieren. Wie du weißt, ist es mein Ziel, meine Männer stärker zu machen. Sie mögen dich, und du hast gute Ideen."

„Das würde ich sehr zu schätzen wissen, Aedan."

Schweigen breitete sich zwischen den beiden aus, und sie starrten in die Ferne.

„Menzie, warum willst du Lina nicht heiraten? Ich glaube wirklich, dass ihr gut zueinander passen würdet."

Drew fuhr sich mit der Hand durchs Haar. „Weil ich glaube, dass ich es nicht kann."

„Warum nicht?"

Drew schnappte sich ein weiteres Stück Rinde vom Baum, riss es auseinander und warf die Stücke beiseite. „Was ist, wenn ich wie mein Vater werde? Ich könnte es nicht ertragen…"

„Drew, du bist nicht wie er. Aufgrund dessen, was dir passiert ist, wärst du sicher wunderbar mit deinen Kindern, weil du willst, dass sie ein besseres Leben haben."

Drew nickte. „Daran habe ich auch schon gedacht. Und ich muss sagen, dass Lina das erste Mädchen ist, das mich mit dem Gedanken spielen lässt, überhaupt erst heiraten zu wollen. Ich war so lange dagegen, dass es kein Leichtes ist, meine Meinung zu ändern."

„Lina ist ein ruhiges und geduldiges Mädchen. Ich denke, ihr würdet gut zusammenpassen. Mal ganz davon abgesehen, dass sie auch eine sehr schöne Frau ist."

Drew verdrehte die Augen. „Aye, das ist wahr. Ich habe letzte Nacht fast den Kopf verloren. Aber ich konnte es nicht tun. Meine Ehre verlangt zwar, dass ich sie heirate, ich bin mir nur noch nicht ganz sicher."

Aedan packte seine Schulter. „Denk drüber nach. Du könntest hier mit Lina leben und meine Wache trainieren. Meine Frau wäre überglücklich, Lina in der Nähe zu haben. Denk darüber nach, während wir fort sind."

„Aye, das werde ich. Vielen Dank, Cameron. Ich werde morgen anfangen, deine Männer zu trainieren."

„Gut. Kümmere dich um sie, während Neil und ich weg sind. Wie gesagt nehmen wir mindestens ein Dutzend Wachen zu den Ramsays mit, obwohl ich nicht weiß, wie lange wir wegbleiben werden. Vertritt mich hier in der Zwischenzeit. Neil reitet mit mir, bis wir bei den Ramsays sind, dann wird er zurückkehren, um unser Land zu beschützen."

Drew sah auf, als ein goldener Schmetterling erst an ihm vorbeiflog, dann kehrtmachte und auf seinem Arm landete. Wenn er es nicht besser gewusst hätte, hätte er schwören können, dass der Schmetterling ihn anlächelte.

Er schien langsam doch den Verstand zu verlieren.

KAPITEL ZWANZIG

LACHLAN OHRFEIGTE DEN Narren, der vor ihm stand. „Aber ich habe sie gesehen, Burnes. Sie ist die Schönste aller Schottinnen, und sie ist hier in den Highlands. Ich will sie. Ich kann sie des Nachts entführen und sie vernaschen, ohne dass jemand davon erfährt." Zu allem Überfluss fasste sich der Narr bei diesen Worten an seinen Schritt. „Aber wenn du sie willst, bringe ich sie dir."

„Du Pferdearsch. Sie gehört mir, und wenn einer von euch sie anrührt, schneide ich euch das Gekröse ab."

Lachlan wurde übel, wenn er sich vorstellte, dass einer dieser lausigen Rüpel seine Avelina Ramsay berührte. Er begehrte sie jetzt mehr als je zuvor. Sie hatten tagelang von ihr gesprochen und davon, wie sie wohl nackt aussehen würde. Er sammelte Spucke und schleuderte sie vor die Männer. Er hatte einiges von seinen neuen Männern gelernt und viele ihrer Wesenszüge übernommen. Sie würden ihn eines Tages respektieren und fürchten. Er war ein neuer Lachlan, einer ohne Mutter und ganz für sich selbst verantwortlich.

Er war ins Tiefland gegangen und hatte sowohl Schotten als auch Engländer gefunden, die bereit waren, ihm des Geldes wegen zu folgen. Sein Versprechen, sie alle innerhalb von vierzehn Tagen wieder nach Hause zu schicken, hatte geholfen, aber sie waren faul und mussten immer wieder gedrängt werden.

Nach langem Überlegen war er zum Schluss gekommen, dass wahrscheinlich das Ramsay-Mädchen das Saphirschwert an sich genommen hatte. Sie war die letzte Person gewesen, bei der er es getragen hatte. Natürlich hätte auch Menzie es stehlen können, nachdem er ihn zusammengeschlagen hatte, aber sein Plan hatte beide Fälle berücksichtigt.

Lachlan zog seine Lieblingsmaus aus seinem Sporran, fütterte sie mit einem Stück Käse und setzte sie auf seinen Schoß. Er nannte sein Haustier Willy.

„Mein kleiner Willy, was denkst du? Wer glaubst du, hat das Schwert, das Mädchen oder Menzie? Wenn du dich auf dieses Bein setzt, ist es das Mädchen, wenn du dich auf das andere setzt, bedeutet es, dass es Menzie war." Er gab dem Nagetier einen kleinen Schubs von hinten, und es begann im Kreis zu laufen, bevor es sich schließlich niederließ, sich auf seine Hinterbeine setzte und mit der Nase nach Lachlan schnupperte. „Aye, vielleicht hast du recht. Menzie muss es gestohlen haben. Dieser Hurensohn hat mich nie gemocht."

Wenn Menzie das Schwert hätte, wäre es leicht, es zurückzuholen, denn Menzie begehrte Avelina genauso sehr wie Lachlan. Alles, was er tun musste, war, ihr ein Messer an die Kehle zu halten, um von Menzie zu bekommen, was er wollte. Er musste das Schwert wieder an sich nehmen, er musste es einfach.

Deshalb hatte er seinen Glücksbringer, Willy, behalten. Der kleine Willy konnte ihm Fragen beantworten, auf die sonst niemand eine Antwort hatte. Er fütterte ihn mit einem weiteren Stück Käse, und die Maus quiekte. „Ich weiß, Willy. Mein Vater liebt mich, meine Mutter war an allem schuld. Am Ende hat er sich auf meine Seite geschlagen." Ein breites Grinsen huschte über sein Gesicht und er brach in Gelächter aus. „Aber sie wird mich nicht mehr ärgern, nicht wahr?" Er schnaubte und verstummte dann, während er dem Gemurmel seiner Männer lauschte.

„Glaubt ihr, er hat seine eigene Mutter getötet?"

„Ich weiß nicht, ob er es getan hat oder nicht, aber er ist verrückt. Er spricht mit einer Maus."

„Vielleicht sollten wir gehen."

„Nay, er hat viel Geld. Ich habe es gesehen, und ich will meinen Anteil. Wir werden innerhalb von vierzehn Tagen ausbezahlt. Was bleibt uns anderes übrig?"

„Aye, du hast recht. Ich hoffe nur, er ist nicht dumm genug, um uns alle in den Tod zu schicken."

„Er schwingt ein mächtiges Schwert, und außerdem ist der Narr zäh. Seht euch nur all die Narben an. Anscheinend wurde er oft genug geschlagen. Ich wette, er kann alles wegstecken, es sei denn, jemand rammt ihm ein Schwert in den Bauch."

„Das heißt noch lange nichts."

„Und was ist damit, dass auf der anderen Seite des Cameron-Landes weitere fünfzig Wachen auf uns warten? Sein Plan ist es, sie von beiden Seiten in die Mangel zu nehmen."

„Das beruhigt mich etwas. Zusammen sind es dann fast hundert Männer."

Lachlan lächelte, als er sein Haustier wieder in seinen Sporran steckte. „Willy, ich folge deinem Rat und werde Drew Menzie suchen, um die Sache in Ordnung zu bringen. Ich werde das Schwert und meine Königin haben, und das alles innerhalb von weniger als einem Monat", murmelte er. „Dann wird mir nichts mehr passieren können. Nie wieder."

Lina blickte zum Mond hinauf, als eine Eule in der Nähe rief und sie erschreckte. Sie zog das Plaid enger um ihre Schultern. Sie waren immer noch auf dem Weg zum Land der Ramsays, und sie waren seit weniger als einem Tag unterwegs. Vor nicht allzu langer Zeit hatte Aedan Neil mit ein paar Wachen in den Wald geschickt, obwohl sie nicht wusste, warum. Sie hatten sich für die Nacht in der Nähe eines Wasserfalls niedergelassen, und Neil und die anderen waren zur Gruppe zurückgekehrt, nachdem sie ihr Abendessen mit gebratenem Kaninchen beendet hatten. Jetzt kauerten Neil und Aedan am Rand der Lichtung und unterhielten sich leise. Sie hatte gehört, dass Neil Lachlans Namen erwähnt hatte, und sie musste erfahren, was sie sagten.

Jennie saß ihr gegenüber auf einem Baumstamm.

„Jennie, ich werde kurz in die Büsche gehen. Brauchst du etwas?"

Jennie schüttelte den Kopf, in ihre eigenen Gedanken versunken. Lina fand dies ein guter Zeitpunkt, um näher an Aedan und Neil heranzuschleichen, ohne Verdacht zu erregen.

Sie hatte es zwar niemandem erzählt und hatte es auch gewiss nicht vor, aber sie wollte Lachlan Burnes finden, wo immer er versteckt war, und ihm das Saphirschwert zurückgeben. Sie wurde von ihrer Angst dazu getrieben, denn sie war davon überzeugt, dass dies die einzige Möglichkeit war, ihre Familie zu beschützen. Sie würde ihren Plan umsetzen, ob Erena nun zustimmte oder nicht.

Ihre Familie würde nicht mehr in Mitleidenschaft gezogen, wenn sie es verhindern konnte.

Aye, sie liebte Drew Menzie, und sie glaubte fast daran, dass er sie auch liebte, aber er hatte ihr klar gemacht, dass er immer noch nicht sicher war, ob er heiraten konnte, und sie würde nicht länger warten. Sie musste handeln, bevor es zu spät war.

Sie wollte das Saphirschwert genauso wenig wie ihre Rolle als Auserwählte. Sie würde einfach wieder die schlichte, langweilige Avelina Ramsay sein. Sie verlangsamte ihre Schritte, um die Männer und ihr Gespräch zu belauschen.

„Was hast du entdeckt?", fragte Aedan Neil.

„Er hat vielleicht um die dreißig Männer bei sich. Ich hörte, wie seine Wachen zweierlei diskutierten."

„Aye?" Aedan beugte sich zu seinem Kommandanten vor.

„Er ist hinter dem Saphirschwert her."

„Das überrascht mich nicht. Wir dachten uns schon, dass er es weitersuchen würde. Was hast du noch gehört?"

„Sie halten ihn für irre. Es heißt, er hat seine eigene Mutter getötet und spricht mit einer Maus."

Aedan ging langsam auf und ab und kaute auf Minzblättern. „Das beunruhigt mich. Ich wusste, dass Lachlan anders ist, aber ich hatte nicht bemerkt, dass sein Verstand so stark beeinträchtigt worden war. Wir müssen genau darauf achten, was er tut. Wie weit sind sie entfernt?"

„Weniger als eine Stunde von hier, aber sie werden in die entgegengesetzte Richtung reiten."

Aedans Augen weiteten sich. „Zu meinem Land?"

„Aye. Lachlan denkt, Menzie hat das Schwert."

Linas Herzschlag beschleunigte sich. Das war alles nur ihre Schuld. Sie hatte das Schwert gestohlen, und nun würde Drew für etwas bezahlen, das sie getan hatte. Sie kaute auf ihrer Unterlippe und wandte sich von den beiden Männern ab, um die beste Vorgehensweise zu planen.

Nach langer Überlegung entschied sie sich zu handeln und

hoffte darauf, dass Erena auf sie aufpasste und ihren Plan billigte, weil Neils Informationen ihr eine außerordentliche Gelegenheit boten. Sie würde warten, bis sich alle schlafen gelegt hatten, und dann den Weg zurück zum Land der Camerons einschlagen. Nachdem sie das Schwert in Lachlans Lager zurückgelassen hatte, würde sie zurückkehren, ohne dass Aedan oder Neil bemerkten, dass sie überhaupt weg gewesen war.

Sie ging zurück, um mit Jennie zu sprechen. „Wo werden du und Aedan schlafen?"

Jennie zeigte auf eine Stelle in der Nähe eines kleinen Hügels. „Aedan möchte mit mir die Sterne beobachten, bevor wir schlafen."

„Ich bin eifersüchtig", gab Lina zu. „Glaubst du, ich werde jemals mit jemandem das Gleiche teilen?"

„Aye, vielleicht nicht genau das Gleiche, denn die wenigsten Jungs lieben die Sterne so sehr wie Aedan. Vielleicht hat dein Mann andere Interessen. Alex und Maddie schwimmen gern zusammen, und Caralyn und Robbie angeln beide gern. Wer weiß, was dein Liebster mit dir teilen wird?"

Lina setzte sich und scharrte über die Kieselsteine am Boden. „Ich glaube, ich muss Drew vergessen."

„Vielleicht. Wenigstens fühlst du dich jetzt wohler im Gespräch mit Jungs."

„Aye, ein wenig. Ich bin immer noch sehr schüchtern, aber es ist schon besser geworden. Mit Boyd kann ich tatsächlich sprechen."

Jennie kicherte und streckte die Hand aus, um eine lose Locke von Linas Haar hinter ihr Ohr zu stecken. „Lina, deine Zeit wird kommen. Aber ich glaube nicht, dass du Drew vergessen solltest. Du brauchst keine anderen Männer, nur Drew Menzie."

Aedan kam herüber und hielt Jennie seine Hand hin. „Bist du bereit, mit mir in die Sterne zu schauen, mein Liebling?"

Jennie nahm die Hand ihres Mannes und stand auf. Nachdem sie ihr Kleid glattgestrichen hatte, wandte sie sich wieder Lina zu. „Kommst du zurecht?"

„Aye", lächelte Lina. „Ich bin sehr müde. Mach dir keine Sorgen um mich."

Aedan sagte: „Wenn du etwas brauchst, ruf einfach. Ich werde nicht weit sein, und Neil und der Rest der Wachen sind auch ganz nah."

Lina hatte sich Zeit genommen, um sich zu vergewissern, wo sich alle Männer befanden. Sie war sich ziemlich sicher, dass sie es schaffen konnte, ohne dass es jemand bemerkte. Sie lächelte und winkte Jennie zu. „Geh ruhig. Genieße deinen Mann und die Sterne."

Sie war fest in ihr Plaid gehüllt und stellte sich für ein paar Stunden schlafend. Als alles ruhig war, schlich sie sich auf die andere Seite der Lichtung und schlüpfte in den Wald, als würde sie ihre Notdurft verrichten wollen. Nachdem Lina ihre Taschen nochmals überprüft hatte, um sicher zu gehen, dass sie das Schwert bei sich hatte, machte sie sich auf die Suche nach Lachlan.

Ein paar Stunden und mehrere Blasen an den Füßen später stieß Lina auf eine Gruppe von Pferden und lauschte aufmerksam. Bis auf das laute Schnarchen einiger Männer war alles ruhig. Sie tappte leise im Lager herum und tat ihr Bestes, um Lachlan zu finden. Dann schlich sie zu ihm und legte das Schwert so nah wie möglich neben ihn. Mit einem erleichterten Seufzer drehte sie sich um und schlich aus dem Lager. Der abgestandene Geruch von Whisky, Urin und Bier brannte in ihrer Nase, aber sie hoffte, dass die Männer betrunken genug waren und fest schliefen.

Als sie das Lager verließ, dachte sie darüber nach, ein Pferd mitzunehmen, befand aber, dass dies Diebstahl wäre, und entschied sich dagegen. Sie stapfte durch den Wald und ignorierte ihre Blasen so gut sie konnte, als sie auf ein einsames Pferd stieß, das für sich allein Gras kaute.

Sie suchte die Gegend nach seinem Besitzer ab, fand aber niemanden. Sie kletterte auf einen nahen Baumstamm, bestieg das Pferd und führte es langsam fort, bis sie es schließlich wagte, zu galoppieren. Sie dankte den Heiligen für dieses Geschenk, das ihr helfen würde, schneller ins Lager zurückzukehren.

Gerade als sie sich in Sicherheit glaubte, hörte sie einen wilden Schrei hinter sich. Sie verlangsamte ihr Tempogerade so, dass sie über ihre Schulter blicken konnte. Sie stöhnte auf und drängte ihr Pferd erneut zur Eile.

Lachlan Burnes war nicht weit hinter ihr.

Drew wurde von Rufen vor den Toren geweckt. Innerhalb von Sekunden war er hellwach, da er und Boyd beschlossen hatten, unter einem Baum in der Burg zu schlafen. Verwirrt von den Rufen eilte er auf das Fallgitter zu, gerade als Neil in die Vorburg preschte.

„Was ist? Ist irgendetwas passiert?"

„Aye. Lina ist verschwunden."

Seine Eingeweide verkrampften sich und er schloss die Augen, wobei er ein schnelles Gebet sprach. „Seit wann?"

„Seit mitten in der Nacht, glauben wir. Jennie vermutet, dass sie versucht hat, Lachlan Burnes zu finden, um ihm das Saphirschwert zurückzugeben."

„Aber wie zum Teufel sollte sie ihn finden?"

„Aedan und ich haben herausgefunden, dass Lachlan hierher unterwegs ist, um nach dem Schwert zu suchen. Er denkt, dass du es hast. Lina muss uns beide belauscht haben und zu Lachlan gegangen sein. Aedan hat mich zurückgeschickt, um zu sehen, ob ich unterwegs etwas bemerke oder ob ich Lachlan einholen könnte. Er war nicht hier?"

„Nay." Drew eilte zu den Ställen, um sein Pferd zu holen. Er musste schnell handeln, wenn sie ihm eine halbe Nacht voraus waren. Er blieb für einen Moment stehen und bellte Neil an. „Wo ist Aedan?"

„Aedan ist mit Jennie zu den Ramsays zurückgeritten. Er plant, mit Logan und allen anderen Wachen, die Quade entbehren kann, zurückzukehren. Er hat auch die Grants benachrichtigt. Lachlan hatte zwanzig oder dreißig Krieger bei sich."

„Dann werde ich sie befreien." Er bestieg sein Pferd und wandte sich dem Tor zu. Boyd, der hastig sein eigenes Pferd gesattelt hatte, stand bereits neben ihm.

„Menzie", rief Neil ihm nach. „Nimm ein paar Wachen mit. Burnes ist anscheinend irregeworden. Es ist nicht abzusehen, wozu er imstande ist."

„Bleibst du hier?"

„Aye, ich habe Anweisungen, die Burg der Camerons zu beschützen."

„Bei Gott, das ist gar nicht gut. Lachlan war schon immer ein anstandsloser Schwachkopf. Der Gedanke an Lina in seinen

Händen macht mir Angst."

„Und es gibt noch ein Problem."

„Aye?"

„Meine Männer haben mir erzählt, dass Burnes nicht weit von hier weitere fünfzig Wachen hat, die auf seine Anweisungen warten."

„Höllenfeuer. Ich hoffe, Grant schickt Männer. Wir werden sie brauchen."

Laird Alex Grant führte gerade seine Wachen durch das Tal. Auf der anderen Seite angekommen hob er die Hände, um den Vorderen zu signalisieren, dass sie warten sollten, bis sich alle versammelt hatten. Sie wussten, dass dies das schwierigste Gebiet im gesamten Hochland war. Der Abstieg den nächsten Berg hinunter verlief langsam. Felsen und Kiesel und steile Hänge, die die Hufe der Pferde verletzen könnten, drohten sie aufzuhalten. Aber zumindest war es nicht Winter.

Dies war eine seltener Pfad für sie, einer, den sie noch nie zuvor als Familie genommen hatten. Deshalb hatte Alex so viele Vorkehrungen getroffen. Er hatte zweihundert Wachen bei sich, aber er brauchte sie auch alle. Hinter ihnen fuhr seine liebe Frau Maddie mit Celestina und den Kindern der Grants in einem Karren mit.

Nachdem er die Nachricht vom traurigen Verlust seiner Schwester Brenna erhalten hatte, hatte er die Entscheidung getroffen, dass sie als Familie reisen würden, um den Ramsays ihre Unterstützung anzubieten. Die meisten seines Clans hatten die Highlands irgendwann in ihrem Leben schon einmal verlassen, außer Maddie, und sie hatte ihn gefragt, ob er sie mitnehmen würde, um die liebe Brenna zu sehen.

Die ganze Welt wusste, dass er seiner Frau nichts abschlagen konnte. Er verehrte sie immer noch genauso sehr wie an dem Tag, an dem sie geheiratet hatten, sogar noch mehr. Er warf einen Blick über die Schulter auf den Karren. Dort saß sie mit ihrer jüngsten Tochter, Eliza, auf ihrem Schoß, neben ihr Celestina, die ihrerseits ihre jüngste Tochter Catriona auf dem Schoß trug. Maddie hatte den Kleinen Geschichten erzählt, aber jetzt war sie verstummt.

Alex gefiel das nicht. So einen Anblick hatte er noch nie gesehen. Seine Mutter hatte immer beteuert, dass das Land von den Feen regiert wurde, die von Zeit zu Zeit in Erscheinung traten, um das Land aufzuwühlen. Er hatte es selbst noch nicht erlebt, aber er fragte sich nun, ob seine Mutter ihn genau hiervor gewarnt hatte. Die Feen kämen, wenn es Schwierigkeiten gab, hatte sie gesagt, und sie würden einem würdigen Menschen, einem Auserwählten, helfen, das Land in die gewünschte Richtung zu führen, zum Guten hin.

Er erinnerte sich daran, wie Brenna ihre Mutter damals gefragt hatte: „Was meinst du mit Richtung zum Guten? Wohin sollten wir denn sonst gehen?"

Sie hatten geduldig auf die Antwort ihrer Mutter gewartet. „Manchmal gibt es böse Seelen, die versuchen, die Macht an sich zu reißen", hatte sie gesagt und über Brennas Haar gestrichen. „Aber denk daran, dass die Feen uns immer beobachten. Sie werden wissen, wann sie eingreifen müssen, um uns Schutz zu bieten."

„Wie?", hatte Alex gefragt.

„Es wird ein seltsamer Schatten über das Land fallen. Zuerst wirst du denken, der Tag sei einfach nur anders, ohne dass du dir den Grund dafür erklären kannst. Wenn du gehst, wirst du das Gefühl haben, dass etwas über deiner Schulter schwebt und dich beobachtet, aber es wird nichts da sein. Sogar die Wolken und der Regen werden anders sein – dunkler und schwerer. Du wirst es wissen, wenn du es fühlst. Vertrau mir."

Seine Mutter hatte recht gehabt. Er konnte es fühlen.

Mit zusammengekniffenen Augen suchte er nach Hinweisen, aber es gab keine. Sie waren bereits auf halbem Weg zu den Ramsays, und sein Bauchgefühl sagte ihm, dass er nicht umkehren durfte. Seine Schwester und ihre Kinder waren in der Nähe des Tieflands.

Als seine Entscheidung endlich gefallen war, gab er den Befehl. „Brodie, sobald wir am Fuß des nächsten Berges angelangt sind, nimmst du den Karren, alle Kinder und hundert Wachen. Reite über den äußeren Weg, der einen Bogen um das Land der Camerons macht, zu den Ramsays. Robbie, du kommst mit mir, und wir bringen den Rest der Wachen zu den Camerons, um zu sehen, ob Jennie dort in Sicherheit ist."

Er hatte ein ungutes Gefühl. Vor nicht allzu langer Zeit, kurz bevor Jennie und Aedan geheiratet hatten, hatte es im Land der Camerons viele Überfälle gegeben. Die Abtei von Lochluin, die voller Reichtümer war, lag in der Nähe der Burg, und offenbar war die Zeit der Angriffe noch nicht vorbei.

Loki, Brodies ältester Sohn, ritt hinter Alex her. „Mein Laird, ich möchte darum bitten, dich zu begleiten. Ich denke, meine Fähigkeiten würden dir nützen."

Alex drehte sich langsam um, um sich an ihn zu wenden. Aye, Loki war ein kluger, frecher Junge, aber ihm fehlte noch etwas Urteilsvermögen. Und Alex mochte es nicht, hinterfragt zu werden.

„Loki, entschuldige dich bei deinem Laird", schimpfte Brodie.

Alex hob eine Hand, um ihn zu unterbrechen, und richtete seine Aufmerksamkeit auf seinen Neffen. „Loki, sagst du mir etwa, dass es dir nicht wichtig genug erscheint, meine Kinder und meine Frau zu beschützen?"

Loki wurde blass und stotterte: „Nay, mein Laird. Verzeih mir."

„Du folgst dem Karren und den Pferden und hältst im Hinterland nach Bedrohungen Ausschau. Ich habe fünf Kinder, die beschützt werden müssen, und viele Nichten und Neffen."

Jake und Jamie, seine Zwillinge, die so schnell erwachsen wurden, dass es ihm Angst machte, meldeten sich zu Wort. „Papa, wir können alle beschützen…"

„Seid still!" Sein Blick huschte über die Gruppe. „Ich weiß nicht, womit wir es hier zu tun haben, aber ihr werdet mir Folge leisten, ohne mich zu hinterfragen. Und wenn ich nicht bei euch bin, werdet ihr tun, was Robbie oder Brodie euch befehlen. Habt ihr verstanden?"

Eine Schar von Köpfen nickte, aber Alex' Jüngste, die goldhaarige Eliza, begann zu weinen. „Papa, hoch?", sagte sie und streckte ihm die Arme vom Karren aus entgegen.

Alex wandte sich ab und erklärte Robbie und Brodie den Weg, bevor sie alle den Berg hinuntergingen. Er konnte seine Tochter jetzt nicht ansehen. Der Gedanke daran, dass ihr etwas zustoßen könnte, machte ihn nicht wütend, sondern krank vor Sorge.

Das hier gefiel ihm überhaupt nicht. Die Geschichten, die ihm seine Mutter und sein Vater über die Feen erzählt hatten, hatten ihm eine Lehre erteilt.

Besuche von den guten Feen kamen nur, wenn das Böse drohte, einen Teil des Landes zu erobern.

Und was sich vor ihm ausbreitete, sah wie das Böse in Person aus.

KAPITEL EINUNDZWANZIG

LINA KLAMMERTE SICH an die Mähne ihres Pferdes und flog über das Land, während sie betete, Lachlan zu entkommen. Dieser Mann hatte sie schon zweimal angegriffen. Was würde er ihr diesmal antun, besonders jetzt, da er wusste, dass sie diejenige war, die das Saphirschwert gestohlen hatte? Sie glaubte nicht, dass sie noch viel mehr ertragen konnte. *Aedan, wo bist du?*

Lachlans verzerrtes Lachen hallte durch die Nacht. Das unheimliche Geräusch jagte ihr immer wieder Schauer über den Rücken, aber sie gab sich nicht der Verzweiflung hin. Irgendwie würde sie schon heil davonkommen.

Er rückte immer näher, und obwohl sie ihr Pferd anspornte, war sie nicht schnell genug. Bald war er fast neben ihr – ein Anblick, der sie mit Panik erfüllte. Lachlan stieß ein leises Knurren aus und sprang direkt auf sie zu. Sie versuchte sich zu ducken, aber er bekam sie zu fassen, und gemeinsam stürzten sie auf den Boden und rollten eine kleine Graskuppe hinunter.

Sie tat das Einzige, was ihr ihrer Meinung nach helfen könnte, auch wenn sie dabei Gefahr lief, ihre zarte Haut aufzuschneiden. Das Saphirschwert steckte in einer Scheide an seiner Hüfte, genau dort, wo sie es greifen konnte. Er ließ ihre Arme nicht los, also rollte sie mit ihm die kleine Böschung hinunter, aber sobald ihre Hand den Griff des Schwertes fand, riss sie es heraus und hielt es fest, bis sie sich nicht mehr bewegten.

Sie sprang auf und entfernte sich von ihm, das Schwert in der Hand.

„Du kleines Biest, du bist eine geschickte Diebin, das lasse ich dir. Aber du kannst das Schwert nicht behalten. Du hast es mir gerade erst zurückgegeben oder hast du das schon vergessen?"

Sie hieb mit der Waffe nach ihm, als er auf sie zukam, und Blut tropfte von der Stelle an ihrem Arm, an der sie sich geschnitten hatte. Ihr Herz raste vor Angst, aber sie schnappte nach Luft, um wachsam zu bleiben. Er stürzte sich auf sie, also hob sie das Schwert blitzschnell über ihren Kopf und richtete es gen Himmel.

Sobald seine Spitze nach oben gerichtet war, erhob sich ein wütender Wind aus dem Nichts und Blitze schossen vom Himmel, gefolgt von ohrenbetäubendem Donner.

„Du böse Hexe, was machst du da? Gib mir das Schwert wieder. Du hast keine Ahnung, welche Macht du da in den Händen hältst, oder?"

Sie hielt die Waffe hoch über ihrem Kopf, selbst als es in Strömen regnete und zahlreiche Blitze vom Himmel zuckten. Sie sah nach oben und betete, dass Gott und die Engel im Himmel und die Feen alle zuschauten. Ein Blitz schlug im Baum hinter ihnen ein und schleuderte sie beide in die Luft. Lina landete mit einem dumpfen Aufprall. Sie hatte tatsächlich die Macht im Schwert gespürt. Eine neue Erkenntnis dämmerte ihr – die Macht sollte ihr gehören, nicht Lachlan, und es war an der Zeit, das anzuerkennen.

Er schien zu dem gleichen Schluss gekommen zu sein, denn er wich von ihr zurück und starrte in einer Mischung aus Angst und Verwunderung auf das Lichterspektakel um sie herum. Seine Hand schützte sein Gesicht, während er die beeindruckende Naturgewalten beobachtete, die sie ausgelöst hatte.

„Siehst du nicht, Lachlan? Dieses Schwert war für mich bestimmt, nicht für dich. Ich bin eine Auserwählte. Du darfst mir nichts antun oder die Feen werden dich holen." Obwohl sie sich nicht sicher war, ob das stimmte, erkannte sie, dass ihre beste Chance, dieser gefährlichen Lage zu entkommen, darin bestand, ihn davon zu überzeugen, dass ausschließlich sie die Macht besaß. Und irgendwie gaben ihr auch all die Blitze und der Donner um sie herum die Zuversicht, stark genug zu sein, um ihr Schicksal in die eigene Hand zu nehmen. Sie war eine Auserwählte, also würde sie für ihr Recht auf das Saphirschwert kämpfen. Nur so konnte sie ihn von sich fernhalten.

Nach einer Weile senkte sie das Schwert, und kurz darauf hörten der Regen und die Blitze auf, aber ein unheimliches Leuchten umgab Lina.

„Höllenfeuer, du bist tatsächlich eine Auserwählte." Er keuchte, als er sich den Regen aus dem Gesicht wischte. „Mein Vater hat mir vor langer Zeit bereits alles erzählt, aber ich hatte es vergessen. Du wirst meine Frau werden. Das ist der einzige Weg, damit sich deine Macht auf mich ausweitet. Ich kenne die Legende. Wenn du mich nicht heiratest, wird deine Familie innerhalb von zwei Monaten von einem Unheil heimgesucht. Meine Mutter hat mir das gesagt, und du hast das Schwert bereits seit einem Monat. Deine Zeit läuft ab. Das ist der Grund, warum die Blitze hier sind."

„Nay, ich werde nie zustimmen, dich zu heiraten." Lina hielt den Atem an, während sie ihn beobachtete, in Angst, dass er doch einen Weg finden würde, die Ehe zu erzwingen.

„Aye, das wirst du sehr wohl. Ich werde dich einen Monat lang festhalten, bis du erlebst, wie deiner Familie das Unglück widerfährt. Dann wirst du zustimmen, meine Frau zu werden. Die Heirat muss stattfinden. Du weißt es so gut wie ich."

Er zog seine Lieblingsmaus aus seinem Sporran und flüsterte ihr etwas zu, aber Lina verstand kein Wort davon. Nach ein paar Minuten stieg er auf sein Pferd. Hinter ihnen tauchten drei weitere Pferde aus dem Unterholz auf. Lachlans Männer. Einer grinste von einem Ohr zum anderen, als er sie sah.

„Ah, du hast sie dir geschnappt. Gut gemacht, Lachlan. Kann ich sie haben, nachdem du es mit ihr getan hast?"

Lina wich zurück, denn er wollte nicht, dass einer von ihnen sie auch nur berührte.

„Nein, du wirst sie nicht anfassen. Hast du nicht gerade diese Stürme um uns herum gesehen? Sie wurde von den Feen auserwählt. Berühre sie und du wirst sterben. Sie soll meine Frau werden, sobald wir einen Priester finden."

Lina schloss verzweifelt die Augen. Sie hatte alles zunichte gemacht. Jetzt trug sie das Schwert wieder und brachte ihre Familie weiterhin in Gefahr, wenn sie nicht heiratete. Was wäre, wenn Lachlan die Wahrheit sagte und sie festhielte, bis jemand in ihrer Familie verletzt wurde? Dann hätte sie keine andere Wahl.

Wenn sie dieses Opfer bringen musste, um ihre Familie zu retten, dann würde sie es tun.

Drew? Aedan? Erena? Irgendjemand? Bitte helft mir.

Aedan hatte das Ramsay-Land fast erreicht, als die dunklen Wolken sie einholten. Eine unheimliche Stille breitete sich aus, und er warf Jennie einen fragenden Blick zu, um zu sehen, ob sie etwas spürte. Er glaubte, dass ihre Heilkräfte ihr eine gewisse Intuition verliehen, die andere nicht besaßen.

Jennies Augen weiteten sich, aber sie sagte nichts. Das Geräusch von Pferdehufen, die auf den Boden aufschlugen, begrüßte sie. Sie drehten sich um und sahen fünf Pferde, die sich ihnen näherten. Die Reiter waren in das Ramsay-Tartan gehüllt.

Aedan entspannte sich, als er erkannte, dass einer der Männer Logan Ramsay war. „Jennie, brauchst du eine Pause?", fragte er. „Ich möchte nicht anhalten, es sei denn, es ist absolut notwendig. Ich habe ein ungutes Gefühl. Aber wenn du absteigen möchtest, dann solltest du es jetzt tun."

Sie schüttelte den Kopf, und ihr Blick verriet ihm, wie erschrocken sie über alle Ereignisse war.

Logan brachte sein Pferd neben ihm zum Halten. „Wir haben von eurer Notlage gehört. Erzähl mir alles, was du weißt, damit wir Lina suchen können." Gwyneth, Logans Frau, lenkte ihr Pferd bereits neben das ihres Mannes.

Aedan, Jennie, Logan und Gwyneth stiegen nun doch ab und entfernten sich von den Wachen, um in Ruhe miteinander sprechen zu können. Die Männer verteilten sich am Rand des Gebiets, um Wache zu halten.

Aedan begann. „Lina und Jennie wollten euch besuchen, um Brenna zu unterstützen. Wir hatten unterwegs Halt gemacht, als Lina mitten in der Nacht von der Lichtung verschwand, auf der wir uns ausruhten. Es gab keine Anzeichen für ein Handgemenge, und meine Wachen schwören, dass keine anderen Pferde in der Gegend gesichtet wurden."

Jennie brach zusammen. „Wir glauben, dass sie weggegangen ist, um Lachlan zu finden."

„Dummes Mädchen. Wieso das denn?", knurrte Logan.

„Weil sie denkt, dass es ihre Schuld ist, dass Brenna das Baby verloren hat. Sie glaubt, dass es passiert ist, weil sie noch keinen Mann zum Heiraten gefunden hat. Die zwei Monate, die ihr gegeben wurden, sind fast vorbei, und sie denkt, die voraus-gesagten Familientragödien hätten begonnen." Jennies Tränen erstickten ihre Worte, und Aedan schlang beruhigend seinen Arm um ihre Schulter.

Aedan fuhr fort. „Neil hat Lachlan gestern Abend mit einer seltsamen Gruppe von Männern entdeckt, ähnlich den Grup-pen, die Dermid und Irvine angeheuert hatten, um mich und einige der anderen Highlander anzugreifen. Sie muss uns gehört haben, als wir darüber sprachen, dass er sich das Saphirschwert holen will. Lachlan glaubt, Drew hätte es, und wollte ihn bei den Camerons suchen."

Gwyneths verwirrter Gesichtsausdruck verwandelte sich augenblicklich in Einsicht. „Lina denkt, wenn sie Lachlan das Schwert zurückgibt, wird er wieder mit dem Fluch der Legende belegt."

„Aye." Jennie schluchzte an der Schulter ihres Mannes.

„Bei Tagesanbruch habe ich Neil und ein paar Wachen zu meiner Burg zurückgeschickt, in der Hoffnung, sie würden Lina finden und Drew warnen. Ich habe noch nichts von ihnen gehört."

Der Wind peitschte aus dem Nichts auf, also deutete Aedan auf eine Höhle in der Nähe. „Dort hinein, Jennie. Ich mag diese Stimmung nicht."

Sie hatten sich kaum in der Höhle in Sicherheit gebracht, die groß genug war, um einigen Pferden Schutz zu bieten, als sich der Himmel über ihnen öffnete und die Erde draußen durchnässte. Regengüsse, Blitze und laute Donnerschläge kamen aus der Richtung, aus der sie gekommen waren.

Gwyneth sah auf. „Die Feen sind wütend."

„Was?" Logan starrte seine Frau an, offensichtlich überrascht von ihrer Bemerkung.

„Frag meinen Bruder Rab. Er hat immer von den Feen und Stürmen gesprochen. Wenn sie wütend werden, setzen sie jede ihnen zur Verfügung stehende Waffe ein, um das Böse daran zu hindern, seine Ziele zu erreichen. Oft sind es die Waffen der Natur."

Alle verstummten und beobachteten das Lichtspiel draußen vor dem Höhleneingang.

„Sucht nach dem Mittelpunkt", sagte Gwyneth nach einer Weile. „Das könnte der Ort sein, wo Lina sich befindet."

„Ich habe eine Fee gesehen", flüsterte Jennie.

Logan antwortete: „Wirklich? Bei Lina?"

„Aye, sie war wunderschön. Sie sagte, Lina sei eine Auserwählte, aber sie müsse ihren eigenen Weg finden."

Logan wandte sich an Aedan: „Lina hat uns alles über die Feen und die Königin erzählt. Wir glauben ihr, obwohl ich zugeben muss, dass es anfangs schwierig war. Aber ich konnte nicht bestreiten, was ich mit meinen eigenen Augen sah. Gregor wurde direkt vor uns gesund gemacht."

Aedan flüsterte: „Du musst mich nicht überzeugen. Ich glaube den Mädchen."

Ein Blitz lenkte ihre Aufmerksamkeit wieder auf den Sturm.

Jennie deutete auf eine Stelle: „Seht nur. Es bündelt sich an dieser einen Stelle."

Während sie sich der angedeuteten Richtung zuwandten, zuckten immer mehr Blitze am gleichen Punkt, aber dann hörten sie unvermittelt auf. Das Land nahm dort, wo die Blitze am stärksten gewesen waren, ein unheimliches, fast goldenes Leuchten an.

„Steig auf, Frau", sagte Logan. „Wir reiten auf das Licht zu. Ich glaube, das ist meine Schwester." Regen und Wind hatten genauso schnell aufgehört, wie sie begonnen hatten. „Cameron, bring deine Frau auf unser Land. Und halte nicht an, was auch geschehen mag."

KAPITEL ZWEIUNDZWANZIG

DREW HATTE DAS Gefühl, den Verstand zu verlieren. Er hatte in fünf verschiedenen Richtungen gesucht, unter Blitzen, einem sintflutartigen Regenguss und starkem Wind – alles umsonst. Von Lina war nirgendwo eine Spur zu sehen.

Aye, er hatte eine ganze Weile eine Pferdespur verfolgt, aber der Regen hatte jede Fährte aufgelöst.

Er zwang sich, weiterzusuchen, er konnte einfach nicht anders. Wenn er jetzt aufgäbe, müsste er von seinem Pferd springen und sich in den nächsten Büschen übergeben, aber das konnte er sich nicht erlauben. Er konnte nicht ruhen, bis er Avelina Ramsay gefunden hatte. Der Gedanke an sie in den Händen von Lachlan Burnes war reine Folter.

Immer wieder kamen ihm süße Erinnerungen an seine Zeit mit Avelina in den Sinn. Die Bilder von ihrer zarten Haut und ihren üppigen Lippen, davon, wie sie mit ihren Neffen umging, und von der Nacht, in der sie seiner Geschichte mit so viel Mitgefühl gelauscht hatte, verfolgten ihn. Verdammt, er war in Lina verliebt, und jetzt war er sogar froh, es zuzugeben.

Warum hatte er nicht zugestimmt, sie zu heiraten? Wenn er nicht so dickköpfig gewesen wäre, wäre das alles nicht passiert. Er hatte zugelassen, dass die Erinnerung an diese Kammer ihn verbitterte. Er hatte den gleichen Fehler gemacht wie seine Eltern, indem er sich nicht dagegen gewehrt hatte, dass die Vergangenheit seine Gegenwart und Zukunft trübte.

Dann hatte er seine Meinung geändert, und die Erinnerung von Lachlan Burnes auf Lina im Gras, an ihr schönes Gesicht mit blauen Flecken, entzündeten ein unbändiges Feuer in ihm und trieben ihn vorwärts.

Drei Wachen ritten mit ihm mit, und er hatte noch weitere in verschiedene Richtungen ausgesandt. Er sah eine Gruppe von Pferden auf ihn zusteuern, also verlangsamte er das Tempo, bis er sie erkennen konnte. Als er sah, dass die Reiter das Ramsay-Plaid trugen, atmete er erleichtert auf. Er jubelte fast, als er Logan und Gwyneth erkannte.

Jetzt hatte er echte Hilfe.

„Hast du etwas entdeckt?", fragte Logan.

„Nay, ich habe Wachen in fünf Richtungen geschickt, aber es gibt keine Spur von ihr. Und ihr?" Er wusste, dass Logan Ramsay jeden Stein im ganzen Land umdrehen würde, bis er Lina fände.

Genauso wie er es tun würde.

„Nay, aber wir sind gerade erst angekommen. Wir folgten der goldenen Aura nach dem Sturm. Ich glaube, dort hat Lachlan Lina eingeholt. Sie muss bei ihm sein. Ich hoffe, sie hat das Schwert in ihrem Besitz behalten. Das ist ihr einziges Mittel, mit dem sie verhandeln kann. Wir sind auf zwei seiner Wachen gestoßen, die auf dem Weg zurück nach England waren. Meine Gwynie", er hielt inne und zwinkerte ihr zu, „hat sie zum Reden gebracht. Sie hatten die Gruppe verlassen. Sie sagten, sie hielten Lachlan für dumm. Die einzige andere Auskunft, die sie uns gaben, war, dass er ein Mädchen bei sich hatte, das er heiraten wollte. Das war alles, was sie wussten."

„Hat er ihr wehgetan?", fragte Drew zwischen zusammenge-bissenen Zähnen.

„Nay. Sie sagten, er habe Angst vor ihr."

„Lina ist klug. Sie wird das Schwert behalten. Die Frage ist, wo will er einen Priester auftreiben?"

Gwynie antwortete: „Meinem Bruder zufolge gibt es nicht viele in der Gegend, aber wenn Burnes wirklich verrückt ist, wird er jemanden finden und ihn zwingen, beide zu verhei-raten."

„Kennst du diese Gegend gut, Menzie?", fragte Logan.

„Aye, es ist nicht weit zu meinem Land."

„Wo könnte er sie hinbringen? Er müsste sie gut versteckt halten."

Drew dachte einen Moment nach, bevor er antwortete. „Es

gibt zwei Gebiete mit großen Höhlen, aber in zwei völlig unterschiedlichen Richtungen. Ich schicke dich in die eine Richtung und reite selbst in die andere."

„Er hat insgesamt mehr als achtzig Männer bei sich. Du wirst Verstärkung brauchen."

„Ich treffe mich mit den anderen, dann sind wir mindestens gleich stark. Ich kann nicht länger warten, die Zeit drängt."

Logan nickte und musterte ihn nachdenklich. „Sie ist mehr für dich als nur Jennies Freundin, nicht wahr, Menzie?"

Drew holte tief Luft, bevor er ihm antwortete. „Aye. Ich hoffe, du wirst meine Bitte um ihre Hand in Erwägung ziehen, sobald wir sie finden."

„Wenn du einen Priester findest und Lina dich will, dann könnt ihr auf der Stelle heiraten. Wartet nicht auf uns."

Drew nickte, erklärte Logan, wo die beiden Höhlen waren, und machte sich auf den Weg, seine Männer zu versammeln. Er durfte keine Zeit mehr verlieren.

Lachlan wies Lina an, am Eingang der Höhle zu warten, und machte sich dann auf den Weg, um die Umgebung zu Pferd zu erkunden. Er wusste, dass Lina nicht davonlaufen würde, denn zu Fuß käme sie nicht weit. Die Höhle war klein und dunkel, und seine Männer hatten sie umzingelt.

Er sprach mit Duncan, einem Engländer, den er zusammen mit den anderen angeheuert hatte. „Wo ist der Priester?"

„Meine Männer sind noch auf der Suche nach einem. Der auf deinem Land war weder in der Kapelle noch in der Burg zu finden, also habe ich ein paar Männer losgeschickt, um nach ihm zu suchen. Bis zur Abenddämmerung werden wir einen Priester hierhaben."

„Könnt ihr alle Männer der Camerons zurückhalten?"

„Aye, das wird kein Problem sein. Es sind nur etwa zwanzig. Aber ein paar unserer Männer sind uns abhandengekommen…"

„Wie viele bleiben uns?"

Duncan überlegte kurz. „Ich habe alle unsere Männer zusammengerufen, selbst die auf der anderen Seite des Cameron-Landes. Mit all meinen Männern, einschließlich denen, die nach dem Priester suchen, würde ich sagen, dass wir ungefähr achtzig sind."

„Gut. Das wird ausreichen, um unsere Feinde aufzuhalten, bis das Mädchen und ich verheiratet sind. Die Ramsays werden auch bald hier sein. Hast du noch andere Clans gesehen?"

„Nay. Woran kann ich den Clan der Ramsays erkennen?"

„Wenn unsere Männer anfangen, von Pfeilen durchbohrt zu werden, dann sind es die Ramsays. Sie haben die besten Bogenschützen im Land, darunter auch die Frau von Logan Ramsay."

Duncan kicherte. „Eine Frau? Als Bogenschützin? Das würde ich zu gern sehen. Ich werde nach ihr Ausschau halten. Ich wette, sie ist ein temperamentvolles Weib."

„Glaube mir, es ist besser, dich von ihr fernzuhalten, sonst wird sie dir die Klöten verknoten und sie dann zertrampeln. Es hat wenig gefehlt, und sie hätte das meinem Vater angetan." Lachlan konnte nicht anders, als zusammenzuzucken, als er sich daran erinnerte, wie diese Frau seinem Vater beinahe einen Pfeil zwischen die Beine geschossen hätte. Er hatte es für unmöglich gehalten, bis er es mit eigenen Augen gesehen hatte.

Duncan bedeckte besagte Körpergegend instinktiv mit den Händen. „Teufel nochmal. Eine Frau bringt so etwas fertig?"

„Aye, das und mehr. Lauf, wenn du sie kommen siehst. Sonst wird sie dir einen Pfeil zwischen die Augen treiben, bevor du sie richtig zu Gesicht bekommen hast."

„Nun, ich habe ein paar Späher gesehen, aber nichts, was uns Schwierigkeiten bereiten könnte."

„Sorge dafür, dass es so bleibt. Und wenn wir von mehr als fünfzig Männern angegriffen werden sollten, verdoppele ich den Lohn derer, die weiterkämpfen, bis das Mädchen und ich verheiratet sind. Sobald der Priester hier ist und die Ehe geschlossen wurde, wird nichts anderes mehr von Bedeutung sein."

„Aye, Chief."

„Geh jetzt und halte mich über alles auf dem Laufenden."

Nachdem Duncan gegangen war, kehrte Lachlan zu seiner hübschen zukünftigen Braut zurück, die jetzt mit geschlossenen Augen an der Höhlenwand lehnte. Ihre Hand ruhte nahe dem Heft des Schwertes. Wenn er nur nahe genug herankäme, um es zu greifen, könnte er sich mit ihr schon vor der Heirat die Zeit vertreiben. Beim Anblick ihrer Rundungen lief ihm das Wasser im Mund zusammen. Sobald er das Schwert in der Hand hätte, würde er ihr damit als erstes die Bänder ihres Mieders aufschneiden, um diese Titten endlich richtig zu sehen. Er musste jedoch aufpassen, dass er ihre Haut nicht verletzte, denn sie hatte bereits eine Wunde am Arm.

Obwohl sie immer noch schön war, sah sie im Augenblick nicht besonders gut aus. Sie war blass und ihre Hände zitterten, als litte sie unter Krämpfen. Er war fast bei ihr, als ihre Augen aufflogen und ihre Hand den Griff des Schwertes packte.

„Bleib mir fern. Ich sagte, ich würde dich heiraten, wenn der Priester kommt, aber du wirst mich vorher nicht anrühren." Derselbe eindringliche Schein, der sie umgeben hatte, nachdem sie den Sturm erschaffen hatte, leuchtete jetzt wieder um sie herum.

„Wie du willst", spie er. „Ich werde dein Jungfernhäutchen zerreißen und meinen Samen in dich setzen, noch bevor die Nacht vorüber ist. Ich kann warten." Er fand einen nahen Felsen und setzte sich darauf, um auf die Ankunft des Priesters zu warten. Es konnte nicht mehr lange dauern.

Wenige Augenblicke später drangen Hufschläge an seine Ohren. Er sprang auf sein Pferd und ritt zu seinen Wachen, um sie zu fragen, wer sich ihnen da näherte.

Sobald er sie erreicht hatte, fluchte er. Ärger war im Anzug. „Sagt allen Männern, dass ich ihre Bezahlung verdreifache, wenn sie bleiben, bis wir verheiratet sind. Wir müssen nur den Kampf hinauszögern. Ich will sie nur heiraten, dann gebe ich auf."

Alex Grant und etwa hundertfünfzig Wachen standen seinen angeheuerten Männern gegenüber. Er erkannte Grant selbst und seinen Bruder an der Spitze der Gruppe, aber ein Mann in einem anderen Plaid, das er nicht erkannte, war bei ihnen.

„Sind alle unsere Männer hier?", fragte Lachlan.

„Aye, alle außer den fünf, die den Priester suchen. Wir sind an die achtzig."

„Wessen Plaid ist das?", knurrte Lachlan und nickte in Richtung der Neuankömmlinge.

„Der Mann dort ist Micheil Ramsay, er trägt den Tartan der Drummonds", antwortete einer seiner Kumpanen.

Verflucht, die Grants *und* die Ramsays waren hier.

Es war kurz vor der Dämmerung, und Drew war verzweifelt. Seine Männer hatten überall vergeblich gesucht. Von Lina oder Lachlan keine Spur. Sie waren nur einer kleinen Gruppe von Lachlans Plünderern begegnet, die sich leicht hatten ausschalten lassen, aber er hatte sich eine Schwertwunde am Bein zugezogen.

„Menzie", sagte Boyd und pfiff durch die Zähne, „du solltest die Wunde nähen lassen. Du verlierst zu viel Blut."

„Aye, du magst recht haben, aber ich werde mir nicht die Zeit nehmen, um deshalb Halt zu machen. Die Blutung ist nicht mehr so stark, und ich werde überleben, bis ich zu einem Heiler oder zur Abtei der Camerons gelange. Dort kann mich einer der Mönche zusammennähen."

„Wie du meinst. Welche Richtung schlagen wir jetzt ein?"

„Ich denke, wir reiten in die Gegend zurück, in die wir die Ramsays geschickt haben. Es ist gut möglich, dass er Lina dort festhält."

Ein goldener Schmetterling flog vor ihm her und landete schließlich auf seinem Unterarm. Drew sah ihn finster an und versuchte, ihn abzuschütteln, aber er kehrte erneut auf seinen Arm zurück. Dann flog der Schmetterling in eine bestimmte Richtung, bevor er zu ihm zurückkehrte und direkt vor seinem Gesicht umherflatterte.

„Was um alles in der Welt…?"

Drew benutzte seine Hand, um ihn fortzujagen, aber er kam trotzdem wieder zurück.

„Boyd, zum Teufel, was hältst du von diesem Schmetterling?"

Boyd lachte und sagte: „Es muss ein Mädchen sein, das dich gutaussehend findet."

Drew schickte den Schmetterling wieder fort, aber er kam wieder zurück. Erst da erinnerte sich Boyd daran, dass der Schmetterling, der auf Lina und Gregor gelandet war, dieselbe Farbe gehabt hatte, oder irrte er sich?

Boyd runzelte die Stirn. „Hat Lina nicht etwas von einem goldenen Schmetterling gesagt? Oder warst du es?"

Drew dachte einen Moment nach und sagte: „Aye, diese Kreatur hat etwas Besonderes." Er starrte auf den Schmetterling, der ihm fast zuzuwinken schien. Er hielt seine Hand hoch und der

Schmetterling flog in dieselbe Richtung, die er vorher angezeigt hatte. Es war, wie er dann bemerkte, die Richtung, in die er die Ramsays und ihre Wachen geschickt hatte.

„Ich denke, wir sollten ihm folgen", sagte Boyd, immer noch die Stirn runzelnd. „Vielleicht weist er uns den Weg zu Lina."

„Hoffentlich hast du recht." Obwohl er immer noch Zweifel hegte, wusste er, dass Lina etwas Besonderes war, und da sein Glaube an sie unerschütterlich war, musste er anfangen, auch an ihre Macht zu glauben. „Zeig uns den Weg, Schmetterling."

KAPITEL DREIUNDZWANZIG

LINAS KRÄFTE SCHWANDEN. Sie hatte in der Nacht zuvor wenig geschlafen und war gelaufen, bis ihre Füße voller Blasen waren, ohne etwas zu essen, aber sie wollte nicht kampflos aufgeben.

Sie betete, dass Lachlan keinen Priester fände, bevor ihr jemand zu Hilfe eilte. Sie hatte die Heirat nicht abgelehnt, weil sie daran glauben musste, dass sie vorher gerettet werden würde. Sie wäre erst beunruhigt, wenn ihre Frist tatsächlich abgelaufen wäre. Vergeblich hatte sie versucht, genau zu errechnen, an welchem Tag und zu welcher Stunde das einträte. Wenn Lachlan sie festhielt, bis ein Unheil ihre Familie heimsuchte, würde sie nachgeben. Sie sah keinen anderen Ausweg. Aber sie würde kämpfen, solange sie konnte. Ihre Augen schlossen sich, und sie nickte ein. Träume von Schmetterlingen und einem dunkelhaarigen Krieger, der sie rettete, durchzogen ihren Schlaf.

Wenige Augenblicke später erschreckte sie etwas, und ihre Augen flogen auf. Lachlan war verschwunden, aber sie hörte nicht weit entfernt ein Grollen. Sie rappelte sich auf, und ihr Blick folgte dem Geräusch. In der Ferne konnte sie Lachlan, seinen Gehilfen Duncan und ein paar andere sehen, die sich angespannt umsahen. Am Rand der Höhle befand sich immer noch eine Gruppe von Wachen.

Ein Lächeln huschte über ihr Gesicht, als sie die Ursache des Lärms erkannte. Sie waren gekommen, um sie zu retten. Sofort erkannte sie das Drummond-Plaid an der Spitze der Schar. Micheil. Sie dankte Gott, dass er jemanden geschickt hatte, und schloss die Augen, nur um sie einen Moment später wieder aufzureißen.

Das lauteste Grollen stammte nicht von Micheils Männern, sondern von einem Heer von Pferden, die aus größerer Entfernung auf sie zudonnerten. Eine hoch aufragende Gestalt kam in ihr Blickfeld – Alex Grant, der eindrücklichste Krieger, den sie, abgesehen von ihrem Bruder Logan, je gesehen hatte. Flankiert von seinem Bruder und fünf anderen Wachen ritt er auf Lachlan zu. Hinter ihm folgten Dutzende Krieger, stellte sie erleichtert fest. Ihr Herz schlug angesichts der Hoffnung auf Freiheit schneller.

Rechts sah sie mehr Bewegung. Eine weitere kleinere Gruppe von Kriegern, Quades Männer, flankierte die Grant-Wachen auf der einen Seite, während der Drummond-Clan links stand. Logan ritt neben Alex. Lachlan schnippte mit den Zügeln und ritt ihnen entgegen.

Endlich würde dieser Wahnsinn ein Ende haben. Lachlan musste doch einsehen, dass es sinnlos war, sich gegen die vereinten Kräfte der Grants, Drummonds und Ramsays zu stellen.

„Wo ist meine Schwester, Burnes?" Logans Stimme übertönte alles andere.

„Deine Schwester wird bald mir gehören. Wir haben die Macht des Saphirschwerts auf unserer Seite. Ihr könnt uns nicht aufhalten. Sie wird meine Frau werden, und wir werden alles beherrschen."

Lina konnte nicht glauben, was sie da hörte. War er tatsächlich bereit, sein Leben gegen all diese Krieger aufs Spiel zu setzen? Sie eilte nach draußen und winkte Logan zu, denn er musste erfahren, dass sie hier war. Sobald sie in das Sichtfeld ihres Bruders gelangte, rannten drei Wachen zu ihr und zogen sie zurück. Sie schrie auf, um sicherzustellen, dass ihre Anwesenheit bemerkt worden war.

Als sie sie zurück zur Höhle schleiften, schrie Logan ihr zu: „Kämpfe weiter, Lina, und sei wachsam!"

Nachdem die Männer sie in die Höhlen zurückgebracht hatten, hielt sie einen Moment inne, um die Lage einzuschätzen. Sie wusste, was Logan ihr sagen wollte. Tatsächlich konnte sie in den Bäumen Gwyneth und zwei andere Bogenschützen ausmachen.

Gib auf, Lachlan. Ihr wurde flau im Magen, als sie den Verhandlungen zuhörte, aber plötzlich kam ihr ein weiterer beunruhigender Gedanke: Sie trug immer noch das Schwert.

Aye, wenn sie mit ihrer Annahme Recht hatte und ihrem Clan ein Unglück bevorstand, weil sie noch unverheiratet und im Besitz des Schwertes war, würde sich nun vielleicht ein noch größeres Unheil ereignen. Als ihr Blick über das Meer der Krieger vor ihr schweifte, blitzten Bilder von toten, blutüberströmten Männern im Dreck vor ihren Augen auf. Sie konnte nur beten, dass das nicht geschehen würde.

Ihre beiden Brüder ritten an der Spitze der Gruppe, bereit zum Angriff. Von ihrer Stelle aus sah sie, dass Lachlan Duncan ein Signal gab, und Duncan gab seinerseits seinen Männern ein Zeichen. Sie schrie, um ihre Brüder zu warnen. Die Männer um sie herum ließen sie los und rannten zu Lachlan.

Dann begann der Kampf.

Aus allen drei Ecken ertönte Kriegsgeschrei der Grants, der Ramsays und der Drummonds, und das zuvor starre Menschenmeer verwandelte sich in Chaos.

Sie glaubte jemanden rufen zu hören: „Lina, komm zurück in die Höhle!" Sie wich zurück, hielt aber die Hand am Heft des Schwertes und beobachtete entsetzt, wie Männer schreiend vor Schmerz von ihren Pferden fielen. Das Klirren von Stahl war so laut, dass sie sich die Ohren zuhalten musste und die Augen schloss, um den Kampf vor sich nicht in ihren Kopf zu lassen. Ihretwegen würden viele Männer sterben.

Aye, wenn die Opfer nur Lachlans Männer wären, könnte sie damit leben. Sie waren skrupellose Kerle, die sich hatten anheuern lassen. Aber was war mit den Ramsay-Wachen, den Drummonds, den Grant-Kriegern? Wie viele dieser Männer würden wegen ihr sterben? Das war alles ihre Schuld, nur weil sie das Saphirschwert an sich genommen hatte.

Selbst aus der Ferne erkannte Drew, dass die Kämpfe bereits begonnen hatten. Die Erinnerungen an die Scharmützel auf dem Land der Camerons trieben ihn voran. Aber diesmal kämpfte er um das Mädchen, das er liebte.

Er führte seine Männer in das Kampfgeschehen und freute sich, nicht nur Logan und seine Männer zu sehen, sondern auch die Grant-Krieger, Quades Männer und Micheil Ramsay mit den Drummond-Wachen. Gewiss würden sie den Sieg davontragen. Sie mussten Burnes und seine Männer zahlenmäßig um sechzig, vielleicht sogar achtzig Mann überlegen sein. Das Gute würde an diesem Tag siegen.

Er schwang sein Schwert über sich, stürzte sich auf einen Krieger nach dem anderen, schlug mit seiner Waffe gegen die Söldner und brachte viele von ihnen zu Fall, während er sich seinen Weg nach vorn bahnte. Doch kaum hatte er einen von ihnen erledigt, nahm auch schon ein anderer seinen Platz ein. Einer kam ihm sogar so nahe, dass er seinen Dolch ziehen musste und dem Mann in die Kehle stach, sodass Blut über seine Schulter spritzte.

Er brüllte, spornte sein Pferd an und ritt um einige der Grant-Männer herum, die Lachlans Kämpfer übermannten. Sein Vorhaben war, zur Höhle, in der er Lina wähnte, zu gelangen, und er versetzte einen heftigen Hieb nach dem anderen. Stahl gegen Stahl klirrte in der Luft, als er seinem Ziel näher rückte. Er kam ihr so nahe, dass er irgendwann glaubte, Lina schluchzen zu hören, aber er zwang sich, dies vorerst beiseitezulassen und sich auf den Kampf vor sich zu konzentrieren.

Drew beobachtete, wie sich Alex Grants Schlachtross auf seinen Hinterbeinen aufrichtete und Alex sein Schwert so von oben herabsausen lassen konnte, dass es noch mehr Schaden anrichtete. Die beiden boten einen faszinierenden Anblick. Der Mann kämpfte mit tödlicher Geduld, und seine gezielten Hiebe räumten einen Krieger nach dem anderen aus dem Weg. Wie sehr Drew sich wünschte, er hätte Grants Ausdauer.

Die Zahl von Lachlans Männern schrumpfte, als er sich der Höhle näherte. Logans Frau musste zwischen den Bäumen versteckt sein, denn Drew bemerkte, wie Männer mit Pfeilen im Hals oder im Herzen vom Pferd fielen. Das Mädchen hatte ein gutes Auge mit ihrem Bogen.

Er wäre selbst fast vom Pferd gestürzt, als sein Schwert den letzten Krieger in den Bauch traf, also beschloss er, vom Boden aus weiterzukämpfen. Doch als er herabsprang, traf ihn ein stechender Schmerz im Oberschenkel. Drew wirbelte herum, traf seinen Angreifer über der Brust und warf ihn zu Boden, aber leider kam er zu spät. Blut breitete sich auf seiner Hose aus, was darauf hindeutete, dass das Schwert des Bastards tatsächlich seinen schon verletzten Oberschenkel getroffen hatte.

Doch Drew würde sich von ein paar kleinen Kratzern nicht abschrecken lassen. Er kämpfte um Lina! Er sammelte all seine Kraft, stolperte weiter und schlug einen Mann nieder, der gerade einen Drummond-Krieger angreifen wollte.

Dann sah er sich um und hoffte, dass die Söldner bald alle beseitigt wären. Viele der bunt zusammengewürfelten Truppe waren von ihren Pferden gefallen, aber sie kämpften zu Fuß weiter. Sie schienen aus den Büschen aufzutauchen und auf jede erdenkliche Weise anzugreifen.

Ein Schrei, der nach Linas Stimme klang, erregte seine Aufmerksamkeit, und als er sich nach links wandte, sah er, wie Alex Grant sein Schwert hob, um seinen Männern Einhalt zu gebieten. War es vorbei? Eine unheimliche Stille legte sich über die Hundertschaft.

Die Männer, die noch lebten, richteten ihre Blicke auf die Höhle, und da endlich verstand Drew.

Lina.

Lina stand schluchzend vor dem Chaos. „Bitte kämpft nicht weiter, hört auf mit dem Töten."

Lachlan hatte ihr einen Dolch an die Kehle gesetzt und ihren Arm hinter ihrem Rücken verdreht, damit sie ihr Saphirschwert nicht greifen konnte. Sie schrie erneut auf und flehte, wobei ihr Tränen über ihre Wangen strömten.

Logan ging auf seine Schwester zu.

„Keinen Schritt weiter, sonst bringe ich sie um. Und wenn sie tot ist, nehme ich das Schwert an mich", murmelte Lachlan für alle hörbar.

Logan lachte ungläubig. „Burnes, selbst du weißt es besser. Meine Schwester ist eine Auserwählte. Wenn du sie tötest, wirst du bis zu dem Tag verfolgt werden, an dem du selbst stirbst."

„Nein, wenn ihr Blut den Boden berührt, dann bekomme ich die Macht. Sie wird nichts weiter als Asche im Wind sein."

Micheil schrie: „Du bist so verrückt, wie die Leute sagen, wenn du das glaubst. Hast du nicht gehört, dass meine Schwester Schmetterlingen befehlen kann, ihren Willen zu tun?"

Lachlan lachte. „Und was könnten Schmetterlinge schon aus-richten?"

Logan sah seine Schwester an. „Lina, lege deinen Kopf zur Seite, damit meine Frau sich um ihn kümmern kann."

Endlich sprach Lina. „Nay, Logan, bitte. Ich werde tun, was er will, wenn damit das Blutvergießen aufhört. Ich werde ihn heiraten. Ich kann es nicht ertragen, noch mehr Menschen ster-ben zu sehen. Ich muss bald heiraten, das sagt die Legende."

Aus den Augenwinkeln bemerkte Drew, dass sich ein Priester zu Pferd einen Weg durch die Wachen der Grants bahnte.

Lachlan musste ihn ungefähr zur gleichen Zeit entdeckt haben, denn er lachte auf und rief: „Pater, verheiratet uns. Es muss sofort geschehen."

Das Pferd des Priesters wurde von einem von Lachlans Män-nern geführt. Er lenkte es an ihre Seite, und der Kirchenmann stieg ab. „Junge, ich kann dich nicht mit einer Frau verheiraten, die ihre Gelübde nicht aus freien Stücken ablegen kann."

Drew beobachtete Logan Ramsay und Alex Grant. Sie planten etwas, aber der dumme Lachlan gab Lina nicht frei, und sein Dolch hatte schon einmal ihre zarte Haut verletzt.

„Ihr werdet uns verheiraten, Pater, sonst schneide ich dem Mädchen vor Euren Augen die Kehle durch, und Ihr allein wer-det daran schuld sein. Wollt Ihr ihren Tod auf Euer Gewissen laden?"

Lachlans wenige verbliebene Wachen bildeten einen Kreis um ihn und hielten Gwyneth davon ab, ihr Ziel zu treffen. Nun war ihr auch noch der Priester im Weg. Aye, Drew hatte zwei weitere Bogenschützen in den Bäumen gesehen, aber sie waren nicht nah genug, um etwas ausrichten zu können.

„Nay. Bitte, Junge. Tu das nicht." Der Priester rang seine Hände, nachdem er sich mit einem Leinentuch die Stirn trock-engetupft hatte.

„Fangt an, Pater, oder ich tue es." Er grub die Spitze seines Messers in Linas Haut, und frisches Blut lief ihr den Hals hinunter.

Der Priester hob beschwichtigend die Hand. „In Ordnung, Junge. Es gibt keinen Grund, dem Mädchen wehzutun. Ich werde es tun."

„Lina, stimme dieser Heirat nicht zu", rief Logan.

Drew konnte erkennen, dass Lina versuchte festzustellen wer alles die Höhle umgab, aber sie konnte ihr Umfeld nicht sehen. Sicher, sie erkannte die Stimmen ihrer Brüder, aber welche Wahl hatte sie mit einem Messer an der Kehle? Wenn ihre Brüder etwas hätten tun können, um das hier zu verhindern, hätten sie es bereits getan. Sie zögerten nie zu handeln. Schweiß lief Drew über den Rücken, als er das Schauspiel vor sich beobachtete. Er hatte keinen Zweifel, dass Lachlan ihr die Kehle durchschneiden und das Schwert an sich nehmen würde. Seine Zeit war abgelaufen.

Lina sagte: „Tut es, Pater. Ich möchte dieses Blutvergießen beenden. Macht schnell."

Lachlan grinste. „Seht Ihr, Pater, meine zukünftige Frau ist mehr als willens."

Micheil schrie: „Nay, Lina. Tu es nicht."

Ein Ausdruck der Verzweiflung und der Hoffnungslosigkeit erfüllte Linas Augen, aber sie schüttelte nur leicht den Kopf, um sich mit dem Dolch zu verletzen.

„Tut es, Pater." Lachlan schob Lina auf den Priester zu.

Drew wischte sich über die Stirn und seine Sicht verdunkelte sich, während er Lina anstarrte. Was zum Teufel ging in ihrem Kopf vor? „Es muss aufhören", flüsterte sie. „Es ist alles meine Schuld."

„Wie… wie ist dein Name, Mädchen?"

„Avelina, Pater, zögert nicht."

Der Priester räusperte sich und sagte: „Nimmst du, Avelina, diesen Mann, Lachlan, zu deinem Ehemann?"

Lina nickte mit dem Kopf.

„Nay!", schrie Drew, gerade als seine Knie nachgaben und er zu Boden stürzte.

KAPITEL VIERUNDZWANZIG

LINA HATTE GENUG Tote und Verletzte gesehen und konnte nicht noch mehr ertragen. Alles, was sie tun musste, war, Aye zu sagen, und die Gefahr für ihre Familie wäre gebannt.

Der Pater sagte: „Mädchen, du musst schon das Wort ausssprechen. Ein Nicken kann ich nicht gelten lassen."

Lachlan kniff ihr in den Nacken. „Sag es." Hatte sie eine Wahl? Ihre Sicht verschwamm und ihre Beine knickten ein. Wie sehr sie sich wünschte, Drew würde vor ihr stehen, aber er hatte geschworen, niemals zu heiraten. Lachlan zerrte sie wieder hoch.

„Sag aye, Avelina", brüllte er.

Jemand in ihrem begrenzten Blickwinkel brach beinahe zusammen. Sie konnte sehen, wie das Blut an einer Seite seines Plaids an seinen Beinen herunterlief. Wer war das? War er verletzt? Sie versuchte ihn zu erkennen, aber sie wurde schwächer. Ihre eigenen Beine drohten, jeden Moment unter ihr nachzugeben. Sie drückte ihre Knie durch, damit sie nicht von Lachlans Messer aufgespießt wurde, aber sie konnte nicht mehr lange aushalten. Schließlich schloss sie die Augen, gab ihrem Körper nach und kümmerte sich nicht mehr darum, was um sie herum passierte. Sie betete, dass ihr Leben schnell enden würde. Zumindest würde dies ihr die schreckliche Entscheidung nehmen, die sie treffen musste.

„Lina!"

Ihre Augen flogen auf. Drew? Konnte das sein? Ihr Blick huschte erneut über die Männer vor ihr, und endlich erkannte sie den Verwundeten, den sie kurz zuvor gesehen hatte. Er war nicht weit weg und blutüberströmt.

„Drew, nay…", flüsterte sie und hoffte, dass er sie nicht befreien wollte. Sie könnte es nicht ertragen zuzusehen, wie er niedergemetzelt wurde. Ihr Herz schlug schneller in ihrer Brust. Wenn sie überlebte und er sterben müsste, würde er einen Teil von ihr mitnehmen. Oh, wie sehr sie ihn liebte!

„Lina, ich liebe dich. Heirate mich!", rief Drew. Er zwang sich zurück auf die Beine.

Was hatte er gerade gesagt? Sie spürte wieder das Messer an ihrer Kehle. Verdammt, es tat weh. Ihr Verstand war umnebelt, und sie mochte das gar nicht. Es wurde immer schwerer zu atmen, zu denken, zu schlucken…

Sie hörte wieder ihren Namen.

„Lina", rief Drew. „Willst du mich heiraten?"

„Mädchen?", flüsterte der Priester. „Wen möchtest du heiraten?"

Während sie Drew ansah, war ihre Kehle wie zugeschnürt. Sie wusste nicht, ob sie überhaupt sprechen konnte, weil der Druck auf ihren Kehlkopf so stark war. Sie schluckte, sammelte all ihre Kraft und krächzte dann: „Drew. Ich möchte Drew heiraten." Lachlan hatte die Waffe noch immer an ihren Hals gedrückt, also wusste sie, dass dies sehr wohl ihre letzten Worte sein konnten. Aber wenn dem so war, dann wäre es das wert gewesen.

Plötzlich flatterte eine Horde Schmetterlinge aus den Bäumen direkt in Lachlans Gesicht. Seine Hand mit dem Dolch löste sich daraufhin gerade so weit von ihr, dass Drew nach vorn springen und sie ergreifen konnte. Er schlug Lachlan den Dolch aus der Hand und verpasste ihm einen Schlag ins Gesicht. Lina fiel zu Boden und rollte auf die Seite, hielt aber immer noch das Schwert fest. Logan zerrte Drew fort, und Lina verstand zunächst nicht, warum ihr Bruder ihren Geliebten beiseite stieß, aber plötzlich zischte ein Pfeil durch die Luft und traf Lachlan genau zwischen den Augen. Er sank zu Boden, und Lina kroch auf Händen und Knien von ihm weg, schnappte nach Luft und röchelte. Zwei starke Hände legten sich um ihre Taille und hoben sie auf ein Pferd.

Drews Hände ließen sie nicht los, während er hinter ihr aufsaß. Er wollte das Pferd wenden, stockte aber mitten in der Bewegung. „Pater!"

Der Priester starrte ihn an, offensichtlich immer noch erschüttert über das, was er eben erlebt hatte.

„Wir möchten heiraten. Ich möchte, dass sie meine Frau wird."

Um sie herum herrschte immer noch ein großes Durcheinander, da Lachlans verbliebene Männer weiter kämpften oder ihr Bestes taten, um davonzulaufen, aber Lina war alles egal. Sie hatte nur Ohren für Drew. Lina drehte sich um, um ihn anzusehen. „Bist du dir sicher?"

Drew umfasste ihre Wange mit einer Hand und küsste sie. „Aye, so sicher wie noch nie. Ich liebe dich, Lina. Willst du meine Frau werden?"

Lina schlang ihren Arm um ihn. „Aye, ich liebe dich." Sie wandte sich an den Priester. „Pater, bitte traut uns." Sie klammerte sich an ihren Liebsten, als könnte er sich jeden Moment in Luft auflösen.

Logan kam herüber, um sich ihnen anzuschließen. „Pater, ich werde Euch als Zeuge dienen, aber Ihr müsst Euch beeilen. Ihr seht ja die Aufruhr um uns herum. Tut mir leid, Drew, aber ich möchte, dass meine Schwester von hier fortkommt und in Sicherheit gebracht wird."

Drew nickte. „Aye, Pater, fahrt bitte fort."

Der Priester nahm ein Stück von Drews Plaid, wickelte es um ihre übereinanderliegenden Handgelenke und sprach dann die kurze Zeremonie auf Gälisch.

Als er mit dem Segen fertig war und mit dem Kopf nickte, zog Logan Lina zu sich herab, um sie auf die Wange zu küssen, und sagte: „Herzlichen Glückwunsch, Schwester. Du hast eine gute Wahl getroffen und ich verspreche, es den anderen zu erzählen. Jetzt fort mit dir." Sie richtete sich wieder vor Drew auf dem Sattel auf, während Logan dem Pferd auf die Flanke schlug und rief: „Bring sie hier weg, Menzie. Kommt in zwei Tagen zu den Ramsays."

Drew galoppierte davon, seine Arme fest um ihre Taille geschlungen.

Sobald sie das Meer der Krieger hinter sich gelassen hatten, hob sie die Hand und Drew verlangsamte das Pferd.

Sie drehte sich um und sah ihm in die Augen. „Ist es wahr?"

Das Funkeln in seinen Augen verriet ihr, dass er sie necken

würde. „Ist was wahr?"

„Sind wir wirklich verheiratet?"

Er schlang seine Arme um sie und küsste sie innig. „Aye, das sind wir. Bist du darüber genauso glücklich wie ich?"

Sie nickte und seufzte, dann lehnte sie sich an ihn und schlief fest ein.

Als sie später erwachte, half ihr Drew vom Pferd. „Ist alles in Ordnung, meine Liebste?"

„Aye."

Er nahm sie an der Hand, packte die Tasche, die ihm jemand beim Davonreiten zugeworfen hatte, und führte sie einen Pfad zu einem Felsvorsprung hinunter. Sobald sie um die letzte Ecke bogen, keuchte Lina. „Oh, Drew. Das ist der schönste Ort, den ich je gesehen habe."

In der Mitte zwischen zwei Felswänden befand sich ein kleiner Teich, dessen Ränder mit Moos und hübschen Blumen bedeckt waren, und an einem Ufer gab es einen wunderschönen Wasserfall. Drew stellte die Tasche auf einen großen Felsen, warf sein Plaid und seine Tunika zur Seite und streckte ihr die Hand entgegen. „Komm. Wir müssen dich waschen."

Lina warf einen Blick auf seine breite Brust mit den dunklen Haaren, und ihr Mund wurde vollkommen trocken. Ihr Blick wanderte bis hinunter zu seinen Zehen, bevor ihre Augen wieder zu seinem Gesicht hinaufglitten. Eine tiefe Ruhe breitete sich in ihrer Seele aus, denn dieser Moment war bisher der glücklichste in ihrem Leben. Nachdem sie an den Bändern ihres Mieders gezogen hatte, zog sie ihr blutiges Kleid und das Unterkleid aus und stellte sich vor ihren Mann, nackt wie er.

Sein Blick musterte bewundernd ihren Körper von Kopf bis Fuß. „Lina, du bist so schön. Aber bitte lenke mich nicht von meinem Plan ab."

Sie runzelte die Stirn. „Plan? Welcher Plan?"

Er beugte sich hinunter, um die Stelle an ihrem Hals zu küssen, an die Lachlan die Dolchspitze gehalten hatte. „Ich muss dich zuerst waschen. Es darf keine Erinnerung an das zurückbleiben, was du gerade durchgemacht hast. Diese Nacht ist zu besonders."

Sie berührte die Seite seines Oberschenkels. „Offenbar brauchst du ebenfalls ein Bad. Es scheint, als hättest du zwei Wunden am selben Bein. Ist das möglich?"

„Aye, aber sie werden heilen. Mach dir deswegen keine Sorgen." Er nahm ihre Hand und watete in den Teich. Als sie im
Wasser waren, legte er das Seifenstück, das er aus der Tasche
genommen hatte, auf einen nahen Stein, dann ließ er sie los,
um bis zu seinen Schultern ins Wasser zu sinken und den Kopf
unterzutauchen.

„Ist es sehr kalt?", fragte sie, sobald sein Kopf wieder auftauchte.

„Nay. Es ist Sommer und noch warm. Komm."

Sie schritt auf Zehenspitzen bis zu den Knien hinein, stieß
einen kurzen schrillen Schrei aus, folgte ihm dann aber ins kalte
Wasser.

Er zog sie zum Stein hinüber und fing an, das getrocknete Blut
von ihrem Hals zu waschen. Dabei küsste er jede ihrer Verletzungen. Ihre Augen wurden groß, zum einen, weil die Seife brannte,
zum anderen wegen der zärtlichen Art, wie er sie wusch.

Sobald er fertig war, flog ein Schwarm Schmetterlinge auf sie
zu und flatterte um sie herum. „Oh, Drew, ich hoffe, du wirst sie
ebenfalls kennenlernen." Lina blickte zum Ufer und sah Erena
in der Nähe des Wasserfalls stehen. Sie trug ein wunderschönes
rosafarbenes Kleid mit blauen Federn. Die Sonne spiegelte sich
in den winzigen Perlen, die den weiten Rock schmückten, und
die Spitzenärmel fielen bis zu ihren schmalen Handgelenken.

Aus irgendeinem Grund sah sie heute noch erhabener aus.
Tatsächlich glaubte Lina fast, hinter ihrem Rücken zwei Flügel
erkennen zu können, die in der verblassenden Sonne durchsichtig
schillerten. Ihr Haar war nach hinten gekämmt, sodass die vielen
bunten Schmetterlinge auf ihren Schultern und ihren Armen
ruhen konnten. Sie behielt sie einen Moment lang bei sich, bevor
sie die geflügelten Kreaturen in den Himmel schickte.

„Bist du glücklich, meine Liebe?", fragte die Feenkönigin mit
strahlendem Gesicht.

„Aye, ich bin sehr glücklich." Lina beugte sich zu Drew vor
und ließ sich ein wenig tiefer ins Wasser sinken, als er seinen Arm
um sie legte.

„Du hättest mir mehr vertrauen sollen", sagte Erena und
drohte ihr tadelnd mit dem Finger, aber ihr Gesichtsausdruck
verriet Lina, dass sie nicht allzu verärgert war.

„Ich entschuldige mich, Erena, aber mit einem Dolch an meiner Kehle wurde alles ein bisschen schwieriger."

„Aye, es war ein bisschen knapper, als wir es uns gewünscht hätten, aber so viel von dem, was in diesem Land passiert, liegt in menschlicher Hand. Trotzdem ist alles so ausgegangen, wie wir es uns erhofft haben, und ich bin sehr stolz auf dich. Wir haben eine gute Wahl getroffen."

Drew flüsterte Lina zu: „Wird sie mir erlauben, etwas zu sagen?"

„Natürlich, Laird Menzie. Ihr seid zwar noch kein Laird, aber Ihr werdet bald einer sein."

Lina lächelte und wirbelte herum, um seine Reaktion auf Erenas Ankündigung zu sehen. Drew hatte keinen Muskel bewegt, aber ihm war vor Staunen die Kinnlade nach unten gefallen.

Die Königin der Harmonie fuhr fort: „Lina wurde von den Feen ausgewählt, aber du wurdest von Lina ausgewählt. Das macht dich aus eigener Kraft zu etwas ganz Besonderem. Was möchtest du mich fragen? Ich antworte gern, wenn es in meiner Macht steht."

„Ist es vorbei? Müssen wir nichts weiter tun?" Drew konnte seine Augen kaum von der Königin abwenden, so verzaubert war er.

„Nay. Du hast das Saphirschwert bei dir, nicht wahr?"

„Aye." Lina nickte. „Ich habe es geschafft, es zu behalten, ohne mich noch mehr zu verletzen."

„Dann trage es bei dir, und wenn du dich entschieden hast, wo du leben willst, suche ein sicheres Versteck, wo es vor neugierigen Blicken verborgen bleibt. Lass alle wissen, dass du das Schwert nicht mehr trägst, damit andere davon absehen, es dir stehlen zu wollen. Es wird dich trotzdem noch beschützen. Das Saphirschwert ist eine alte Legende, und die meisten Schotten verehren es. Bewahre es mit Bedacht."

Lina warf Drew einen Blick zu und nickte zustimmend zu diesem Teil ihres Schicksals.

„Wird sie es nicht mehr brauchen?", fragte Drew.

„Nay, nicht in naher Zukunft. Wenn eure Familie älter ist, vielleicht in zwanzig Jahren, wird es wieder vermehrt Unruhen geben, und dann mag es wieder gebraucht werden. Wir werden dann gern wieder zu euch kommen. Aber gebt es ohne meine Zustimmung an niemanden weiter. Ich verspreche, zu euch zu kommen, wenn es nötig ist."

„Erena, was ist mit den Träumen, die ich hatte. Manchmal weiß ich, was passieren wird. Werden diese Visionen weiterhin zu mir kommen?"

„Aye, meine Liebe. Du hast diese Gabe. Das ist das Geschenk, das dir gegeben wurde. Die Feen hatten im Hochland schon immer ein paar Seher, und du bist nun auch eine von ihnen. Ich vertraue darauf, dass du dein Geschenk sinnvoll einsetzen wirst."

Lina und Drew konnten ihren Blick von der Königin der Harmonie nicht abwenden und warteten schweigend auf weitere Anweisungen.

Sie hob jedoch ihre Hand und winkte ihnen. „Ich muss nun gehen. Ich wünsche euch beiden ein wundervolles gemeinsames Leben. Mit der Zeit, Drew, wirst du deinen Eltern vergeben, und du wirst lernen, ihnen wieder zu vertrauen. Sie lieben dich und werden wundervolle Großeltern für deine Kinder sein."

„Kinder?", fragte Lina und zog ihre Brauen hoch.

Drew umarmte sie fest. „Aye, Kinder. Unsere Kinder." Er hielt einen Moment inne. „Erena, bist du sicher, dass unsere Kinder bei meinen Eltern sicher sind?"

„Natürlich werde ich auf sie aufpassen. Eure Erstgeborene wird etwas ganz Besonderes sein. Schließlich werden wir eines Tages eine Auserwählte brauchen, die dich ersetzen wird, Avelina. Wenn es euch nichts ausmacht, nennt sie bitte Elyse. Ich liebe diesen Namen. Dann wird sie ein bisschen wie meine eigene Tochter sein." Erena beugte sich vor und zwinkerte ihnen zu.

Dann streckte Erena ihre Arme aus, um die Schmetterlinge herbeizuwinken, und schickte sie dann mit einem Lächeln in den Himmel hinauf. „Es ist an der Zeit, dass du dich erhebst, wie ich es dir vorhergesagt hatte. Genieß es."

Lina beobachtete Drew, wie er die Schmetterlinge über sich bestaunte. „Sie ist unglaublich, nicht wahr?" Er schüttelte verwundert den Kopf, da er immer noch Mühe hatte, alles zu begreifen.

Als sie nicht mehr in Sichtweite war, wandte er sich an Lina. „Wie konntest du das alles nur allein auf deinen Schultern tragen? Ich habe nie darüber nachgedacht, bis ich sie gesehen habe. Ich habe so etwas noch nie erlebt. Lina, du bist ein sehr tapferes Mädchen. Ich bewundere dich für alles, was du getan hast. Es ist erstaunlich, dass du so viel erreicht hast." Er schlang seine Arme um sie und zog sie an sich. „Ich kann es kaum fassen, dass du mir gehörst. Meine Frau." Er knurrte und eroberte erneut ihre Lippen.

Als er den Kuss beendete, flüsterte sie: „Ich liebe dich, Drew." Sie biss sich auf die Unterlippe, während er sie noch an einer letzten Stelle einseifte, bevor er sie für sauber erklärte.

Als er fertig war, legte er die Seife beiseite und tauchte sie etwas ins Wasser, um ihren Hals sanft abzuspülen. „Lina, ich liebe dich mehr, als ich begreifen kann", sagte Drew und zog sie sanft an sich, „und es tut mir so leid, dass ich dich habe warten lassen. Das alles hätte rechtzeitig vermieden werden können."

Sie legte ihre Fingerspitzen auf seine Lippen. „Lass uns nicht darüber reden, wie wir die Dinge hätten anders machen können. Es bringt ja doch nichts, und ich genieße lieber, was wir jetzt haben. Ich liebe dich und du liebst mich. Was brauchen wir mehr?"

Er nickte und seine Lippen verschmolzen mit ihren, und sobald sie ihn einließ, neckte er sie mit seiner Zunge.

Da löste sie sich auf einmal von ihm und hob ihre Hand, um anzudeuten, dass er aufhören sollte. „Erlaube mir bitte."

Er warf ihr schwer atmend einen verwirrten Blick zu, tat aber, was sie verlangte. Ihre Hände hoben sich an seine Stirn, und sie folgte mit ihren Fingerspitzen den Linien seines Gesichts entlang hinab bis zur schrägen Kante seines Kiefers. „Weißt du, wie lange ich dich schon berühren will, es aber nicht konnte?"

Er zog eine Augenbraue hoch, sagte aber nichts, und lächelte stattdessen genüsslich. Sie ersetzte ihre Finger durch ihre Lippen, begann an seiner Stirn und bewegte sich nach unten, um mit ihrem Mund jede Wange und dann seine Lippen nachzuzeichnen. Als sie fertig war, sagte sie: „Seit sehr langer Zeit. Selbst als ich dich damals in Lothian gesehen habe, habe ich mich schon gefragt, wie deine Lippen schmecken würden."

Ihre Hände wanderten über sein Kinn und seinen Nacken, bevor sie auf seiner Brust zur Ruhe kamen. Sie spielte mit seinen krausen Haaren, dann bewegte sie ihre Fingerspitzen zu seinen Brustwarzen und fuhr mit ihren Nägeln sanft über ihre Umrisse. „Als du in Camerons Burg kamst, wollte ich mit meinen Händen über deine Brust streichen und jede Sehne, jede Wölbung der Muskeln in deinen Armen spüren." Sie beugte sich vor, um ihm ins Ohr zu flüstern. „Aber ich konnte es nicht."

Sie hob ihre Hände zum Himmel und lächelte. „Aber jetzt bin ich frei, nicht wahr? Frei, dich zu lieben und zu berühren, wie ich es mir wünsche. Frei geliebt zu werden, wie ich es mir wünsche. Endlich werden wir zusammen sein." Sie wölbte ihren Rücken und stellte sich auf die Zehenspitzen, sodass ihre Brüste aus dem Wasser ragten, als sie ihren Kopf zurückwarf und ihr Haar locker um sich schwang. Sie hatte sich noch nie zuvor so wundersam oder so kühn gefühlt. Drew und Erena hatten ihr geholfen, sich selbst zu finden, und sie war dankbar dafür.

Drew knurrte und hob sie in seine Arme. Nachdem er sie mit Küssen bedeckt hatte, lehnte er sie zurück, bis ihr Körper auf dem Wasser schwamm und ihre harten Brustwarzen und die vollen Hügel ihrer Brüste vor ihm aufragten. Lina stöhnte vor Verlangen, als seine Hände über ihren Körper strichen und das warme Wasser zwischen ihre Schenkel floss. Ihr Geschlecht wurde mit einer solchen Hitze erfüllte, dass sie dachte, sie würde in seinen Händen bersten.

Seine Zunge folgte seinen Händen, und er benutzte sie, um die Form der beiden Brüste nachzuzeichnen. „Lina, Lina, du bist schöner, als ich es mir hätte erträumen können." Seine Zunge sank in das Tal zwischen ihren Brüsten, bevor sie eine Spur zu ihrer Brustwarze zog. Drew nahm die köstliche Spitze in seinen Mund und saugte daran, bis Lina vor Lust aufschrie.

„Drew, bitte." Sie packte seine Schultern, während er mit ihr spielte, fuhr dann aber mit ihrer Hand über seine Arme zu seiner Taille und glitt dann tiefer, bis sie sein Glied spürte. Stöhnend hob er sie aus dem Wasser und trug sie zu einem weichen moosigen Hügel in der Nähe. Nachdem er sich neben sie niedergelassen hatte, stützte er sich auf seinen Ellbogen und sah ihr in die Augen. Dabei ließ er seine Finger über ihren Bauch und in ihre Falten gleiten und lächelte, als sie ihre Beine für ihn spreizte und er sanft einen Finger in sie einführen konnte.

„Nur zu, Drew. Ich habe gehört, dass es schlimmer ist, wenn du es langsam tust."

Höllenfeuer, sie war die schönste Kreatur, die er je gesehen hatte. Inmitten des Mooses, der Blätter und der weichen Erde sah sie aus, als wäre sie selbst eine Fee. Er würde ihr zuerst Freude bereiten, und wenn er dabei sterben müsste.

Sein Mund senkte sich wieder auf ihren, als er ihre Hüften packte und langsam in ihre Öffnung glitt. Er wartete einen Moment, bevor er sein Becken nach vorn stieß und sich tief in ihr vergrub. Er hatte das Gefühl, er sei gestorben und in den Himmel gekommen, so gut fühlte es sich an, in ihr zu sein. Er sehnte sich verzweifelt danach, sich zurückzuziehen und dasselbe endlos zu wiederholen, aber er zwang sich zu warten, bis sie sich an ihn gewöhnt hatte.

Sie gab kaum einen Laut von sich, also sagte er: „Lina? Sprich mit mir. Geht es dir gut? Ich werde mich nicht bewegen, bis du es mir sagst."

Sie machte ein paar kurze Atemzüge, ihre Stirn an seine gepresst und ihre Augen geschlossen, aber dann sagte sie: „Mir geht es gut. Versuch es nochmal."

Er konnte sehen, dass sie den Atem anhielt, also glitt er so langsam wie möglich heraus und wieder hinein. Ihre Antwort darauf war ein tiefes Stöhnen – sie hatte den Kopf nach hinten geneigt und ihre Lippen geöffnet. Sie packte seinen Bizeps und wölbte ihm ihre Brüste entgegen, um seine Berührung zu suchen. Als er ihrem Blick begegnete, brachte ihn die Leidenschaft in ihren Augen beinahe um den Verstand. Ihr Verlangen nach ihm war so ungezügelt, so unschuldig und offen, dass er nicht einmal klar denken konnte.

Er packte ihre Hüften erneut und glitt immer wieder in sie hinein, bis sie seinem Tempo folgte und sich in einem gleichmäßigen Rhythmus mit ihm bewegte, was ihn über den Abgrund zu werfen drohte. Sie erschauderte mit einem kurzen Stöhnen, wobei ihre Hände seine Schultern umfassten. Er griff zwischen ihre Schenkel und fand ihren sensiblen Punkt, den er leicht zu streicheln begann, bis er spürte, wie sie sich um ihn herum zusammenzog. Schließlich verlor sie den letzten Halt und stieß seinen Namen aus. Ohne es zu merken, riss sie ihn mit sich in die Tiefe. Sein eigener Orgasmus brach in lustvollen Wellen über ihn herein, als er seinen Samen tief in ihr vergrub.

Er versuchte, seine Atmung zu kontrollieren, sah ihr in die Augen und fand Staunen darin, Überraschung über das, was sie eben geteilt hatten. Wenn er nur die Worte finden könnte, um seine Gefühle auszudrücken. Er war mit so vielen Frauen zusammen gewesen und doch konnte nichts dieser Frau oder diesem Abend, den sie zusammen verbrachten, das Wasser reichen. Lina zu lieben hatte alle seine Erwartungen übertroffen.

Aedan hatte die ganze Zeit recht gehabt. Die richtige Frau zu finden war genau so, wie er es beschrieben hatte.

„Drew", keuchte sie. „Oh mein Gott, das war, das..."

„Schhh, Liebling. Keine Eile." Er rollte sich auf den Rücken, zog sie an sich und schloss sie in seine Armbeuge. Als sie wieder atmen konnten, sah sie zu ihm auf. „Hast du es genossen?", fragte er.

Sie grinste. „Aye, das war wundervoll." Sie fuhr mit ihrer Hand über seinen Bauch und kuschelte sich halb auf ihn. Dabei legte sie ihre gespreizte Hand auf seine Brust und bettete ihren Kopf darauf. Ihre Brüste ruhten auf ihm. „Ich hätte nicht gedacht, dass das Liebesspiel so wunderbar sein kann."

Er schenkte ihr ein verschmitztes Lächeln.

„Drew, wir hätten das schon längst tun sollen."

Als sie schließlich das Land der Ramsays erreichten, wollte Lina am liebsten den Hügel hinauflaufen, nur um allen so schnell wie möglich zu erzählen, wie glücklich sie in ihrer Ehe war.

„Drew, niemand erwartet von dir, dass du am ersten Tag alle Namen lernst." Sie grinste ihn an, als er ihr half, in der Nähe des Stalls abzusteigen.

Er warf ihr einen verwirrten Blick zu. „Sind es so viele?"

„Aye, die Grants werden wahrscheinlich noch da sein."

„Und wie bist du mit ihnen verwandt?"

„Mein Bruder Quade ist mit Brenna, der ältesten Schwester von Alex, verheiratet. Jennie kennst du ja bereits. Du wirst sehen, es gibt hier viele Kinder. Einige von ihnen hast du bei den Camerons schon kennengelernt."

Augenblicke später stürmte eine Horde von Kindern durch den Hof auf sie zu. An der Spitze waren Gavin und Gregor, obwohl sie vermutete, dass sich alle anderen zurückhielten, damit sie sie zuerst begrüßen konnten.

„Gavin, schau! Tante Lina ist hier."

Gregor warf sich in ihre Arme, Gavin direkt hinter ihm.

Sie hob die beiden hoch und gab jedem einen dicken Kuss. „Ihr beide seht überhaupt nicht krank aus. Geht es euch besser?"

„Aye, wir sind nicht krank", antwortete Gavin. „Warum sollten wir krank sein?"

„Sie haben ein äußerst kurzes Gedächtnis", flüsterte sie Drew zu.

„Abby", rief Gregor, „komm und begrüße Tante Lina."

Der Welpe kam herbeigesprungen, um Avelina zu begrüßen. Sie hob Abby hoch und küsste ihre Nase. „Warst du ein gutes Mädchen für Gavin und Gregor?"

Als sie den Hund absetzte, bildeten Jennie, Aedan, Micheil, Diana, Logan und Gwyneth einen Halbkreis um sie, um das neue Paar zu begrüßen. Hinter ihnen standen Brenna und Quade.

Lina trat einen Schritt zurück und Tränen stiegen ihr in die Augen. „Brenna, es tut mir so leid." Alles, woran sie denken konnte, war der Schmerz, mit dem Quade und Brenna zu kämpfen hatten. Sie umarmte die beiden.

Brenna sagte: „Ich danke dir, aber wir werden unser Kind eines Tages wiedersehen." Sie drückte Quades Hand und sah ihm in die Augen. „Es war nicht deine Schuld."

„Inzwischen weiß ich, dass das wahr ist, aber vorher war ich mir nicht sicher. Ich hatte gehofft, dass du nicht glaubst, dass ich etwas damit zu tun habe." Lina sah zu Boden.

Brenna hob Linas Kinn. „Wir sind uns dessen ganz sicher. Außerdem hast du unseren Sohn gerettet. Ich habe deinem Bruder erzählt, was du für Gregor getan hast."

Quade beugte sich vor, um ihre Wange zu küssen. „Ich bin froh, dass ich nicht dabei war. Ich glaube nicht, dass ich es hätte verkraften können. Ich danke dir, dass du auf deine Träume gehört hast."

Drews Hände drückten von hinten ihre Schultern.

Brenna strich Linas lose Haare aus dem Gesicht. „Ich freue

mich einfach, dich verheiratet und glücklich zu sehen. Du bist doch glücklich, nicht wahr?"

„Aye, das bin ich. Ich hätte nicht gedacht, dass ich jemals so glücklich sein könnte." Sie umarmte Drew und stellte ihn ihrer Familie vor. Dann machten sich alle auf den Weg in den Saal, um den Rest der Familie zu begrüßen.

Am Fuß der Stufen blieb Avelina stehen und blickte auf. Ihre Mutter stand oben auf der Treppe, und Tränen liefen ihr über die Wangen. „Oh, Lina. Du siehst so wunderschön aus. Das Eheleben tut dir gut." Sie umarmte ihre Tochter herzlich, als sie sich endlich gegenüberstanden. „Du warst immer mein auserwähltes Mädchen. Ich bin sehr stolz auf dich. Du musst mir alles erzählen, wenn du dich eingerichtet hast." Arlene Ramsay drehte sich zu Drew um und nahm seine Hände in ihre. „Endlich ist mein Clan komplett. Willkommen bei den Ramsays, Drew Menzie. Vielen Dank, dass du dich um meine Tochter gekümmert hast."

Erena hatte recht gehabt, erkannte Lina voller Glückseligkeit. Es war, als ob sie sich erhoben hätte und nun über dem Boden schwebte.

KAPITEL FÜNFUNDZWANZIG

ALEX UMKLAMMERTE QUADES Schulter, als sie ein paar Tage später aus Quades Arbeitszimmer kamen. Plötzlich blieben die beiden mitten im großen Saal der Ramsays verwundert stehen.

„Wo sind denn alle?", fragte Alex und sah sich im leeren Raum um.

Quades Mutter kam gerade mit mehreren Plaids über dem Arm die Treppe herunter. „Sie sind mit den Kindern an den See gegangen, damit sich die Kleinen austoben können. Brenna ist stolz auf die Verbesserungen, die Quade vorgenommen hat, um sich mit dem berühmten See der Grants messen zu können. Ich habe viel davon gehört, obwohl ich ihn noch nicht gesehen habe. Kommt mit mir mit. Ich bringe frische Plaids für die Kinder, wenn sie aus dem Wasser kommen. Es ist ein schöner Tag."

Alex folgte Quade und seiner Mutter aus der Tür und den Hügel hinunter zum See. „Hat es viel Arbeit gekostet, euren See für die Kinder anzupassen?"

Quade nahm seiner Mutter die Plaids ab, wobei er die Augen verdrehte. „Nay, es war nicht so schwer, ihn eurem See ähnlich zu machen, aber es brauchte ein bisschen mehr, bis meine Frau zufrieden war. Es war nicht schwer, an einem Ende einen sanften Hang für die Kleinen zu schaffen und das Gras zu entfernen, und wir hatten Glück, weichen Sand zu finden, der sich mit den Steinen vermischte. Aber Brenna hat sich noch ein paar andere Dinge einfallen lassen, und meine Brüder hatten ebenfalls eigene Ideen." Quade umfasste seine Schulter. „Du wirst gleich sehen, was ich meine. Deine Schwester ist dir in vielerlei Hinsicht ähnlich. Und ich bin mir sicher, dass sie mir nach deiner Abreise neue Ideen vorlegen wird."

Alex lächelte. Der Laird der Ramsays und er hatten schon immer gern gewetteifert, und er konnte es kaum erwarten zu sehen, wie sich der See der Ramsays im Vergleich zum See der Grants herausbildete. Es war nicht schwierig gewesen, am anderen Ende des Sees, wo Robbie und Caralyn wohnten, einen gemütlichen Bereich zu schaffen, und der Badeplatz war tatsächlich zu einem Lieblingsort des Clans geworden. Viele Clanmitglieder mochten es, die wärmsten Sommertage draußen am See zu verbringen.

Quade fuhr fort, als sie näher kamen. „Wie du siehst, mussten meine Männer Sitzbänke aus Stein bauen, und wir haben jetzt auch eine Anlegestelle in der Mitte des Sees errichtet, wie bei euch. Diese Insel ist bei den älteren Kindern sehr beliebt. Aber das hat Brenna noch nicht gereicht."

Alex bemerkte eine Stelle, an der die Kleinen plantschten. „Warum habt ihr Seile über den See gespannt?"

„Ach, das war die Ideen deiner Schwester. Das Seil ist die Grenze für die kleinen Kinder. Sie dürfen nicht darüber hinausgehen, bis sie schwimmen lernen. Und Molly ist sehr begabt darin, den Jüngsten das Schwimmen beizubringen."

Alex nickte. „Ich vermute, Maddie wird mir das Gleiche ans Herz legen, sobald wir wieder zu Hause sind."

Mitten im See ragte eine riesige alte Eiche anmutig über dem Wasser auf. An deren Ästen hingen einige Seile. Alex blieb wie angewurzelt stehen und drehte den Kopf zur Seite. „Und was zum Teufel ist das?"

Quade lachte. „Wie ich sehe, hast du Logans Beitrag entdeckt. Nachdem ich beobachtet hatte, wie er versuchte, meinen Sohn und meine Tochter von den unteren Ästen der großen Eiche zu werfen, stimmte ich stattdessen dieser Idee zu. Aber das ist alles Logans Schöpfung. Wie du siehst, haben vor allem die Älteren ihren Spaß daran."

Während Quades Erklärung sah Alex, wie Loki das verknotete Seil packte, das am höchsten Ast der Eiche hing und es so weit wie möglich zurück zog. Dann rannte er den grasbewachsenen Hang hinunter, der zum See führte, sprang auf das Seil auf und schlang seine Füße im letzten Moment über dem Seilknoten fest.

Sobald er über dem Wasser schwang, warf sich Loki in die Luft und machte eine Rolle, bevor er mit einem riesigen Klatschen im Wasser landete.

Alex applaudierte Loki und sah zu, wie sich alle Mädchen kichernd um den Jungen versammelten, als er mit vor Stolz aufgeblähter Brust aus dem Wasser stieg.

„Mach eine doppelte Rolle, Loki", schrie Torrian.

Lily rief: „Nein, mach eine Rückwärtsrolle."

Aber noch bevor er auf einen dieser Vorschläge eingehen konnte, stürmte Logan auf den Baum zu, packte das Seil, nahm so weit Anlauf, wie er konnte, und blieb mit einem breiten Grinsen im Gesicht oben am Hang stehen. „Seid ihr alle bereit? Ich werde euch herausfordern. Dies wird der größte Spritzer aller Zeiten werden. Dann werden wir sehen, ob all die kleinen Küken –" er zeigte auf Loki, Torrian, Lily, Ashlyn, Molly, Jake und Jamie, die alle beim See standen und zuschauten, „– mich schlagen können."

Logan flog den Hang hinunter, sprang in die Luft und ließ das Seil in letzter Minute los, um über das Wasser zu fliegen. Er fiel in einem seltsamen Winkel in den See und erzeugte damit einen riesigen Spritzer, der wie ein Springbrunnen sprudelte und alle, die unmittelbar am Rand des Sees standen, nass machte. Die Zuschauer kreischten, aber alle lachten und klatschten in die Hände, als Logan aus dem Wasser stieg.

Alex blieb an der Seite stehen, und Brodie kam mit einem Grinsen im Gesicht vom Ende des Sees an ihm vorbeigerannt. „Ich nehme die Herausforderung an", rief er und griff nach dem Seil. „Wir werden sehen, wer den größten Arschknaller von allen machen kann."

Brodie tat sein Bestes, um Logan zu übertreffen, aber er schaffte es nicht ganz. Micheil folgte ihm mit einem triumphierenden Schrei.

Maddie lief zu Alex, der immer noch das Schauspiel beobachtete, und schlang ihre Arme um seine Hüfte. „Alex, ist es nicht wunderbar hier draußen? Hast du die Schaukel gesehen? Und sieh nur, wie Quade einen Baum gefällt und den Stamm in Scheiben geschnitten hat, die als Sitzgelegenheiten rund um den See dienen. Wir brauchen auch ein Seil, um unseren flachen

Bereich abzugrenzen, genau wie Brenna es hier gemacht hat."

Quade lachte, als Alex ihm einen spitzen Blick über Maddies Kopf hinweg zuwarf. „Ramsay, als Nächstes wird sie mich damit beauftragen, eine Eiche neben unserem See zu pflanzen."

„Aber das würde viel zu lange dauern, Alex", flehte Maddie. „Ich bin sicher, die Männer könnten einen ausgewachsenen Baum von einem anderen Ort ans Ufer verpflanzen. Wähle einfach deine stärksten Männer für diese Aufgabe." Sie schenkte ihm ein süßes Lächeln, und Quade musste lachen.

Alex küsste Maddies Stirn, gerade als ihre Tochter Eliza klatschnass zu ihnen taumelte und ihre Arme hob. „Papa, hoch?"

Alex hob sie hoch, küsste sie mit einem lauten Schmatzer auf die Wange und setzte sie dann auf seine Schultern.

„Übrigens", sagte Maddie, „warten die kleinen Jungs darauf, dass du das Baumspiel spielst, Alex. Ich habe es ihnen versprochen." Sie umarmte ihren Mann, und Alex rieb mit dem Daumen über ihre Wange.

„Hm, du hast es ihnen versprochen? So so… das könnte dich später teuer zu stehen kommen, mein Schatz."

Quade sagte: „Das Baumspiel? Das würde ich gern sehen."

Alex übergab Eliza an ihre errötende Mutter und ging dann zum seichten Ende des Sees, wo die Kinder im Wasser plantschten. Sobald sie ihn erspähten, rannten die Kleinen alle auf ihn los und riefen: „Baum, Onkel Alex. Bitte spiel den Baum." Celestina hielt ihre Jüngste, Catriona, während Caralyn ihren kleinen Jungen Padraig hielt.

Maddie lächelte zu ihrem Mann hinüber. „Siehst du, wie sie dich lieben, Alex?"

Alex watete bis zu den Knien ins Wasser, streckte beide Arme seitlich aus und rief mit tiefer Stimme: „Vorsicht, ein Sturm braut sich zusammen." Die Kinder kicherten, rannten auf ihn zu und griffen nach seinen riesigen Armen.

Gregor war der Letzte, der die Älteren ins Wasser jagte. „Gavin, warte auf mich!"

Als sie alle an Alex' Armen hingen, begann er sie hin und her zu schwingen: „Hier kommt der Wind."

Die Kinder begannen zu schwingen und zu quietschen, einige von ihnen landeten mit einem Spritzer im Wasser, andere klammerten sich an ihn, als ging es um ihr Leben.

Maddie schrie: „Sei vorsichtig, Alex. Verletze sie nicht. Es hängen so viele an deinen Armen."

Als alle Kinder im Wasser gelandet waren, kam er ans Ufer zurück und ging zu seiner Schwester Brenna, die abseits auf dem Hügel stand und über den See sah.

„Ist alles gut, Brenna? Ist es nicht zu schwer für dich, all die Kinder zu beobachten?"

Brennas Augen wurden feucht. „Nay, es ist wunderbar. Du weißt gar nicht, wie glücklich du mich gemacht hast, indem du die Familie mitgebracht hast, um mich zu unterstützen. Alex, sieh dir unseren Clan an und alles, was daraus geworden ist."

Während Alex über den See blickte, traten auch Jennie und Aedan zu ihnen. „Ich weiß", sagte er. „Es ist kaum zu glauben, dass sie alle zu unserem Clan gehören. Ich wünschte, Mama und Papa könnten sehen, wie stark wir gewachsen sind." Er legte seinen Arm um Jennies Schulter und küsste sie auf die Wange.

„Ich weiß, aber ich glaube, sie sehen uns." Brenna wischte eine Träne weg, als Brodie und Celestina sich zu ihnen gesellten, und Maddie kam ebenfalls herüber, um ihren Mann zu umarmen. „Wie könnte ich traurig sein, ein Kind zu verlieren, wenn wir so viele starke Kinder haben?"

„Du wirst eines Tages ein weiteres Kind haben", flüsterte Maddie. „Alex und ich haben auch ein Kind verloren, bevor wir Eliza bekommen haben."

Stille legte sich über die Geschwister, aber der feierliche Moment wurde unterbrochen, als Logan vom Baum auf sie zugerannt kam, gefolgt von Robbie. Bevor er sie erreichte, jagte Logan zuerst noch zu Gwyneth, die sich auf ihrem Plaid sonnte, und spritzte sie mit Wasser nass.

„Logan, das wirst du mir büßen!" Sie sprang auf und jagte ihn zurück zum Baum.

Alle älteren Kinder rannten den beiden neugierig hinterher, um zu sehen, was sie als Nächstes tun würden.

Logan warf sich von der Schaukel ins Wasser und schrie: „Komm und fang mich, Gwynie." Er landete mit einem großen Klatschen, das fast so laut war wie sein erstes. Gwyneth benutzte die Schaukel als nächstes, und nachdem sie sich in der Luft gedreht hatte, streckte sie die Beine gerade nach oben und landete mit dem Kopf zuerst im Wasser, nicht weit von Logan entfernt. Mit ihrer engen Hose und einer ärmellosen Tunika schlug sie kaum Wellen im Wasser.

„Wie hat sie das gemacht?" flüsterte Robbie, der neben Caralyn stand, die ihr Kleines auf der Hüfte trug.

„Sind die beiden immer so verspielt?", fragte Celestina.

Micheil und Diana kamen herüber und hielten ihre beiden Jungs, David und Daniel, die beide ein wenig überwältigt von dem Trubel waren, in den Armen. „Aye, Logan liebt es, Gwyneth zu ärgern", antwortete Micheil.

„Aber Gwyneth genießt es auch", fügte Diana hinzu.

Celestina sagte: „Ich finde es herrlich, wie gut sich die Cousins miteinander angefreundet haben. Seht euch Bethia und Kyla und Gracie und Sorcha an. Roddy und Braden sind unzertrennlich, bis sie hierherkommen. Hier verbringen sie so viel Zeit wie möglich mit Gavin und Gregor. Diese vier Jungs sind alle kein Jahr auseinander, nicht wahr? Und seht euch Molly und Ashlyn an, sie sind so lieb zueinander!"

Augenblicke später kletterten Logan und Gwyneth lachend aus dem Wasser, die Arme umeinander geschlungen.

Brenna sah sich um, als Quade seinen Arm um ihre Schultern legte. „Wer fehlt noch?"

Lina und Drew kamen aus dem Wald und steuerten direkt auf sie zu.

„Sieh an, sieh an, es ist schön, euch zwei zur Abwechslung mal zu Gesicht zu bekommen", sagte Aedan gedehnt. „Ihr scheint gar nicht genug Zeit allein verbringen zu können, was?"

Linas Wangen erröteten in einem hübschen Rosa, aber Quade lenkte die Aufmerksamkeit aller von ihrer Verlegenheit ab. „Was meinst du damit, Cameron? Das ist meine Schwester, von der du da sprichst. Logan, heißt du das etwa gut?" Grinsend drehte er sich zu Logan um, dessen Lächeln sich in einen wilden Ausdruck verwandelt hatte.

Aedan sprang zurück, beide Hände abwehrend vor sich erhoben, während der Rest der Gruppe lachte.

„Entschuldigung. Das war nicht böse gemeint. Ich wollte meinen Freund aufziehen, nicht seine Frau."

Als Laird der Grants hatte Alex gelernt, wann man Ruhe bewahren musste. Nun schaltete er sich ein, um das Thema zu wechseln. „Du kommst gerade richtig, Lina. Ich muss dir eine Frage stellen."

„Aye, ich werde gern antworten, wenn ich kann."

„Hast du nicht gesagt, dass die Feen dich für eine Seherin halten?"

„Aye, ich habe diese Gabe."

Gwyneth fragte: „Was bedeutet das genau, Lina? Wirst du jede Nacht Visionen haben? Ich hoffe nicht. Denn sonst wirst du nie schlafen können."

„Das stimmt, aber wir hätten dieses Geschenk in den letzten Jahren viele Male gebrauchen können", gab Quade zu bedenken.

Logan stimmte zu: „Aye, als wir nach Lily und Brenna gesucht haben und…"

Brodie mischte sich ein: „Und nach Celestina und Caralyn und…"

Alex winkte ab. „Aye, es hätte schon früher von Vorteil sein können. Aber ich bin dankbar, dass es nun jemanden in der Familie gibt, der diese Gabe erhalten hat. Sie ist von unschätzbarem Wert, findet ihr nicht auch?"

Drew umarmte Lina von hinten. „Und das Geschenk hätte niemand Besserem anvertraut werden können."

„Das ist sehr wahr", sagte Quade. „Ich habe volles Vertrauen in meine Schwester."

Lina erklärte: „Ich habe nicht jede Nacht Träume. Sie sind selten."

Alex verschränkte nachdenklich die Arme. „Kannst du mir sagen, was du in den kommenden Jahren für unsere Kinder siehst?" Er sah über den See hinaus und fuhr fort: „Nicht für jeden einzelnen, aber allgemein. Was erwartet sie in den kommenden Jahren?"

Sein Clan schloss sich ihm an und blickte auf die Kinderschar, die am Wasser spielte. Lady Arlene beobachtete die Jüngsten, während sie sich unterhielten, und die Älteren spielten noch immer in der Nähe der Seilschaukel.

Lina antwortete. „Die Feenkönigin sagte, dass fast zwanzig Jahre lang alles friedlich sein wird, aber dann wird es im Hochland wieder Unruhen geben."

Alex dachte einen Moment nach, dann sagte er: „Dann müssen wir alle starke Nachkommen großziehen. Wir werden sie brauchen."

Lina sagte: „Mach dir darum keine Sorgen, ich sehe sehr starke Nachkommen in unserer Zukunft, obwohl sie viele Male auf die Probe gestellt werden."

Brenna flüsterte: „Gott segne uns alle. Seht euch nur die Kleinen am See an, all unsere Nachkommen. Wir haben so viele. Ich kann es kaum erwarten, sie aufwachsen zu sehen, jeden von ihnen. Ich liebe sie alle."

Loki kam strahlend aus dem Wasser und schüttelte das Wasser aus seinen langen, braunen Locken, während die Mädchen ihm applaudierten. „Wie fandest du meinen Sprung, Torrian?"

Torrian ignorierte ihn und sah mit ernster Miene zu seinem Clan hinüber, der sich am gegenüberliegenden Ufer versammelt hatte.

„Wohin schaust du?"

„Zu unseren Ältesten." Torrian neigte seinen Kopf in Richtung der Gruppe. „Was glaubst du, worüber sie reden?"

Loki stand Schulter an Schulter neben Torrian. „Ich habe keine Ahnung. Aber ich hoffe, eines Tages wie dein Onkel Logan zu sein."

Torrian grinste: „Wirklich? Wie Onkel Logan?"

Loki blinzelte seinen Cousin an. „Aye, ich möchte ein Spion wie er werden und die Highlands bereisen. Wie möchtest du sein?"

„Wie mein Vater. Aye, wie mein Vater und wie Onkel Alex. Er ist eine Legende."

Loki zuckte mit den Schultern. „Aye, du wirst ein Laird sein, wie dein Vater. Da habe ich keine Chance, vielleicht passt das Spionenleben besser zu mir."

Torrian packte Loki an der Schulter. „Man muss kein Laird sein, um legendär zu sein."

Loki wackelte Torrian mit den Augenbrauen zu und grinste.

EPILOG

Im darauffolgenden Herbst.

NACHDEM SIE VOR den Ställen von ihrem Pferd abgestiegen waren, half Lina Drew, das warme Bündel zu tragen, das er an seiner Brust befestigt hatte. Sobald er das Tuch etwas aufgeschlagen hatte, strampelten zwei kleine Beine fröhlich.

„Was ist los, kleine Elyse? Hast du deine Mama vermisst?", fragte Drew und küsste die pausbäckige Wange seiner Tochter, sobald er sie ausgewickelt hatte.

Lina nahm Drew das Baby aus den Händen. „Nein, du kannst mir nichts vormachen, meine Kleine. Ich weiß, wer dein Liebling ist. Du bist Papas größter Schatz, mir könnt ihr nichts vormachen." Es war ein kalter Herbst, also bedeckte Lina den Kopf der Kleinen mit einem Mützchen. Das Mädchen war fast ein halbes Jahr alt und wuchs zusehends.

„Bist du bereit, Liebling?", Lina sah zu ihrem Mann auf und drückte seine Hand, als sie ihre Tochter an ihre Hüfte setzte.

Drew nickte. „Aye, das bin ich." Er beugte sich vor, um seiner Frau einen Kuss auf die Wange zu geben, als der Stallbursche auf sie zugesprungen kam.

„Mylord, es ist so schön, Euch zu Hause zu haben. Wir alle haben auf Eure Rückkehr gewartet. Euer Vater war krank, aber er hat nach Euch gefragt."

Drew klopfte dem Jungen auf die Schulter und sagte: „Vielen Dank."

Als sie zum großen Saal in der Burg der Menzies schritten, säumten Drews Clanmitglieder den Weg, um sie zu begrüßen.

„Drew, schön, dass Ihr zu uns zurückgekehrt seid."

„Eure Frau und Eure Tochter sind ganz gewiss hübsche Mädchen."

„Drew, werdet Ihr bleiben? Bitte sagt, dass Ihr bleibt, Euer Clan braucht Euch."

Gus, der Schmied, kam auf ihn zu und klopfte ihm wohlwollend auf die Schulter. „Junge, wir haben Euch alle vermisst. Aber niemand so sehr wie Euer Vater. Es ist Zeit, dass Ihr nach Hause kommt. Sie vermissen Euch furchtbar, und sie haben ihre Fehler eingesehen. Es ist Zeit, ihnen zu vergeben. Eurem Vater geht es nicht gut."

Drew nickte und umarmte Gus. „Gus, das sind meine Frau Avelina und unsere Tochter, kleine Elyse. Vielen Dank, Gus. Ich habe deinen weisen Rat vermisst."

Sie gingen weiter, an allen vorbei, und betraten schließlich den großen Saal. Seine Eltern erwarteten sie nicht draußen, aber das hatte er erwartet, denn sein Vater war sehr krank.

Drinnen wandte er sich dem Feuer zu. Der Stuhl seines Vaters war der Feuerstelle sehr nahe, und der große Mann war in ein dickes Plaid und ein Fell gehüllt. Drews Mutter saß neben ihm auf einem Stuhl und schluchzte leise, die Hände im Schoß gefaltet.

„Mutter?" Er begleitete Lina zu seiner Mutter, beugte sich hinunter und küsste sie auf die Wange, dann zog er sie auf die Füße und schlang seine Arme um sie, während sie weinte. Sie sagte nichts, aber er konnte erkennen, wie gerührt sie war. Jetzt, wo er ein eigenes Kind hatte, konnte er seine Eltern ein wenig besser verstehen.

„Mama", er trat von ihr zurück und drehte sie zu Lina. „Ich möchte dir meine Frau Avelina vorstellen. Wir nennen sie Lina. Und das ist unsere Tochter Elyse."

„Oh, Drew. Du hast eine Tochter?" Sie umklammerte Linas Hand und sagte: „Ich möchte dich in unserem Haus willkommen heißen. Meine Güte, du bist wunderschön." Ihr Blick fiel auf Elyse und sie keuchte. „Ich habe eine Enkelin. Arthur, schau nur." Ihre Augen trafen die ihres Mannes. „Wir haben eine Enkelin. Ist sie nicht wunderschön?" Elyse kicherte und steckte sich die Faust in den Mund.

Drew ging zu seinem Vater. „Papa, wie geht es dir?"

„Nicht mehr so gut wie früher, aber ich bin ja auch ein alter Mann. Ich komme immer noch zurecht, aber meine eine Seite hinkt ein bisschen nach." Drew bemerkte, dass das Gesicht seines Vaters auf einer Seite etwas schlaff war und er langsamer sprach als früher, aber sein Blick war so scharf wie immer. „Stell mir deine Familie vor."

Drew kam seiner Bitte nach, dann setzten sich alle. Die Küchenmädchen standen in der Nähe und warteten auf Anweisungen. „Käse und Brot, bitte, vielleicht ein Krug Bier für mich und etwas Wein für meine Frau?"

Als die Mägde gegangen waren, sagte sein Vater: „Ich weiß, ich sollte das nicht gleich fragen, aber ich muss es tun. Bist du nach Hause gekommen, um mich als Laird abzulösen, wie es dir zusteht? Es ist dein Recht und dies ist dein Land. Du bist mein Sohn. Ich möchte dir alles überlassen."

Seine Mutter sah zu ihm auf. „Alle hoffen, dass du zu Hause bleibst."

Sein Vater räusperte sich, und Drew fragte sich, welchen seiner vielen Fehler der alte Mann im Begriff war, auszugraben.

„Sohn. Du warst schon vor Jahren mit zwanzig ein besserer Anführer als ich es je war. Ich wollte es nie zugeben, aber es stimmt. Alle meine Wachen haben auf deine Rückkehr gehofft. Und ich bin bereit, alles an dich zu übertragen. Wie ich sehe, erwartet deine Frau ein zweites Kind. Es würde mich freuen, meine Enkel aufwachsen zu sehen und dir mit Ratschlägen beiseitezustehen, wenn du sie brauchst."

Drew kam aus dem Staunen gar nicht heraus. Hatte sein eigener Vater ihn gerade gelobt? Und er wollte seine Enkel kennenlernen? Wäre das nicht zu schmerzhaft für ihn?

Seine Mutter lächelte ihn an. „Drew, mit den Enkelkindern werden wir anders sein. Denk über unsere Bitte nach, aye? Würdest du mir erlauben, die kleine Elyse auf meinem Schoß zu halten?"

„Natürlich", antwortete Lina. „Ich werde helfen, sie dir in die Arme zu legen."

Mit Linas Hilfe saß Elyse bald auf dem Schoß ihrer Großmutter. Zuerst warf sie ihr einen ernsten Blick zu, aber dann öffnete sie ein breites Lächeln, bei dem zwei Zähnchen aus ihrem unteren Zahnfleisch ragten.

„Papa, wenn das dein Wunsch ist, dann sind Lina und ich bereit, hierherzuziehen. Ich vermisse meinen Clan, und ich möchte, dass unsere Tochter in ihrem Clan aufwächst." Seine Stimme brach vor Rührung darüber, wie weit er und Lina es in so kurzer Zeit geschafft hatten. „Wir reisen vielleicht noch ein paar Mal im Jahr, da Lina selbst einen großen Clan hat, aber wir möchten hier unser Zuhause aufbauen."

„Der Clan hat auf dich gewartet, Sohn. Ich habe ihnen gesagt, wie klug du bist und wie du dich an alles erinnerst, was ich dir beigebracht habe…"

Während sein Vater sprach, warf Drew einen Blick über den Kopf seiner Mutter, um den Blick seiner Frau zu erhaschen. Er zuckte mit den Schultern und sie nickte, was bedeutete, dass sie ihm zustimmte. Sie hatten diese Möglichkeit vor ihrer Ankunft besprochen, aber Drew wollte sichergehen, dass Lina damit einverstanden war. Er musste zugeben, dass es sich gut anfühlte, zu Hause zu sein, obwohl er sich noch daran gewöhnen musste, seinen Vater über seine guten Eigenschaften sprechen zu hören, anstatt nur über seine schlechten.

Drew hatte nur noch eine Frage, die er stellen musste. Er hatte damit gerungen, wie er es genau anstellen sollte, aber er musste es tun. Während er auf und ab ging, um zu entscheiden, wie er seine Frage in Worte fassen sollte, sagte seine Mutter: „Drew, dein Vater und ich möchten, dass du etwas weißt."

Er fuhr herum und wartete darauf, dass sie fortfuhr. Seine Mutter warf seinem Vater einen Blick zu, und er nickte ihr zu, um fortzufahren. Sie sagte: „Es tut uns sehr leid für das Unrecht, das wir dir angetan haben. Wir sind sehr stolz auf dich und bedauern unsere Entscheidungen zutiefst. Es war falsch von uns, so viele Jahre damit zu verschwenden, nur an die Vergangenheit zu denken. Wir hoffen, dass du uns mit der Zeit verzeihen kannst."

Sein Vater ließ den Kopf hängen und fügte hinzu: „Mir geht es genauso, Sohn. Wir bitten aufrichtig um Vergebung."

Drew fand schließlich die richtigen Worte für seine Frage.

„Nun, wem denkt ihr, sieht sie ähnlich? Mir, Tomas oder James?" Er sah von seiner Mutter zu seinem Vater und hielt den

Atem an. Dabei betete er, dass seine Eltern nicht denken würden, Elyse gleiche einem seiner Brüder.

Seine Mutter runzelte die Stirn, dann musterte sie seinen Vater, bevor sie auf das Baby auf ihrem Schoß blickte. „Oh, Drew. Nein."

Drew sah sie nur an, und sein Herz war voller Hoffnung und Angst, als er auf ihr Urteil wartete.

„Sie sieht aus wie Elyse."

Ende

www.keiramontclair.net

BÜCHER VON KEIRA MONTCLAIR

HIGHLANDSCHWERTER
DER VERRAT DER SCHOTTIN
DIE SCHOTTISCHE SPIONIN
DIE JAGD DES SCHOTTEN
DIE PRÜFUNG DES SCHOTTEN
Buch 5 & 6: Bald erscheinend

DIE CLAN GRANT-SERIE
#1-BEFREIT VON EINEM HIGHLANDER-Alex und
Maddie
#2-HEILUNG EINES HIGHLANDER-HERZENS-
Brenna und Quade
#3-LIEBESBRIEFE AUS LARGS-Brodie und Celestina
#4-AIFSTIEG IN DIE HIGHLANDS-Robbie and Caralyn
#5-DAS KNISTERN DER HIGHLANDS -Logan and
Gwyneth
#6 -MEIN VERZWEIFELTER HIGHLANDER-Micheil
und Diana
#8-HIGHLAND HARMONIE- Avelina and Drew

DER HIGHLAND CLAN
LOKI aus den Highlands - Buch Eins
TORRIAN aus den Highlands - Buch Zwei
LILY aus den Highlands – Buch Drei
JAKE aus den Highlands– Buch Vier
ASHLYN aus den Highlands– Buch Fünf
MOLLY aus den Highlands– Buch Sechs
JAMIE UND GRACIE aus den Highlands-Buch Sieben
SORCHA aus den Highlands – Buch Acht
KYLA aus den Highlands – Buch Neun
BETHIA aus den Highlands – Buch Zehn

WEITERE BÜCHER
DIE VERBANNUNG DES HIGHLANDERS

L IEBE LESERINNEN,

Vielen Dank, dass Sie HIGHLAND HARMONIE gelesen haben. Hoffentlich hat Ihnen Avelinas and Drews Geschichte gefallen. Leider ist damit die Buchreihe zu Ende – vorerst.

Wenn Ihnen meine Bücher gefallen und Sie mich als Autorin im Selbstverlag unterstützen möchten, können Sie das auf folgende Weise tun:

1. **Schreiben Sie eine Bewertung**: Bitte hinterlassen Sie eine Rezension. Sie können Autoren damit wirklich helfen, vor allem Autoren, die wie ich selbst veröffentlichen.

2. **Besuchen Sie meine Facebook-Seite und sagen Sie „Gefällt mir"**: Sie erhalten dort Updates zu neuen Romanen, Signierstunden und Werbegeschenken. Hier ist der Link: https://www.facebook.com/KeiraMontclair

3. **Besuchen Sie meine Website**: www.keiramontclair.com. Eine weitere Möglichkeit, mich zu kontaktieren, ist über ebendiese Website.

4. **Schauen Sie auf meiner Pinterest-Seite vorbei**: http://www.pinterest.com/KeiraMontclair/

Keira Montclair

http://www.keiramontclair.net
http://facebook.com/KeiraMontclair/
http://www.pinterest.com/KeiraMontclair/

ÜBER DIE AUTORIN

Keira Montclair ist das Pseudonym einer Autorin, die mit ihrem Ehemann in South Carolina lebt. Sie schreibt aufregende historische Romane, oft mit Kindern als Nebenfiguren.

Wenn sie nicht schreibt, verbringt sie gern Zeit mit ihren Enkelkindern. Sie hat als Highschool-Mathematiklehrerin, als Krankenschwester und als Büroleiterin gearbeitet. Sie liebt Ballett, Mathematik und Rätsel, lernt gern neue Dinge und hat Spaß am Erschaffen neuer Figuren, in die sich ihre Leser verlieben können.

Sie ist erst mit ihrem Werk zufrieden, wenn ihre Leser Tränen über ihre Geschichten vergießen, aber zum Schluss gibt es immer ein Happy End!

Ihre Bestseller-Reihe ist eine Familiensaga, die das Leben zweier mittelalterlicher schottischer Clans über drei Generationen hinweg verfolgt und mittlerweile über dreißig Bücher umfasst.

Kontaktieren Sie sie per E-Mail keiramontclair@gmail.com
Website: http://www.keiramontclair.net